怎样寫對聯

题 王濤仙

朱庆文
著

西泠印社
出版社

【作者简介】朱庆文，字子和，笔名艾宁，号饮和斋主、和山樵夫。1964年出生于安徽南陵县。朱熹二十八世孙。全国百名楹联教育先进工作者。

现为中国楹联学会理事、学术委员会副主任，中华诗词学会会员，浙江省诗词与楹联学会副会长，浙江省楹联研究会执行会长，省作家协会会员，省农村文化礼堂建设工作指导员，省书法家协会会员，省政协诗书画之友社理事，杭州江南画院特聘书法师，西湖印社社员，中国作家书画院浙江分院会员，省直机关书画协会会员等。

曾任省辞赋学会第一、二届副会长，浙江科技学院特聘研究员，浙东书画院常务副院长，杭州徽州学学会理事，春谷画院顾问等。

出版专著有《对联格律学》《楹联十讲》《格律诗十讲》《艾宁杂谈》等，合作出版《湘湖新咏》《西湖新咏》《湘湖楹联》等。

自 序

继《楹联十讲》《对联格律学》出版以来，我学习研究了大量古今楹联，力图在优秀的楹联作品中找出创作规律，进一步完善楹联理论，在此基础上形成了本书稿。

本书将楹联理论体系编排为十章，即汉字声韵、对仗用词、楹联对法、楹联节奏、楹联格律、楹联立意、楹联取象、楹联句法、楹联修辞及联墨艺术。

本书立足今人现代汉语基础，将汉字声韵列为第一章，着重解决学习古诗联的基础问题——古汉字平仄等问题（包括音义形知识）。第二章是解决对仗用词问题，包括古今词性问题、词的对仗性问题及对仗用词门类解读。在解决字词后，第三章至第五章是解决对法、节奏、格律问题。第三章系统地总结完善了楹联的对法理论，特别是把义对作为对法的一种进行了介绍。第四章除解读了语音节奏与语意节奏等基本知识及与节奏相关的领字领句、炼字知识点外，还创立了楹联节奏调节理论。第五章是楹联理论研究中首次完整梳理出楹联格律理论。在解决了楹联的格律知识后，第六章、第七章开始进入联意阐述，重点解决如何立意、如何通过意象词的选择来完成表情达意。第八章创立了联句架构法理论。第九章是修辞，根据陈望道《修辞学发凡》，结合楹联特点，重点阐述了楹联中常用的修辞方法。第十章是在总结前人千余副联墨的基础上，依大数据统计法、采用大多数原则总结出来的联墨基本知识，包括联墨形式、联墨正文、联墨落款、联墨用印等。对一些不能纳入理论体系的楹联知识点，本书都有意选择相应例联加以阐述，扩大了本书楹联知识的覆盖面。

本书更加强调楹联理论的创新性，吸纳了本人几年来的研究成果，补充了较多的理论创新点。如就格律理论来说，将楹联格律与楹联用词紧密联系，完善了楹联格律理论，即以基本格律解决"平平"或"仄仄"类组词的入联问题、以变格形式解决"平仄"或"仄平"类组词的入联问题、以意节格律理论解决所有类组词的入联问题。创新地提出了节奏调节理论、架构法理论等。再如对楹联格律中的对仗理论、音韵理论进行了归纳，将对仗分为形式对偶、声调对立、意义关联三个要素，并总结提炼了楹联的对法理论、交股对理论、部分回文联格律理论、多句联句脚句群规则和韵句演变理论等。书中为了叙述及读者交流的方便，也相应地对一些楹联创新知识大胆地进行了命名。如多句联句脚规则命名、交股对的对法命名、联句架构法命名、多句联句脚规则命名等。

本书从楹联的基础知识开始，逐步深入到中高级，既可作为楹联爱好者的入门教材，也可作为楹联家深化楹联知识、把握知识体系、提升创作水平的参考教材。为此，本书在叙述形式上，坚持雅俗共赏，坚持理论阐述与例联解读相结合，并针对不同知识点，以五百余副例联来诠释，以便读者能更好地把握楹联知识，阅读更多佳构。这也是《楹联十讲》《格律诗十讲》《对联格律学》等诗联专著出版后，得到大多数读者认可的一种叙述方式。

朱庆文

辛丑立春于饮和书院

目 录

概　述

　　楹联，即对联，又称对子或对句，是汉语中由两行对仗且意联文字组成的一种独立的文学体裁。它是由诗词及骈文等文学修辞手法中的对偶发展而成。因张贴于大门两侧或门旁楹柱上，故有了楹联之称。

　　楹联，兼收了诗、词、歌、赋、曲、散文、谜语等各种文体的优点和特点，具有新鲜优美、整齐雅观、格调多变、自由灵活、短小精悍、音韵和谐、艺术性强、适应性广等特点，也具有很强的实用性和装饰性。不仅深得历代文人雅士的喜爱，也得到上至帝王贵族，下到商贩渔樵、农夫走卒各阶层人士的喜爱，在民间广为流传。楹联可谓是中华大地上流传最广、最贴近民众生活的一种文学形式。

　　楹联的发端可追溯到殷周时代，先秦诸子的文章及《诗经》《易经》中都有其雏形。如"乾道成男，坤道成女"（《系辞传》），"同声相应，同气相求"（《周易》），"学而不思则罔，思而不学则殆"（《论语》），"知人者智，自知者明；胜人者力，自胜者强"（《老子》），"不积跬步，无以至千里；不积小流，无以成江海"（《荀子》），"爱人者，人恒爱之，敬人者，人恒敬之"（《孟子》），"老夫灌灌，小子蹻蹻"（《诗经》）等。

　　到了汉魏时期，产生了全篇以双句（即俪句、偶句）为主，讲究对仗和声韵的骈文。唐代又出现了包含对仗句的律诗。这些都是楹联的主要来源。据《宋史·孟昶传》说：后蜀主孟昶令学士章逊题桃符，"以其非工，自命笔题云：'新年纳余庆，嘉节号长春。'"一般认为，自此楹联才从诗文中单独分离出来，以桃符的形式成为一种独立的文学样式。这便是目前公认的联史上的第一副楹联。直到宋代，春联仍称"桃符"。纸张发明后，桃符由桃木板改为纸张，联墨便称为"春贴纸"。

楹联产生后，很长一个时期并没有发展起来，今人所见北宋及唐时楹联，也多为摘集的诗联。进入北宋，偶见王安石、苏东坡、黄庭坚、陈抟、欧阳修等有联问世，但大多是自题心志或桃符。南宋时期，虽然战事紧张，文人颠沛流离，但楹联得到较好发展，如朱熹、文天祥、陆游、张九成等都有较多的精品楹联存世。特别是朱熹，不仅撰桃符，还为多家书院、祠堂等题写楹联，把楹联应用推广到人们的日常生活中，至今仍有近五十副实用楹联存世。他还有对句游戏，如出对"香香两两"征求下联，至今没有满意答案，成为千古绝对。自此，人们对这种文学形式的应用日益广泛。举凡庆贺吊挽、述志言情、抒愤寄慨、写景状物、论事衡文、讽喻劝勉、谐谑赠答等，文字可以表达的方方面面几乎都能使用到楹联。

明代，桃符才改称春联。明清特别是清代以来，楹联进入蓬勃发展时期，有关楹联理论的研究也开始出现。说到楹联普及，不能不说朱元璋。明朝开国皇帝朱元璋，在未登基前就酷爱楹联，故有"楹联天子"的雅称。他不仅平时以楹联为趣，甚至在批奏章时也用楹联形式阅批。梁章钜在《楹联丛话》中引用明陈云瞻《簪云楼杂说》云："春联之设，自明孝陵肪也。时太祖都金陵，于除夕忽传旨：'公卿士庶家，门上须加春联一副。'太祖亲微行出观，以为笑乐。偶见一家独无之，询知为醃豕苗者，尚未倩人耳。太祖为大书曰：'双手劈开生死路；一刀割断是非根。'投笔径去。嗣太祖复出，不见悬挂，因问故，答云：'知是御书，高悬中堂，燃香祝圣，为献岁之瑞。'太祖大喜，赉银三十两，俾迁业焉。"由此可见，朱元璋采取行政命令，要求家家户户贴春联，对形成春节贴春联的风俗起到极大的推动作用。由于明代春联的广泛应用，楹联到清朝则发展到一个高峰，世有唐诗、宋词、元曲、清联之说。

民国后期，楹联发展因战争及新文化运动等曾受到较大的影响。新文化运动后，传统文化整体受到冲击。特别是民国时期的战乱及新中国成立后的一个时期，楹联等传统文化的创作受到人为的扼制，甚至存世的大量联墨被毁灭。但这一时期，在传统文化整体发展受到冲击的情况下，楹联中的春联和部分重要景区的景联，虽然在内容上有历史性，但作为一种传统的文学形式，还是被广泛运用。这也充分说明楹联具有顽强的生命力。

至20世纪80年代，传统文化开始复兴。特别是1984年11月，中国楹联学会成立，带动了全国各地楹联组织大量成立，各地相继开展了大量与楹联相关的活动，如征联、送春联、采风等。2014年5月，中宣部领导在全国楹联工作会议上明确提出，楹联组织要成为宣传文化战线上的一支常规军、正规军，并在2016年春节，专门下发通知，要求全国城乡在春节期间"贴春联、挂灯笼"。这种种迹象表明，楹联作为传统文学形式，将随着传统文化的复兴而迎来又一个兴盛时期。

第一章　汉字声韵

　　当代人在撰联写诗时，大多依平水韵而分别汉字的平仄。但近年来，随着现代汉语的推广，部分诗联爱好者因对平水韵不了解，或觉得平水韵难以掌握，开始使用中华新韵、中华通韵创作诗联。本章的主要目的是帮助以现代汉语为母语的今人辨析古汉字的平仄声调。

一、汉字四声

　　古汉语的四声，就是古汉语的四种声调：平声、上声、去声、入声。而在现代汉语中，四种声调变成：阴平、阳平、上声、去声，并且不少字的声调古今发生了变化。

　　平声　在汉语声调的发展变化中，古汉语中的平声逐渐分化演变为今天的阴平与阳平。今天的阴平与阳平字中还吸收了古汉语中的部分入声字，如"一""读"等字，当然也吸收了少量的古上声字、古去声字。古代平声调与今天的阴平声调基本保持在一个中平调，无明显高低顿挫，即"－"。而现代汉语中阳平调有由低向高的趋势，即"／"。

　　上声　上声字在发展中，也有吸收与分化现象。有一部分古上声字逐步分化为今天的去声，如"重（轻重）""蚌"等字。也有极个别字，如"茗"变化成今天的阳平声。余下的部分成为现代汉语中的上声。同时在现代汉语的上声中，还吸收了部分古入声字，如"索""骨"等字。不论古今上声字，其声调皆由高入低再后扬，总体呈现一个升调趋势，即"√"。

去声　去声在发展变化中，既吸收了部分上声为去声，如"动""是"等字，还与平声、上声一起吸收改造了部分入声字，如"岳""束"等字，最终发展为今天的去声。不过古今其声调特征都是高起低收，为降调，即"＼"。

入声　我们说入声字为短促音字，即有声无音。古代四声九音特别是入声从元朝开始就逐渐演化。北方方言中，入声发音逐渐消失。到20世纪50年代末，我国进行现代汉语改革时，在普通话这一官方语言中，彻底没有了入声发音。入声字分成了四部分，分别划入现代汉语的阴平、阳平、上声、去声中。

虽然今天在官方语言中没有了入声字，但至今在福建、两广、浙江、江西及安徽南部、江苏南部等部分地区的方言中都还较好地保存着入声口音。在北方的山西、内蒙古等地还有部分入声字音的存在，其实在陕西等西北一带，还是有短促音存在的，只是今天的短促音与古时的入声字没有了承续关系，如陕西口音的"我"就是一个典型的短促音，但在古代为上声字。而湖南等地的入声发音不再是短促音，它们的变化是整体的，当代发音有由低向高持续增强的特征。王力教授在说到四川、湖北、云南等地的入声发音时说，其"入声字一律变成了阳平"，其实湖南等地也有类似情况的存在。

二、平水韵

《平水韵》因其主持刊印者为宋末山西平水人刘渊而得名。《平水韵》是宋代以来知识分子必读书，从而在历史上产生了极大的影响。

《平水韵》是依据用韵情况，把汉字划分成107个韵部（其书今佚）。每个韵部包含若干同韵汉字。

早在三国时期，魏国的李登就编了一本《声类》十卷，这应该是我国最早的韵书。晋代吕静、南朝的周颙与沈约等也都编过韵书，只是这些韵书都没有流传下来。

到了隋朝，陆法言、颜之推、刘臻等在前人的基础上，注有《切韵》五卷，把汉字分为193韵。这部韵书很重要，唐早期作诗都以此用韵，唐宋编辑的韵也都以此为基础。为了建立一个全国统一的作诗用韵标准，唐朝以来出现了一系列官方刊定的韵书，即所谓"官韵"。唐开元二十四年（736），科举改归礼部管理，孙愐等奉命校正了《切韵》而编成《唐韵》。因此韵书是经皇帝批准而由礼部颁行的官韵，后称之为《礼部韵略》。《礼部韵略》在唐宋两朝又经过了几次修订。北宋陈彭年、邱雍等编纂的《大宋重修广韵》（即《广韵》）在《切韵》的基础上又细分为206韵。稍晚，丁度、刘淑等增订了《广韵》《韵略》而为《集韵》。但《切韵》现只有残本，而《广韵》《集韵》尚存于世。但这些韵书分韵都过于琐细，后来有了"同用"的规定，允许人们把临近的韵合起来用。

到了南宋淳祐壬子年（1252）南宋原籍山西平水（今山西省临汾市尧都区）人刘渊刊印《壬子新刊礼部韵略》，把同用的韵合并成107韵。到了金、元编有《五音集韵》《古今韵会》《中原音韵》等韵书。明代较为著名的是明太祖洪武八年（1375）乐韶凤、宋濂等11人奉诏编成的一部官韵《洪武正韵》。清代康熙年间编的《佩文韵府》把《壬子新刊礼部韵略》又并为106个韵部。这就是后来广为流传的《平水韵》。今人所说的《平水韵》，实际多指清朝的《佩文韵府》。

在平水韵中，平声被人为地划分为上平、下平，仄声则有上声、去声、入声之别。在现代汉语改革中，入声字分别被划入现代汉语的四声中。我们现代人学习古汉语的平仄声，掌握平水韵，关键就在于把古今平仄变化的字把握好，尤其是把划入现代汉语阴平、阳平声中的古入声字挑出，归并到仄声字中去。

我们现代人具体如何来把握平水韵？根据我个人的整理，为大家提供四种方法：

（一）拼音辨别法

这种方法对于中小学语文老师或大中小学生来说，能较好地把握。就现代汉语拼音来说，与古入声字间有下列关系：

（甲）现代汉语中，凡 b、d、g、j、zh、z 六个声母的第二声字（阳平），都是古入声字。"鼻"字例外（平水韵去声四寘）。例如：

b：白帛舶伯百别拔跋荸勃脖渤博薄驳

d：达答得德笛敌嫡翟跌迭碟牒独读牍渎毒夺铎叠掇

g：格胳阁蛤革隔葛国虢

j：及级极吉洁结急击棘即脊疾集籍夹爵嚼劫杰竭截局菊掬橘决诀掘角厥脚觉绝

zh：札扎宅择翟濯着折蜇轴妯竹竺筑烛浊镯啄琢逐拙直值殖质执侄职铡

z：杂凿则择责贼足卒族昨

（乙）现代汉语中，凡 d、t、n、l、z、c、s 等七个声母跟韵母 e 拼合时，不论现代汉语读何声调，都是古入声字。只有"厕"字例外（平水韵去声四寘）。例如：

de：得德

te：特忒螣

ne：讷

le：勒肋泐乐垿垃

ze：则择泽责啧赜笮迮窄舴贼仄昃

ce：侧测策册

se：瑟色塞啬穑濇涩圾

（丙）现代汉语中，凡k、zh、ch、sh、r五个声母与韵母uo拼合时，不论现代汉语读何声调，都是古入声字。例如：

kuo：阔括廓扩

zhuo：桌捉着酌浊镯涿琢啄濯擢卓焯倬踔斫淝

chuo：戳绰啜辍惙酪龊

shuo：说勺芍妁朔搠槊铄硕率蟀

ruo：若鄀箬蒻

（丁）现代汉语中，凡b、p、m、d、t、n、l七个声母跟韵母ie拼时，无论现代汉语读何声调，都是古入声字。"爹"字例外（平水韵列下平声六麻、上声二十哿）。例如：

bie：鳖憋蹩瘪别

pie：撇瞥

mie：灭蔑篾蠛

die：碟牒喋堞蹀谍鲽跌迭瓞眣垤耋绖咥叠

tie：帖贴怗铁餮

nie：捏陧涅聂镊臬闑镍蘖孽啮

lie：列冽洌烈裂猎躐捩劣

（戊）现代汉语中，凡d、g、h、z、s五个声母与韵母ei拼合时，不论现代汉语读何声调，都是古入声字。例如：

dei：得

gei：给

hei：黑嘿

zei：贼

sei：塞

（己）现代汉语中，凡声母f，跟韵母ɑ、o拼合时，都是古入声字。

例如：

　　fa：法砝乏伐阀罚发

　　fo：佛缚

　　（庚）现代汉语中，凡读 üe 韵母的字，都是古入声字。只有"嗟"（平水韵下平声六麻）、"瘸"（平水韵下平声五歌）、"靴"（平水韵下平声五歌）这三字例外。例如：

　　yue：曰约月刖玥悦阅钺乐药耀曜哕跃钥龠瀹爚礿粤岳鸑軏

　　nüe：虐疟谑

　　lüe：略掠

　　jue：厥噘撅劂蕨橛蹶獗决抉诀块掘桷崛角噱臄谲珏孓脚觉爵嚼爝绝蕝鐍攫

　　que：缺却怯榷壳悫确埆阕雀鹊碏

　　xue：薛穴学雪血削

　　（辛）现代汉语中，一字有两读，读音为开尾韵，语音读 i 或 u 韵尾的，也是古入声字。例如：

　　读音为 e，语音为 ai 的：色摘宅翟窄择塞

　　读音为 e，语音为 ei 的：贼肋勒北克黑得忒

　　读音为 o，语音为 ai 的：白柏伯麦百陌脉

　　读音为 o，语音为 ao 的：薄剥摸

　　读音为 uo，语音为 ao 的：着凿落烙

　　读音为 uo，语音为 ou：肉粥轴舳妯熟

　　读音为 u，语音为 iu：六陆衄

　　读音为 üe，语音为 ao：乐药疟跃钥觉嚼脚角削学雀

（二）平水韵简表记忆法

　　平水韵原韵部书今虽不存，但我们还可以通过其他材料考知

它的结构。这部韵书分为"上平声""下平声""上声""去声""入声"五卷，每卷中又按韵母的异同把汉字分为若干类，全书共分106类，即106韵。

熟记平水韵是很艰苦的，关键是记住划入现代汉语阴平与阳平声中的入声字以及少量特殊变化的字。这部分常用的字不足千字。根据一般人的词汇需求，常用的、划入现代汉语阴平、阳平字中的入声字仅二三百个，我们甚至可以根据简表和自己的词汇使用习惯，把自己常用的字勾出来，加强记忆。这对于一些年轻的诗联爱好者来说不是难事，但对上了年纪的人来说，只能多看多用，时间长了自然能记得大部分常用入声字。

为便于大家记忆，本书根据前人经验，把平、上、去、入声做一个综合，形成《平水韵同韵表》。

平水韵同韵表

平声	上声	去声	入声
一东	一董	一送	一屋
二冬	二肿	二宋	二沃
三江	三讲	三绛	三觉
四支	四纸	四寘	四质
五微	五尾	五未	五物
六鱼	六语	六御	六月
七虞	七麌	七遇	七曷
八齐	八荠	八霁	四质
九佳	九蟹	九泰十卦	八黠
十灰	十贿	十一队	七曷
十一真	十一轸	十二震	四质

十二文	十二吻	十三问	五物
十三元	十三阮	十四愿	六月
十四寒	十四旱	十五翰	七曷
十五删	十五潸	十六谏	八黠
一先	十六铣	十七霰	九屑
二萧	十七筱	十八啸	十药
三肴	十八巧	十九效	十药
四豪	十九皓	二十号	十药
五歌	二十哿	二十一个	六月
六麻	二十一马	二十二祃	十一陌
七阳	二十二养	二十三漾	十药
八庚	二十三梗	二十四敬	十一陌
九青十蒸	二十四迥	二十五径	十二锡十三职
十一尤	二十五有	二十六宥	十一陌
十二侵	二十六寝	二十七沁	十四缉
十三覃	二十七感	二十八勘	十五合
十四盐	二十八俭	二十九艳	十六叶
十五咸	二十九豏	三十陷	十七洽

本表除入声字外，其他都是按平声、上声、去声排列。每行尽量依同声同韵进行排列，如微、尾、末就是同声同韵；也有部分为不同声而同韵，如"冬、董"与"送"就是不同声但同韵；也有共兼情况，如"佳、卦"与"蟹、泰"就合为一行，分别同韵。当然，也有一些韵部虽然部分字看似不同韵，但其中主要韵字还是同韵的，如"迥"部与"青"部、"蒸"部同行，是因为"迥"字与"青"部、"蒸"部虽然不同韵，但其韵部中的字，如"并、茗"及"肯、顶"等分别

与"青、蒸"同韵。

（三）字根辨别法

　　入声字中，有一些入声字根或特定结构，它们本身是入声字（极少数不是），再与其他偏旁组字且读音与入声字根相近时，往往也是入声字。我们可以根据这些规律来辨识入声字。如：

白：百佰柏迫陌蓿宿

各：洛络骆珞烙客格胳骼落

列：烈咧洌趔裂

弗：拂佛怫绋沸茀

失：迭跌佚

合：塔答洽恰袷

夹：荚挟铗浃侠箧愜频

聂：摄慑镊蹑

术：怵秫述

必：泌苾谧瑟

孛：勃渤脖饽鹁悖

匊：掬踘鞠

卖：读犊渎牍椟黩（"卖"例外，本身不是入声字）

复：腹覆馥

谷：俗欲浴

畐：福幅副蝠辐匐

录：禄碌绿渌

角：确桷斛槲触

屋：渥喔幄握齷

鹿：漉麓辘簏

毕：荜筚跸

屈：倔崛掘

乞：吃迄讫屹矻

曷：葛褐喝渴遏

以上仅为列举，其实还有很多单字可以作为入声字根，如"目、脊、责、昔、亦、束、足、乐、业、则、弋、乙、石、肃、十、立、月（肉）、卜、吉、盍"等，它们与其他字或字根结构组合成新字后，读音与本字相同或相近时，大多也为入声字。

我在撰写《格律诗十讲》时，为了大家记忆方便，把《平水韵简表》按偏旁做了整理，结果发现了字根现象。这里也只列举了部分，大家可以自己列出一张表格来，首先从入声字中找字根或单字，再把这个字根或单字作为一个结构，找有这个结构的其他字。

（四）方言辨别法

古汉语向现代汉语发展，变化之始是在元朝，入声字的分化也是从元朝开始。现代汉语的出现，是在北方方言的基础上，人为的改革结果。但在我们一些地方特别是南方的方言中古音一直存在，虽然有一定的改良与异化，但古汉语发音毕竟是口口相传，至今仍然大量存在。就当代而言，普通话中已没有了入声字，因此也造成很多字的读音难别，如利与力、实与时等。但在今天的客家话中，不仅平声演化为阴与阳，古入声也演化为阳与阴；闽南话中又更多地将中古音去声演化为阴与阳，也就是说，闽方言中有七音；到了吴方言与粤方言，有的中古音四声全部有了阴阳之分，而广州方言则把古入声字分为了阴、中、阳三种音，也就是方言音达到了九音。当代最多方言发音应为广西南部地区，入声演化为四音，达到了十音。这些方言，对我们把握、辨识入声字有重要作用。特别是对于年纪大的诗联爱好者来说，这种方法至关重要。

明释真空根据发音特点，编成了《玉钥匙歌诀》：

平声平道莫低昂 （音最长，而且高起高收）

上声高呼猛烈强 （开口读时用力，低起高收）

去声分明哀远道 （声音高低适中）

入声短促急收藏 （一发即收）

因此，一些南方地区的诗词爱好者可以根据自己的方言来辨别入声字。如我们常用的数目字：一、二、三、四、五、六、七、八、九、十、百、千、万、亿。大家是否发现一个现象，就是很多字在方言中，读音很短促，发音随出随收，即"急收藏"，没有余音。如一、六、七、八、十、百，它们在现代汉语中分别是平、仄、平、平、平、仄，其实，它们都是入声字。不论在现代汉语中是阴平字、阳平字还是上声字、去声字，在古代汉语中都是入声字，归仄声。

当我们用自己的方言读下面这段文字时，就会发现不少的字是短促音（建议先读再找入声字）。

诗韵律美的产生，来自人们对大自然的感悟。比如花叶的搭配，花瓣的排列，天籁的声音等。大自然有自己独有的自然属性及客观内在规律，古人历经千百年的实践，将自然美与艺术美融成一体，使中国的古老文化达到一种全新、永恒、贯通的境界。

我们会发现，其中"律"的"叶""搭""列""独""属""及""客""历""百""实""术""一""国""达"等字读音在南方方言中都发短促音。而其中的"搭""独""及""实""一""国""达""的"等字，虽然在现代汉语中是阴平或阳平字，但在古代汉语中皆为入声字。所以，通过方言来分辨短促音，我们就更加容易找到入声字。这是南方诗词爱好者掌握平水韵的一大优势。

三、中华新韵与中华通韵

（一）中华新韵

中华诗词学会《21世纪初期中华诗词发展纲要》指出："为促进声韵改革和推行新声韵，很有必要组织学者、专家尽快编出新韵书。新韵可先出简本，以应急需，然后在简本试行的基础上再出繁本。"据此，《中华诗词》编辑部组织力量，对已有的两种简表以及诗词界传用的几种简表，进行了分析、研究、比较和归纳，征求了一些诗词家的意见，经过集体讨论，整理出了《中华新韵（十四韵）简表》。现行的为2008年修订本。

中华新韵韵部表（14部37韵）

一麻 a ia ua	二波 o e uo
三皆 ie üe	四开 ai uai
五微 ei ui	六豪 ao iao
七尤 ou iu	八寒 an ian uan üan
九文 en in un ün	十唐 ang iang uang
十一庚 eng ing ong iong	十二齐 i er ü
十三支 （-i）（*）零韵母	十四姑 u

由此可见，中华新韵（以下简称新韵）对于现代人来说，很容易掌握。因为拼音是我们义务教育阶段早就解决的问题。可以说，对于那些只有小学文化程度的诗词爱好者来说，都可以应用新韵来创作诗词与楹联。这为诗词与楹联在当代的普及开辟了一条宽广的道路。

（二）中华通韵

《中华通韵》由国家文字工作委员会于2018年3月公布。中华通韵（以下简称通韵）分部的原则是不管介音，依汉语拼音37韵母进行合并分部。如a ia ua，不考虑介音，韵母都是a，则列为"一啊"部；ai uai不考虑介音，韵母都是ai，则皆列入"七哀"部。但有几个特殊情况，如把复韵母ou iu共列为"十欧"且与单韵母"五乌"分列；把后鼻韵分为三部，韵母eng ing列为"十四英"，其他各自成一部；前鼻韵母除去an，其他四个en in un ün共列为"十二恩"。每部下分列出阴平、阳平、上声、去声四声常用汉字（具体汉字可查看《新华字典》）。

中华通韵（16部37韵）

一啊 a ia ua	二喔 o uo
三鹅 e ie üe	四衣 i èi
五乌 u	六迂 ü
七哀 ai uai	八诶 ei ui（uei）
九敖 ao iao	十欧 ou iu
十一安 an ian uan üan	十二恩 en in un ün
十三昂 ang iang uang	十四英 eng ing ueng
十五雍 ong iong	十六儿 er

如果以新韵、通韵写诗撰联，我们通俗地说，以阴平字、阳平字为平声字，以上声字、去声字为仄声字，且不用考虑入声字问题。

新韵、通韵中也有多音字问题，一般采用"音随意定，韵依音归"。多音字要根据其不同的含义确定读音，根据其不同的读音，分别归属于相应的韵部。如"缝"，组词为"缝隙"时，为去声；组词为"缝纫"时，为阳平声。在实际使用时，要根据多音字的具体含义，确定其读音及平仄划分。

（三）新韵、通韵及平水韵利弊

写诗撰联到底是使用新韵、通韵还是平水韵？近年来诗联界颇多争论。有人认为新韵、通韵好，便于当代人使用，更有利于诗联在当代的推广。也有人认为，我们的传统文化还是要坚守，依平水韵的诗词联大量存在，我们不能废弃旧韵，否则，我们的后人越来越无法理解古诗词与古楹联。甚至还有人认为，在当今的方言中还存在着旧韵遗迹，我们不能否认旧韵在当今的存在。言下之意，诗联界仍须坚守平水韵。更有人认为用新韵、通韵写诗缺少了"诗味"。其实，我觉得这种争论是无谓的，我们应该允许两韵共存。

虽然现在有很多诗界中人不太喜欢用新韵、通韵，但新韵、通韵却较好地解决了当代人写诗的押韵问题。于现代人来说，这正是平水韵显现出来的弱点。如平水韵中就存在着"多部同韵"或者说"一韵多部"问题，包括上平的一东与二冬，上平三江与下平七阳，上平的六鱼与七虞，上平十一真、二十文及下平十二侵，上平十四寒、十五删、十三元中的部分字与下平一先、十三覃、十四盐、十五咸，下平二箫、三肴与四豪，下平六麻与上平九佳部分字，下平八庚、九青与十蒸等，多部同韵现象较严重。

我们今天写诗，当然是给今天的人及后人阅读的，如果我们写的诗今天的人读起来就觉得不押韵，那岂不是可悲？其实，根据现代人的语音习惯，平水韵中还存在着古音与今音不谐而产生"同部不韵"的问题。如十灰韵中，根据现代语音习惯，就有 ei 韵字、ai 韵字并存于一部的情况，类似的还有四支中就有"i（支）""i（衣）"及"ei"韵、九佳中就有"a""ai""ie"三韵并存等。这对于现代人来说，在吟诵、创作诗词时就有"同部不韵"的感觉。

很明显，新韵、通韵也存在着这个问题，如通韵三鹅部中，e与üe在实际运用中，就存在着同部不韵问题，如"鹅"字与"约"字就不可能有押韵感觉。新韵二波也存在着类似问题。通韵十六儿部中所有常用字汉字过少，仅"儿而"，无法在诗词实际创作中运用到这一部的字。

新韵、通韵还有一个较大的弱点就是在填词时，有的词是要押入声韵的。新韵、通韵中无入声，则将无法依这类词牌填词。

四、古汉字可平可仄辨析

把握古汉字的平仄声，对于现代人来说，不是辨别平声仄声最难，而最难的就是一些字可平可仄或古今平仄的不规则变化。在古诗词与楹联的语境中，一个字形，究竟在什么情况下是平声，什么情况下是仄声，我们可以从其读音及意义上加以分辨。因此，我们首先来简要分析汉字的形、义与音变化问题，即汉字音韵及训诂学基本知识。

汉字有三个基本要素，就是形、音、义，而三者任何一个因素变化，都可能会引起另两个因素的变化，这对于作诗撰联或多或少有着影响。如同音联、借形联都是因为音形要素而形成的特殊楹联。下面就对这三者变化作一个简要分析。

（一）异义分析

随着汉字的发展，很多字，不论读音如何，可以一字多义。如"安"字，就有难道、怎么、安放、安置、平安、安全、舒服等意思。"见"字，就有见面、看见、用在动词前表示对自己怎么样等意思。出现这种现象的主要原因是一个字除了有本义和基本义外，在长期的实践中，会出现引申、比喻、假借等意义。因此，我们在撰联时，一定要注意把握一些字的多义性，防止联文引起歧义。但异义也给撰联带来借对（借义对、借形对）等修辞手法。

例联：杜牧《商山富水驿》（诗联）

当时物议朱云小；

后代声华白日悬。

此联中"朱云"是指西汉时著名谏臣。朱云为人狂直，多次上书抨击朝廷大臣。汉成帝时为槐里令，他进谏攻击皇帝老师、丞相张禹，帝怒，欲诛杀朱云，但朱云死抱殿槛不放，拼死进谏，直到殿槛被折断。后以左将军辛庆忌死争而获赦。汉成帝亦感其忠心，下令保留断槛以作警示，故留下"朱云折槛"的典故。而这里与"白日"属对，就是借用其"朱色的云彩"的表面含义。

（甲）本义和基本义　本义是根据字形分析和古代文献能证明了的最早意义。如"引"，左边是"弓"，右边一竖表示弓弦拉到的位置。本义是拉开弓。又如"走"字，金文中上像人的两手摆动，下面是脚的象形，人两手摆动的幅度很大，像跑起来的样子，因此，"走"的本义是"跑"。

基本义是一个字在现代最主要、最常用的意义。就一般情况来说，本义和基本义是一致的，但有的基本义不一定就是本义，如"走"的本义是"跑"，而基本义则是"步行"。

例联：张之洞《北京陶然亭趣对》（无情对）

树已半寻休纵斧；

果然一点不相干。

这里"树"与"果"相对，很显然，"果"就是取其本义。其他亦很有趣，如"已"与"然"是虚词相对，"半寻"对"一点"是数量词相对，但这里的"一点"也是用了基本义，而不是形容词性的"一点点都没有的"意思。"斧"与"干"相对，这里"干"也是取其本义，是古代兵器，这样才与"斧"成对。

（乙）引申义、比喻义和假借义　引申义是从本义引申、派生出来的意义。引申的方式多种多样，有时几个引申义都是直接从本义引申出来的。如"引"字，本义是"拉开弓"，"拉开弓"是把弓弦拉长了，所以引申为"延长、伸长"。如《左传·成公十三年》："我君景公引领西望。"我君晋景公伸长脖子向西望。又拉弓是把箭拉向后方，所以又引申为"引导、带领"，如《史记·高祖本记》："项羽乃引兵东击彭越。"项羽就带领军队向东攻打彭越。又拉弓是向后拉，所以又引申为"退却"。如《战国策·赵策》："秦军引而去。"秦军向后退，离开了赵国。"延长、引导、退却"都是直接从本义"拉开弓"引申出来的。

有时几个引申义不都是直接从本义引申出来的，而是从本义派生出来的意义，甚至派生出新的意义。如"朝"，本义为"早晨"，从"早晨"引申为"朝见"（古时早晨朝见君王），又从"朝见"引申为"朝廷"，再从"朝廷"引申为"朝代"。

比喻义是一个字在长期使用过程中，通过借喻而产生的新义，比喻义是一种固定的、较抽象的意义。

假借义是由于用字假借而产生的意义。假借字不是从字的本义直接或间接引申发展出来的意义，而是由于用字的假借而产生的意义，它同字的本义没有任何联系。例如"而"的本义为"胡须"，而假借为连词"而"。假借义在中国古代还有一种特殊的情况就是避讳。有的不少字是因为要避讳而用另一个字来代替，久之，两字间产生假借义。

（丙）古今异义现象　在汉语的发展中，因人们日常的运用需要，很多字词的意义发生了变化，字义或扩大或缩小，或褒贬互换等。

（丁）异义应用中的几个问题　就汉字异义在诗联创作中的应用，有几点值得注意。

一是用义高古问题。字义随着人们对字的应用发生了变化，但有些字在一种新义产生时，原义会被舍弃。如"检"，本义是"书署也"，即书的标签，但自汉时起，"检查"的含义就取代了本义。但今天我们如果在创作诗联中仍运用其本义，就让人难以理解。因此，我们说在创作诗联时用典不要生僻，同样，我们用字义时也不能过于苛求高古，否则诗联就会生涩难懂。明代陶爽龄《小柴桑喃喃录》中记有这样一则笑话："元末闽人林釴为文好用奇字……稍久，人或问之，并釴亦自不识也。"

二是古今混用问题。一般而言，一副联、一首诗古今义不要混用，这样容易引起歧义。如"雄"，古义为"鸟父也"，今义演化为"动物之阳性者"。

例联：谭嗣同《时务学堂联》

揽湖海英雄，力维时局；

勖沅湘子弟，共赞中兴。

这副联上联中"英雄"，自不是本义，当然是一种引申义，即"指才能勇武过人的人"。因此，下联中的"子弟"肯定不能理解为本义中的"子"与"弟"，也当为引申而来的"泛指年轻后辈"之义。也就是说，同一联一诗中，词义要同古同今，不要古今混用。

三是异义重字问题。还有一种情况就是一个字到了现代产生了两个含义，而这两个含义在现代运用概率大致相当。如"信"字运用于"书信"与"诚信"，那么，我们就应该当作两个字来使用，甚至我个人主张在诗联创作中同形异义字都不算是重字。

例联：唐伯虎《答祝枝山》

水车车水，水随车，车停水止；

风扇扇风，风出扇，扇动风生。

上联"车"字、下联"扇"字都出现四次，但其中第二个"车"或"扇"字与其他三个"车"或"扇"字就是同形异义字。我个人以为就不算重字。

（二）同义分析

汉字有一字多义、一词多义，同样也存在着同义字（包括词，下同），即多个字基本表达相同或近似的意义。这些字不同，本义或基本义相同，但仍然有一些细微的差别。如"看"字的同义字就有"看、观、望、瞄、相、窥、盯、瞠、瞧、张、阅、睹、睨、见、盼、察、睐、顾、瞩"等。准确把握同义字或近义字，对于我们在撰联中准确表达意思十分重要。

例联：郭尚先《眉山三苏祠》

墨池烟润花间露；

茗鼎香浮竹外云。

这里的"茗"指的就是茶。"茗"与"茶"同义，但"茗"在古汉语中是仄声字，"茶"却是平声字，像这样同义字或词而平仄不同的字在古汉语中很多，例如："九州"与"东土"，都是指中国，两者在古诗联中含义基本一致，但平仄刚好相反。由此可见，多词一义对于我们撰联作诗时炼字十分重要，也更有利于我们处理好诗联中的平仄关系。

值得注意的是同义词在楹联中，一般不作自对，否则就是犯了楹联的合掌之忌。王力先生曾在《诗词格律》一书中说："在一首诗中偶然用一对同义词也不要紧，多用就不妥当了。出句与对句完全同义（或基本同义），叫作'合掌'，更是诗家大忌。"王力先生虽然说的是诗，但联中要求更为严格，以合掌为忌。

　　例联：错误联（合掌）

　　　　华夏江山迎晓日；

　　　　神州楼宇沐朝阳。

　　此联为"二二三"节奏，从字数相等、平仄相谐、节奏相应、结构相同，甚至意义也相关，契合了楹联的主要要素，但第一、三节奏皆为合掌。即"华夏"与"神州"为同义，"晓日"与"朝阳"为近义。

（三）同音分析

　　在汉字中，有很多字同音。大家只要翻开任何一本字典，就能看到某个音中，其同音字有几个，甚至几十个。有的字音虽然不同，但存在着相近现象。

　　同音或近音字对楹联创作也有十分重要的影响。因为楹联是一种讲究声韵的可吟诵文体。一副楹联中，同音或近音字过多，容易影响吟诵效果。但在楹联的修辞中，我们还会讲到谐音。谐音现象，给楹联创作又增添了一种趣味。

　　例联：纪昀《巧对船夫》

　　　　两舟并行，橹速不如帆快；

　　　　八音齐奏，笛清难比箫和。

　　此联就是谐音联（借音联，或称借音对），此联后句为隔字自对。前句"舟"平声，从节奏交替来说当为仄声字。有一次，纪昀乘船而行，这时，一只船赶上前来，与他的船并行。船头站着一位武士打扮的人，这位武将见纪昀的船缓行，急令船夫将帆拉满，快速前进，超过纪昀的船只，并急速写了一个纸条，裹上石子扔过船来。纪昀打开一看,上面是:两舟并行,橹速不如帆快。纪昀马上明白了,这是借用鲁肃和樊哙两位古人的名字写的上联。鲁肃为东吴文臣,樊哙却是汉刘邦手下的武将,以此嘲笑文不如武。这倒一时难住了纪昀,晚上回到宿馆,纪昀一直思索如何能对出下联。直至三更,纪昀听到外面歌楼传来美妙的音乐,忽然来了灵感,对出了下联:八音齐奏,笛清难比箫和。"笛清""箫和"与"狄青""萧何"是谐音,而且也是一文一武。

(四)异读分析

很多字或因地区差别,或因古今差别,或因意义不同及词性差别,或因通假甚至连读等原因造成了读音不同。如"差"字在《汉语词典》上就有四个读音:chà、chā、chāi、cī。甚至同一个汉字,因不同的用法而读音不同。如"不",在单独读时,是四声,但在组词"不用"中,就不能读去声而应该读阳平声。

(甲)古今异读　这是汉语不断发展所至。有的汉字在古代与今天读音是不一样的。但字的意义相同。如"远上寒山石径斜"中"斜"字,同为动词时,今音为 xié,古音为 xiá。目前在诗联界,乃至学校的语文教学中在吟读古诗联时,究竟依古音还是今音,颇有争议。我主张古诗联界,仍依古音为主,而在学校教育中,仍要以今音为主,但必须讲明其古音的存在。

(乙)方言异读　这是地区差别所至。同一个字,在一个地方与另一个地方读音有所同,但意义仍然相同。如"吃"字,在北方读 chī,在南方一些地区读 sě 等多种读音。

(丙)破音异读　异读正是为了意义变化需要。这类汉字其义不同,其音也不同。如"空令岁月易蹉跎"句中"令"字,本音为去声,本义为"命令",但破读后为阳平声,新义却为"教""使"。

其中因词性与词义不同而造成的读音不同，我们称之为破音异读。因此，破音异读就是指字通过读音来表示不同的词性、词义。

破音异读，有助于我们分辨字义。辨明了字义也有助于我们在撰联作诗中正确用字辨音。

（丁）通假异读　通假字异读是正常的，本不是一个字，但一般要求读音依本字来读。如"风吹草动见牛羊"句中的"见"就是通假"现"，应该读"现"音。还有"女"与"汝"、"县"与"悬"、"被"与"披"、"亚"与"压"等。

（戊）连用异读　有些字虽然同形同义，因为组词或词气强调因素，读音会出现变化。这就是字调与语调是有区别的。如"北"的读音为上声，但与"京"合读时，就成了半上声；与"海"字合读时，却成了阳平声。如"一"字在现代汉语中，单读时读阴平声，但与平声、上声字连用，就读去声；与去声字连用时，读音也会变化为阳平声；只有在句中停顿前字位、单独读音时才又读阴平声。如现代汉语中的"一万一千一百一十一"，在正常语调中，五个"一"读音会有所不同。第一个与"万"连读，读阳平；第二与第三、第四个分别与阴平字、上声字、阳平字连读，读去声；第五个是在句中停顿前字位，读原来阴平声。但这种变化不是因为字义、字形造成的，是句中语音变调造成的，但对撰联影响不大而与吟诵相关。

（五）可平可仄现象

有了前面的铺垫，下来我们来分析可平可仄现象。一般分为三类：

（甲）平仄通用，形义不变　在古汉字中，有一类字不论是平是仄，其意义都不变，因此就可以平仄通用。

例联：柳如是《拂水山庄》

浅深流水琴中听；

远近青山画里看。

此联脚上联为"听"，下联为"看"。乍一看，觉得都是平声落脚。因为这两个字在现代汉语中，作为人的行动时，都有平声。而根据楹联格律，上联最后一字应为仄收，此处"听"自然当仄声用（也避免了三平尾）。因此，像"听"这样的字，不论在联中什么字位，只要合联意都可以使用且无忌平仄的，就是古汉语中的可平可仄字。

平仄通用字举例

看、撞、笼、敲、叹、防、喷、漫、栈、舢、髁、望、衰、供、贻、凭、忘、泡、刨、钞、售、姣、峨、狰、醒、爹、领、嵌、渐、澹、批、楷、菌、砭、媛、蜿、谰、巉、谩、嘹、獠、缭、售、佃、钿、姚、莹、踩、揉、挠、拖、狙、蹯、偏、拼、凝、患、翰、诽、霓、泯、蜿、渍、吭、障、纠、听（作"任"时为仄）、过（"过失"义时为仄）

当然，这些是常用字，属于不完全收集。这类字不论其音义如何、词性如何，它们在诗联的平声位或仄声位均可使用，不用考虑平仄问题。但"听""过"等有特殊情况，必须注意。

（乙）平仄变化，形义相同　随着社会的发展，一些字古今形与义都没有变化，但平仄声发生了变化。有的字古仄今平，而有的字却是古平今仄。

一是古仄今平字。这类字主要是在20世纪50年代汉字改革时，古入声字依拼音规则被分为四个部分分别划入阴平、阳平、上声、去声字中，很多字也就由仄声字划到了阴平、阳平声中而成为平声字。但也有少数字是不规则变化，如"茗"等。

例联：郑板桥《兴化李园静坐亭》

种十里名花，何如种德；

修万间广厦，不若修身。

此联中“德”在现代汉语中为阳平字，但在古汉语中为入声字，即仄声字，故依《平水韵》撰联则“德”字可位于上联联脚。

古仄今平字举例

阿、八、捌、拔、跋、魃、白、伯、般、剥、雹、薄、逼、鼻、荸、骠、憋、鳖、瘪、别、钵、拨、饽、泊、帛、舶、箔、驳、钹、勃、渤、脖、鹁、博、搏、膊、礴、嚓、擦、糙、插、察、碴、拆、吃、哧、出、捶、戳、撮、哒、搭、褡、答、瘩、达、怛、妲、得、德、蹬、滴、籴、的、涤、迪、笛、狄、荻、敌、嫡、跌、迭、叠、耋、谍、喋、牒、碟、蝶、督、独、毒、读、渎、牍、犊、咄、掇、裰、夺、铎、额、发、乏、罚、伐、阀、筏、佛、幞、弗、拂、伏、袱、茯、幅、辐、福、蝠、匐、服、呷、割、鸽、圪、疙、胳、搁、葛、革、阁、格、隔、嗝、膈、蛤、估、刮、郭、聒、蝈、国、帼、涸、貉、合、盒、劾、阂、核、盍、阖、黑、忽、惚、鹄、斛、猾、滑、混、豁、劐、活、击、迹、积、屐、绩、缉、激、圾、笈、及、汲、级、极、笈、岌、即、急、吉、亟、瘠、疾、嫉、棘、集、楫、辑、藉、籍、夹、浃、荚、铗、颊、嚼、角、脚、缴、觉、疖、结、接、揭、节、截、杰、诘、洁、劫、碣、竭、捷、睫、究、赳、掬、鞠、局、菊、桔、橘、撅、珏、绝、噱、决、诀、抉、倔、掘、崛、厥、蕨、獗、矍、攫、谲、爵、菌、勘、棵、颗、磕、瞌、壳、咳、窟、诓、邋、疗、溜、馏、噜、捋、妈、抹、没、谜、乜、摸、膜、捏、噢、拍、泼、仆、菩、七、沏、漆、戚、掐、阕、缺、如、茹、孺、撒、塞、杀、煞、勺、芍、舌、什、失、虱、湿、十、石、识、实、拾、食、蚀、倏、抒、叔、菽、淑、赎、孰、塾、熟、刷、摔、说、俗、缩、塌、剔、踢、贴、凸、秃、突、脱、托、橐、挖、玩、屋、喔、吸、锡、膝、夕、汐、析、晰、

蜥、腊、昔、惜、息、熄、悉、蟋、习、席、袭、媳、檄、呷、瞎、辖、黠、
匣、侠、狭、峡、暇、削、楔、歇、蝎、协、胁、挟、撷、戍、靴、薛、穴、
学、压、押、鸭、轧、一、揖、荫、滢、漾、拥、壅、淤、曰、约、晕、杂、
咋、咱、脏、凿、则、责、帻、择、泽、贼、闸、扎、札、摘、宅、着、蜇、
螫、蛰、谪、折、哲、辄、辙、汁、织、只、侄、职、摭、执、直、值、殖、
植、掷、粥、妯、轴、竹、竺、逐、烛、躅、著、卓、桌、捉、拙、灼、茁、
浊、酌、镯、啄、琢、濯、综、足、卒、族、昨、作、怍、茗、殴、吹（名词）

二是古平今仄字。先看一例联。

例联：高适《邯郸少年行》（诗联）

　　　千场纵博家仍富；

　　　几度报仇身不死。

这句诗中，有哪些字今天读仄声，而在古代是读平声的？"纵"作"纵横"解时为平声，这里为"放纵"解，仄声。最为明显的就是"场"，在诗句中位于第二个字，根据格律应为平声。"场"在今天的读音有两个：阳平 cháng、上声 chǎng，但在古代只有一个读音即平声。

古平今仄这类汉字较少，不似古仄今平类字有变化规律可循。

古平今仄字举例

储、禧、驯、俱、蒐、篦、江、框、暌、闽、恇、嘌、漫、筒、纫、蕴、
喻、妊、坳、竣、趄、楼、跑、炖、探、场、椅、任（承担）、纵（纵横）、
胜（胜任）、誉（动词）、治（动词）、卷（形容词）

这类字虽然较少，但我们在实际运用中很容易混淆平仄关系。如果依新韵、通韵写诗，这类字就用作仄声；如果是依平水韵写诗，

就用作平声。

（丙）音义不同，字形相同　这类字就是破读音字，根据意义不同，其平仄也是不同的；反之亦然。这类字较多，只要我们理解其义，就能准确辨别其读音；或从其读音，我们也能把握其含义。

例联：佚名《罗星塔》

朝朝朝朝朝朝汐；

长长长长长长消。

此联中上下联有六个字为同形字，初看难以理解，但因语意不同而读音不同，或者说，因读音不同而语意不同，即形同而音义不同。当我们以"朝朝潮，朝潮朝汐；常常涨，常涨常消"为读音时，便会明白其联意。

破读音字举例

缝：缝补、缝隙　　　　　中：中间、射中

衣：衣服、穿着　　　　　分：分开、名分

闻：耳听、名扬　　　　　燕：地名、鸟名

号：号叫、名号　　　　　占：卜占、占据

屏：围屏、去除　　　　　降：降伏、降落

调：调和、曲调　　　　　和：和合、唱和

传：交接、传记　　　　　为：作为、因为

称：称赞、称职　　　　　当：应该、当作

冠：帽子、为首　　　　　创：创作、创伤

禁：禁受、禁止　　　　　鲜：新鲜、鲜见

泥：泥土、拘泥　　　　　供：供给、供认

令：调令、使或让　　　　骑：骑马、骑兵

思：思念、才思　　　　　饮：冷饮、饮马

誉：称赞、名誉　　　　　污：污秽、弄脏

教：教化、使或让　　　　禁：禁令、经得起

胖：心宽体胖、胖子

附：四呼与等呼（参考内容）

在古代汉语中，还有一个"四呼"的概念。"四呼"指开口呼（开）、齐齿呼（齐）、合口呼（合）和撮口呼（撮）。

"四呼"是我国传统语言学上的术语。因为四呼是汉语一字一音的自然产品，因此它的存在仍然有一定的价值。汉字发音按现代拼音法则，有声母与韵母（韵头、韵腹、韵尾）按一定组合组成。音韵学家分韵母为开口、合口两类，每类又分洪音和细音。开口洪音称为开口呼，开口细音称为齐齿呼，合口洪音称为合口呼，合口细音称为撮口呼。"四呼"与中古汉语的"等呼"也有联系。大致来说，开口呼对应中古的开口一二等；齐齿呼对应开口三四等；合口呼对应合口一二等；撮口呼对应合口三四等。

对应现代汉语拼音来划分"四呼"，其规则是：

开口呼是主要元音为 a、o、e 而没有韵头的韵母；

齐齿呼是主要元音为 i 和韵头为 i 的韵母；

合口呼是主要元音为 u 和韵头为 u 的韵母；

撮口呼是主要元音为 ü 和韵头为 ü 的韵母。

第二章　对仗用词

本章主要分析什么是对仗及其用词的词性要求，帮助大家把握对仗的工整性与灵活性。

一、词的产生与派生

汉字发展到今天，所有词基本有两大类：一为原生词；一为派生词。本节根据王力先生《汉语讲话》，对汉语中词的产生作一简述。

（一）原生词

原生词，或者叫基本词，一般是单音节词，是非派生词，是上古、中古汉字传承下来的。汉字的产生主要是缘于人们的生活需要，在生活中要表达意思，人们才造字造词，因此，这些字词大多与人们的生活密切相关，也是我们日常生活中使用频率最高的词。在我们作诗撰联中，有着重要的作用。如"天、地、山、手、上"等。这些字也大多单字成词，是我们现代汉语的基本词汇。同时，它们也是派生词的基础字。

例联：金圣叹《自题》

雨入花心，自成甘苦；

水归器内，各显方圆。

此联中较多地运用了原生词，如上联中的"雨、花、心、甘、苦"等，但它们又大多参与了词的合成，如"花心""甘苦"。其实在我们下面介绍的对仗用词门类中列举的大多数词，都是原生词。

（二）派生词

随着原生词对一般生活表情达意的不足，人们开始从造字为词变成组字为词来满足更多的生活交流，因此派生词便产生了。由此可知，古汉语中，更多的是单音节词，也就是单字表意，而现代汉语中更多的是双音节词和多音节词，这都是人们在文字实践中不断地组字为词的结果。

派生词发展到今天，主要合成方法有主谓合成、动宾合成、并列合成、偏正合成、补充合成及联绵合成等。这些合成方法与我们今天汉语的词组结构是一致的。但随着时代的变迁，从古至今，派生词在词义上也有较大的变化，或扩大，或缩小，或转移，或缺损。这些都是在字词应用中的自然变化，但有两点变化值得注意。

一是词义古今迥异。有的词在合成后，在长期的运用过程中，出现了词意的转化，甚至与原意相反。

例联:《纪昀智对乾隆》

南通州，北通州，南北通州通南北；

东当铺，西当铺，东西当铺当东西。

此联传说是纪晓岚巧对乾隆的。此联是一副借义对。上联中的"南北"是为一义，而下联"东西"却是两义，为了能与上联相对，则后一个"东西"借用了原义，再与原义的"南北"相对，形成借义对。

二是词义部分缺损。一些合成词特别是并列结构的合成词，在长期的文字实践中，会造成参与合成的某些原生词含义缺损或部分缺损，有的则是在特定情况下其含义缺损或部分缺损。如"妻子"，原意是"配偶"与"子女"，但今天变化为只有"配偶"一个意思，"子女"意则缺损；"忘记"，有"忘"有"记"，但今天只余下"忘"的意思，而"记"的意思完全缺损。这类词还有很多，实词与虚词都有，如"兄弟、国家、窗户、头颈"及"干净、勤快、利害、生死"等。

例联：林则徐《赴戍登程口占示家人》（诗联）

苟利国家生死以；

岂因祸福避趋之。

"生死"一词，脱开语境，应该是包含了"生"与"死"两重含义，但在上联特定语境下，"生死"一词中重点的、真正的意思是"死"，"生"字只是用来构成偏义复音词，只是陪衬。下联"祸福"与"避趋"相应，自然也是避祸、趋福。而"国家"中"家"的含义，基本丧失，所以当人们要表达原有的"国家"之义时，又派生了"家国"一词。类似的例子很多，例如鲁迅赠日本友人的诗《题三义塔》中"度尽劫波兄弟在，相逢一笑泯恩仇"。"恩仇"一词为反义字连用，重点和真正的意思是"仇"，否则，连"恩"也要"泯"（消灭、丧失），那还能"兄弟在"吗？

二、古今词性及对应关系

对仗，今天我们说名词对名词，动词对动词，形容词与形容词相对等，但这跟我们传统的诗词与楹联中的对仗要求还是有一定区别的。因为古人讲对仗用词的词性，没有名词、动词、形容词等名称，而是分虚词、实词，实词又包括半实词，虚词又分死虚词、活虚词、半虚词及助词。

古人还有一个口诀：

无形可见为虚，有迹可指为实，体本乎静为死，用发乎动为生，似有似无者半虚半实。

在对仗用词划分及对仗要求上，明代屠隆在订正的《缥缃对类》里说：

以"虚、实、死、活"字教之。盖字之有形体者谓"实",字之无形体者谓"虚";似有而无者为"半虚",似无而有者为"半实"。实者皆是死字,惟虚字则有死有活。死,谓其自然而然者,如"高、下、洪、纤"之类是也。活,谓其使然而然者,如"飞、潜、变、化"之类是也。虚字对虚字,实字对实字,半虚半实者亦然。最是死字不可对以活字,活字不可对以死字。此而不审,则文理谬矣。

这段话很明确地告诉我们,古汉语中,实词、虚词、助词及死、活词之分及相互对仗的原则。

为便于学习,我把古代用词的分类与今天的用词分类作一个对应分析,以帮助大家进一步理解对仗用词的分类。

（一）实词及对应关系

古汉语中,实词分实词与半实词。

实词　指我们能联想到"形体"的字。古汉语之实词与我们今天所说的实词有较大的区别。今天所说实词乃名词、代词、动词、形容词及副词(也有学者将其归为虚词,甚至有人认为是半实半虚词)等,而古汉语中所说实词只相当于我们今天所说的名词和代词(除"之""其"两字),也就是实体词,如"天、地、日、月、人、树、鸟"及"君、臣、我、汝"等。

半实词　相当于我们今天的抽象名词。如"文、光、雷、力、雄、诚、情、罪、苦、律"等。

（二）虚词及对应关系

古汉语中,虚词分活虚词、死虚词及半虚词,助词也列入虚词。今天的虚词是没有这样划分的。今天我们所说的虚词是连词、介词及语气词、叹词等,而把动词、形容词甚至副词都列入实词范围。

活虚词　活虚词实际上是一种述说词,用古人的话来说就是

"用发乎动为生""使然而然"者，就相当于我们今天所说的动词，如"飞、潜、变、化"等。

死虚词　在古汉语中，死虚词是一种区别词，"自然而然"者，主要用于修饰，相当于今天的形容词和副词，如"高、大、精、新"等。这类词是古汉语中叠字的主要元素。

半虚词　大致相当于今天的部分形容词及抽象的时间名词等。如"早、晚、上、下、里、外、内"等。

助词　助字也是虚词。这类词可分为两类，一类为关系词，相当于今天的介词、连词；一类为语气助词，相当于今天的语气词、叹词和诸如"者、所、之、然"等小品词。

三、对仗用词门类

王力先生是运用现代的语法学理论来解释对仗的代表人物，他认为"古代诗人在应用对仗时所分的词类，和今天语法上所分的词类大同小异"，但他也注意到与传统词类的对接。他在《诗词格律》中"依照律诗的对仗概括"，把对仗用词分为九类：名词、形容词、数词（数目字）、颜色词、方位词、动词、副词、虚词、代词（其中的"之""其"归入虚词），名词又细分为天文、时令、地理、宫室、服饰、器用、植物、动物、人伦、人事、形体等十一小类。

下面参考前人《对仗用词门类表》，逐类进行解读。

第一类：天文门、时令门
（甲）天文门
例词：天空日月风雨霜雪霰雷电虹霓霄云霞霭气烟星斗岚阳阴照晖曛雾露烽火飙霾

例联：陶澍《上海城隍庙得月楼》

　　楼高但任云飞远；

　　池小能将月送来。

此联中的"云""月"就同是天文门对仗用词。这种同门词属对，就是工对。

例联：傅山《太原晋祠云陶洞》

　　竹雨松风琴韵；

　　茶烟梧月书声。

此联中的"雨""烟""风""月"都同属天文门。"烟""雨"及"风""月"，不仅上下联互对，也形成当句单字自对。

（乙）时令门

例词：年岁月日时刻世节春夏秋冬晨夕朝晚午宵昼夜伏腊寒暑晴晦朔昏晓闰

例联：赵朴初《杭州西湖岳庙》

　　观瞻气象耀民魂，喜今朝祠宇重开，老柏千寻抬望

　眼；

　　收拾山河酬壮志，看此日神州奋起，新程万里驾长

　车。

此联中的"朝""日"同为时令门对仗用词。

例联：胡六皆《长沙民俗村竹廊》

　　霜痕月色秋容淡；

　　帘影蝉声午梦凉。

胡六皆是当代联家。此联"秋""午"都是时令门对仗用词。但"月"在这里表示月亮，不含月份之意，是天文门，不属于时令门。

第二类：地理门、宫室门

（甲）地理门

例词：地土石山水江河川湖海波浪涛潮冰池州沼潭泽渠桥关塞戍城市道路都径衙园圃苑墓坟岩崖峰岭疆坝堤堞壕垒陇京国郭邑郊牧野林峒州县郡镇乡村墟屯壤泥畦甸干岸峡田谷岛屿浦溪涧渡沙尘塘原驿塍境界泉冈矶岙坞冲

例联：林则徐《福州鼓山》

海到无边天作岸；

山登绝顶我为峰。

联中"海"与"山"、"岸"与"峰"两处地理门对仗用词属对。

例联：林泉生《永泰方广岩天泉阁》

石室天开，见大地山河，三千世界；

水帘风卷，露半天楼阁，十二阑干。

此联中，我们只看地理门中的几个对仗用词。"石"与"水"、"世界"与"阑干"相对。"天"与"地"看上去是很工的对仗，但它们却是不同门，也不同类，这种严格来说叫邻对，但"天对地""诗对酒""声对色"等是联界的习惯性用法（后面将做专门介绍），也可列入工对之类。

（乙）宫室门

例词：房宅庐舍楼台堂馆榭斋宫室阁门闾塔巷街墙垣壁窗牖户槛梁柱檐廊阶砌庭院仓库坛篱扉井栏阙殿署楹寺观庙店瓦甍

例联：翁方纲《北京陶然亭》

烟笼古寺无人到；

树倚深堂有月来。

这副联"寺""堂"同门对仗用词属对。

例联：洪梧《扬州南门楼》

　　东阁联吟，有客忆千秋词赋；

　　南楼纵目，此间对六代江山。

这副联"楼""阁"同宫室门对仗使用词属对。此联"联吟"与"纵目"成交股对或者叫错综对。

第三类：器物门、衣饰门、饮食门

（甲）器物门

例词：舟船舫舰车辇钟磬砧床榻枕簟席茵莚旗鼓角干戈刀剑弓箭枪槊戟弩灯檠镜案座幌帘箔帏屏帷幄香烛炉棹桅蓬樯帆桨桡壶杯觞樽觥珂铃镳鞍鞭策绳甑釜箱筐尺盘碗盆缸箪瓢杓瓮瓶钱钥罗

例联：佚名《酒楼》

　　花映玉壶红影荡；

　　月窥银瓮紫光浮。

联中"壶"与"瓮"同属器物门。联中的"花"与"日"相对，但它们不同门，也不同类，依今天的词性分类来说，只是名词对名词的形式完成属对，这种就是宽对。宽对，只需要按照名词对名词、动词对动词、形容词对形容词等词性相对就可以，不需要对仗使用词是同类或同门。

例联：王成瑞《西湖苏小小墓》

　　灯火珠帘，尽有佳人居北里；

　　笙歌画舫，独教芳冢占西泠。

联中"帘"与"舫"是同属器物门对仗使用词。

这副楹联还有一种邻对概念。"灯"属器物门，但"笙"属于文具门，在对仗使用词中，属于邻类相对，当为邻对。

（乙）衣饰门

例词：衣裳襟袂裙裾巾冠帽环钗珮珰带绂绶簪缨杖鞋履屐靴袍衫裘襦毡扇冕旒盔甲胄领袖袢绮纨绔襦裳

例联：佚名《西北武后庙》（集句）

六宫粉黛无颜色；

万国衣冠拜冕旒。

此联是一种当句隔词自对，为唐诗集句联，上联出自白居易的《长恨歌》，下联出自王维的《和贾至舍人早朝大明宫之作》。

此副联是当句不等字自对（下面还要讲到）。上联"六宫粉黛"对"无颜色"，下联"万国衣冠"对"拜冕旒"。上联自对部分是颜色门对仗用词，下联自对部分是衣饰门对仗用词。

虽然"宫"属宫室门，"国"属地理门，但这里与前面的数字形成数量词。

例联：韩愈《阳朔画山》（诗联）

水作青罗带；

山如碧玉簪。

此上下联最后一词均属衣饰门。

（丙）饮食门

例词：酒茶茗糕饼饧斋鲙丹餐酿酷酎醪醢醯盐酱浆饭肴馔蔬笋菜粥馐鬻羹汤胙脯蜜

例联：朱庆文《梅家坞畅观堂》

壶煮三江，茶饮多情客；

门通四海，酒留有义人。

联中"茶""酒"属对，都是饮食门对仗用词。

例联：吴嵩梁《题林昌彝》

酒不能豪偏爱客；

米犹难索更藏书。

一般对仗为平仄相对，而此联中，饮食门对仗用词都在句首，处于非节奏点，因而放宽为仄仄属对。

第四类：文具门（含文人用品）、文学门

（甲）文具门（含文人用品）

例词：笔墨砚纸笺印钤筒筹签书剑琴瑟弦箫笛棋卷轴幅幛简策册翰毫

例联：李育文《香港回归缅怀前贤林则徐》

箫心冷对天山月；

剑气遥连岭海云。

此上下联第一字均属文具门。为何剑也列为文具门？剑在古代是身份的象征。《贾子》有载："古者天子二十而冠，带剑；诸侯三十而冠，带剑；大夫四十而冠，带剑；隶人不得冠，庶人有事得带剑，无事不得带剑。"剑，后来逐渐成为文人的一种情结，佩剑耀祖，论剑济世，剑就与文人有了不解之缘。

例联：朱帆《广州新荔枝湾》

绿水舟停，画笔深沾杨柳色；

红云宴罢，诗笺犹带荔枝香。

联中"笺""笔"同属文具门对仗用词属对。

（乙）文学门

例词：诗书赋檄疏章句经论集策约文字信缄诏令函符篆旨敕篇编碑碣词辞咏歌谣制诰典籍礼图画印帖

例联：俞樾《春在堂随笔》（摘句）

金尊日月三都赋；

玉洞云霞二酉文。

联中"赋""文"属文学门对仗使用词属对。

例联：涂光雍《武昌东湖可竹轩》

皓月凝辉，竹影婆娑留画意；

明湖摇翠，桨声欸乃壮诗情。

联中"画""诗"属文学门对仗使用词属对。

第五类：草木花果门、鸟兽虫鱼门

（甲）草木花果门（植物门）

例词：树木花草萝藤柳杨蕉菊桂枝条叶桃杏李梅梨榴橙橘柑柚竹篁兰蕙芝蓊椒松柏榆杉椿萱楸楞根茎梗絮麦禾萼蕊芜苔藓芦荻蔬莲荷菱艾菰蕖苇蒲

例联：郑板桥《四川青城山常道观膳堂》

扫来竹叶烹茶叶；

劈碎松根煮菜根。

联中"竹"与"松"、"叶"与"根"都是草木花果门对仗使用词属对。

例联：刘东父《新都桂湖水榭》

呼吸湖光餐桂露；

徘徊秋月漱荷香。

联中"桂""荷"是草木花果门对仗使用词属对。

（乙）鸟兽虫鱼门（动物门）

例词：马牛犬狗驹骏骢骊犀象鹿虎豹狼狐猿貂麝猞豸兔鼠猫兽禽乌鸿雀鹊鹤鸥雉凤鸾莺燕雕雁鸦鸠鹃鸟鹊鹄鹏隼鹓鸳鹭鹳鸭鹅凫蛇龙蛟螭鱼虾虫蝉蚌龟鳖蟹蟾蛛蚕蛾蚁蚊蝇

例联：章太炎《挽南京光复烈士》

群盗鼠窃狗偷，死者不瞑目；

此地龙蟠虎踞，古人之虚言。

联中可以"鼠""龙"及"狗""虎"同门对仗用词互对；同时上下联同门词还与其他词组合，形成自对，即"狗偷"对"鼠窃"、"龙蟠"对"虎踞"也是当句自对。

例联：刘人寿《颂香港回归》

大笔画龙，香港喜看龙破壁；

高梧引凤，神州酣唱凤还巢。

此联"龙""凤"皆为规则重字且同门对仗用词属对。

第六类：形体门、人事门

（甲）形体门

例词：身心肌肤骨肉头首眼目眉鼻额颜面脸颊须髯耳睛瞳手足肩腰腹脐膝胫胸背影魂声色音容迹羽翼翅翎蹄角牙齿口嘴唇毛爪翮

例联：王新铭《天津绘芳戏馆》

绘影绘声，将今比古；

芳心芳口，弄假成真。

此联为两句联，首句复字自对（在对法中要专门讲解），即"绘影"对"绘声"、"芳心"对"芳口"。其中节奏点上的"影"与"声"、"心"与"口"都属形体门对仗用词属对。

例联：刘正德《湘潭彭德怀纪念馆》

披肝沥胆，亲上万言，云雾叹重重，不见庐山真面目；

立马横刀，身经百战，功勋钦赫赫，何疑大将假心肠？

此联中"面目""心肠"都是同门对仗用词进行同义组合，同义连用既为自对，也为互对，形成工对。而上联首句两节奏自对，其中"肝"与"胆"属对为形体门对仗用词自对。

（乙）人事门

例词：功名恩怨愁闲才情歌舞妆吟笑谈宴游羞妒言论志道思想感荣宠爱憎语辞力势醉梦气怀意事性灵品行德智勇仁忠义誉仇

例联：顾嘉蘅《南阳诸葛武侯祠》

功在朝廷，原不分先主后主；

名高天下，何须辨襄阳南阳。

联后一分句是复字自对。首句中"功""名"为人事门对仗用词属对。

例联：佚名《闲思》

闲看门中木；

思耕心上田。

此联为拆字联。联中"闲"与"思"为人事门对仗用词属对。

第七类：人伦门、代名对

（甲）人伦门

例词：兄弟父母君臣夫妻师友翁姑子妇儿女婿叔伯伴侣圣贤仙佛鬼将相侯王军兵士农渔樵叟僧尼伎（妓）

例联：佚名《福阳关帝庙》

师卧龙，友子龙，龙师龙友；

弟翼德，兄玄德，德弟德兄。

此联运用了反复、顶针两种修辞手法。"师"与"友"、"弟"与"兄"均属人伦门对仗用词当句自对。

例联：何晓明《和县乌江亭》

万世仰英风，可谓杰人雄鬼；

千秋凭正义，何言败寇成王。

从互对角度来看，此联"鬼"与"王"、"人（代名对对仗用词）"

与"寇"均可认为系人伦门对仗用词属对。此联更可理解为当句自对，即"杰人"对"雄鬼"、"败寇"对"成王"，其中节奏点上的字都是人伦门对仗用词。

（乙）代名对

例词：吾我余予汝尔君子他谁何孰或自己相者人某

例联：何绍基《成都杜甫草堂》

　　　锦水名山君占却；

　　　草堂人日我归来。

联中"君""我"是代名对。

例联：宋湘《云南大理石洞》

　　　只合任他顽，谁又来凿开混沌？

　　　既然如此怪，我亦欲粉碎虚空。

联中"谁""我"是代名对。"此"虽然不在例词中，但在我们日常使用中，也常用作代名，故"他"与"此"也形成代名对。

第八类：方位对、数目对、颜色对、干支对

此类四门对仗用词，在实际运用中，严格来说，不可以相互对仗，属于同门独自属对。在邻对中我们说过，同类不同门对仗为邻对，这类例外。但在词性放宽时，也有见到方位词与数目词、数目词与颜色词相对情况。

（甲）方位对

例词：东南西北中外里边前后左右上下内旁隅底侧顶角畔尖端

例联：何绍基《济南历下》

　　　历下此亭古；

　　　济南名士多。

此联巧用了两地名中的方位词"下"与"南",形成方位对。

例联:熊鉴《纪念鲁迅逝世六十周年》

先生尚属行时,常充左翼前锋,呐喊欲驱长夜黑;

早死堪称走运,未作右军首领,彷徨还唱太阳红。

联中"左"与"右"、"前"与"首"属方位对。

(乙) 数目对

例词:一二三四五六七八九十百千万亿两双孤独数几半再群诸众各每满偶奇单只全多重

其实,数目对往往与量词组合出现于诗联中,常用的量词有:支、斤、两、尺、寸、分、包、条、头、棵、片、束、类、副、列、伍、队、批、首、阕、门、生、家、罗。

例联:张鹏翮《眉山三苏祠》

一门父子三词客;

千古文章四大家。

此联两处运用数目对,"一"与"千"、"三"与"四"。

例联:马萧萧《自嘲》

四爱诗文书画;

一生苦辣酸甜。

联中"四""一"属数目对。

数词在楹联中的运用样式颇多。除上面的单数相对外,还有约数、复数相对。

例联:徐时作《张氏书屋》

寄迹此山中,数亩方田,日看犁云耕雨;

忘机斯世外,三间古屋,时欣弄月吟风。

这联中有数目词为约数。"亩""间"是量词。

例联：彭玉麟《杭州凤林寺》

　　百八杵钟声，撞醒痴梦；

　　五千言慧典，参破禅机。

联中的数目"百八""五千"是复数相对。

（丙）颜色对

　　例词：红黄白黑青绿赤紫翠苍蓝碧朱丹绯赭金（黄）玉（白）银（白）粉（白）皓素彩玄黔缁苍辉

　　例联：金安清《杭州西湖湖心亭》

　　春水绿浮珠一颗；

　　夕阳红湿地三弓。

　　例联：尚文化《哈尔滨太阳岛》

　　江水有情，偷围三面绿；

　　夕阳无语，悄上半肩红。

两联中"绿"与"红"都是颜色相对。特别是例联《哈尔滨太阳岛》，颜色词作为联脚，正好平仄相对，形象鲜明。

值得注意的是，本类中的颜色词、数目词及方位词在对仗应用中，是产生"光环效应"（将在后文做专门介绍）的重要因素，在撰联作诗中有着重要的作用。

　　例联：毛泽东《答友人》（诗联）

　　斑竹一枝千滴泪；

　　红霞万朵百重衣。

此联中，"竹"与"霞"、"泪"与"衣"都不是同门类的对仗，仅是名词属对，但有了"斑"与"红"这样的颜色词工对及后面的连续两个数量词间的工对，使全联意象十分鲜明。

（丁）干支对

　　例词：甲乙丙丁戊己庚辛壬癸子丑寅卯辰巳午未申酉戌亥

例联：佚名《传统第宅联》

甲第云连，竹苞松茂；

午窗日永，鸟语花香。

这里"甲"已是其延伸义，因其居天干之首，即为居于首位的、超过其他的意思。"午"字也用是时间概念。但从字面来看，此联中"甲""午"分属天干与地支。

例联：顾平旦《贺中国圆明园学会成立》

赤县沉沦，名园历劫庚申火；

中华崛起，遗址生辉甲子春。

联中"庚申""甲子"系天干地支组合，是中国传统的纪年法，代表了两个年份，"庚申火"即，圆明园烧毁于"庚申"年，而学会却是成立于"甲子"春，正好形成属对。需要注意的是，虽然这副联中有合掌之处，但因其巧思巧构，还可以"赤县"代旧中国而以"中华"代指新中国，无疑可将其视为实用佳构。

第九类：人名对、地名对

严格来说，这类对仗是一种义对。因词间的意义是同类而形成相对。这种专有名词间的义对，最好字面上也能相对。也就是说，既可义对，也可字对。

（甲）人名对　人名对在联中占比较小，但直接涉及人名，很有情趣。一般有三种类型：

一是单纯的人名相对。

例联：文天祥《临榆孟姜女庙》

秦皇安在哉？万里长城筑怨；

姜女未亡也，千秋片石铭贞。

联中"秦皇"对"姜女"，是人名相对。一般而言，人名与人名可以相对,但在实际运用中,人名相对时,如果能巧求名字中的字与字也相对那便最好。如此联中,"秦"与"姜"姓氏相对,"皇"以"女"均系人伦门对仗用词,因此,此联不仅是人名间的义对,其字面也对得很工。还有如"陶然亭"对"张之洞",不仅是地名对人名,字面上来看,"陶"对"张",系姓氏相对,可认为工对;"然"对"之"虚词相对,亦为工对;"洞"对"亭"是地理门对宫室门,稍宽,但也是邻对。

例联:白雉山《言志》

邀子美、青莲、居易为邻,开怀畅饮贫如富;

与文君、清照、淑真作伴,促膝低吟梦亦香。

此联中,上下联各三位名人姓名罗列而相对,且共取其精神不同分列为上下联。虽然字面上不对,但联家以此言志,却可谓匠心独运。

二是上下联均加有与人名相关的字,形成一种特别的效果。

例联:佚名《潮州韩江酒楼》

韩愈送穷,刘伶醉酒;

江淹作赋,王粲登楼。

联中四句,每句一个人名,且用他们的典故,添加了与其极为相关的其他字,形成趣对。联中"韩愈送穷"是指唐代韩愈的《送穷文》,"刘伶醉酒"是指刘伶,以嗜酒著称,有"一醉三年"的传说;"江淹作赋"是指南朝梁代江淹,以作赋见长;"王粲登楼"是指"建安七子"之一王粲,有《登楼赋》。此联还嵌了酒楼名。

三是人名在联上形成当句自对,而对句则非人名。

例联:佚名《颂天府》

相如赋,太白诗,东坡文,升庵科第,蜀中人才荟萃垂青史;

剑阁雄，夔门险，峨眉秀，玉垒浮云，天下毓秀钟

灵系地舆。

上下联均为不等字排比自对。上联中四个人名加上与他们密切相关的功绩，形成排比自对，而下联刚是四个地名加上其特点而形成排比自对。惜此联句脚安排上存在问题，似可做适当调整，确保句脚合律。

（乙）地名对　地名对与人名对一样，很早就出现在古诗联中，特别是古诗词中，有大量的地名相对。如高达夫《送李少府贬峡中王少府贬长沙》诗的第二、三联："巫峡啼猿数行泪，衡阳归雁几封书。青枫江上秋帆远，白帝城边古木疏。"这里的"巫峡""衡阳""青枫江""白帝城"都是以地名为对。地名对与人名对相似，既有以地名的义对概念，又求字面的词语工对，甚至有化用地名本身字面义而成趣对。

一是单纯利用地名概念成对，即地名义对。

例联：郭沫若《扬州史可法祠》

骑鹤楼头，难忘十日；

梅花岭畔，共仰千秋。

此联上下联前分句"骑"与"梅"虽然分属动词与名词，但是这两个词分别是专有名称中的首字，所以上下联首句均以"地名+方位词"形成地名对。同时，从节奏点以外字放宽的原则，地名在这里与方位词联用，而联中的方位词间是工对，所以对地名用字是否同门同类，相对放宽。类似的楹联还有时为江西巡抚的阮元《题戏红船》："扬子江头万里浪；滕王阁下一帆风"等。

例联：喻森《黄冈东坡赤壁》

无客，无鹤，无酒，无鱼，无赤壁；

有江，有山，有风，有月，有东坡。

此联中，上联"赤壁"为现实地名。但下联"东坡"此处实为人名，但借用了东坡地名，双关也。

现实中的东坡其地在黄州东门外。东坡并不是什么风景胜地，但对苏轼来说，却是灌注了辛勤劳动、结下深厚感情的一方生活天地。"荒田虽浪莽，高庳各有适。下隰种秔稌，东原莳枣栗"，苏轼不只经营起禾稼果木，还在这里筑起居室——雪堂，亲自写了"东坡雪堂"四个大字，并自称东坡居士。

二是利用地名字面本身的含义成对。

例联：佚名《成都某报贺日本投降征联》

中国捷克日本；

南京重庆成都。

1945年8月，日本帝国主义宣布无条件投降。消息传来，举国欢庆。成都某报遂集三个国家名"中国""捷克""日本"为出句征对。意为中国战胜日本，中国人民取得了抗日战争的胜利。此联一出，应征者如云，其中以"南京重庆成都"一联拔得头筹。南京为国民政府首都，战时被日军占领，蒋介石政府随即迁都重庆，名"陪都"。下联意即南京重新庆祝再次成为首都。

此联妙在上下联全由地名组成，无一动词、副词、形容词，其构思之精巧、表达之准确，令人称奇，属串组修辞法。而其中的"捷克""重庆""成都"都引用了地名中各个字本身的含义，惜在此联上联为五连仄，是为媒体人不胜为联吧。

第十类：同义连用字（包括近似义）、反义连用字、联绵字、重叠字

此类同门四种对仗用词，其中重叠字一般难以与前三门对仗用词形成对仗。联绵词也要求与联绵词相对，而有些联绵词可以与

结构相同的同性词属对，但一般不会以相同结构的同性词来应对联绵词。

（甲）同义连用字（包括近似义）　同义连用是指两个或两个以上意义相同、相近或相类的词并连在一起使用，在句中表示一个相对完整的意义、充当一个语法成分的语言现象。

同义连用，少则有两个音节，多则有三四个音节，以两个音节的居多数。同义连用是古代汉语中一种普遍存在而又特殊的语言现象。恰当运用同义连用可以使表达更加清晰、准确，也可以收到强调语意、加强语势的修辞效果。如语言、愚昧、阅读、学习、颤抖、渺茫、遥想、帮助、擦拭、羡慕、欢喜、愤怒、硕大、渺小、跳跃、贩卖、惦念、思想、聆听、遭遇、网罗、护卫、美丽等。

例联：周继煦《贵阳甲秀楼观音寺》

烟雨楼台山外寺；

画图城郭水中天。

这里"烟雨""楼台""画图""城郭"都是同义连用字组成的词。

例联：张剑芬《台北指南宫吕祖殿》

剑气吐虹霓，重湖烟雨携双袖；

天风下鸾鹤，大海波涛拥万灵。

此联中"虹霓"与"烟雨"、"鸾鹤"与"波涛"都是同义连用字。同义连用字一般都是对仗使用词中同类同门词连用，但字形又不相同，明显与叠字有区别。

（乙）反义连用字　连用反义字，可以揭示事物的矛盾，形成意思的鲜明对照和映衬，从而把事物的特点深刻地表示出来，也使语言更加新颖而简明，可以起到加强语气、强调意思的作用。能反义连用的字大多是形容词，其次是方位词与动词，名词却较少，而指示词仅"彼此"一例。

其实汉语中有很多的反义字连用的情况。如：是非、大小、多少、高矮、胖瘦、东西、南北、凹凸、开关、上下、深浅、前后、左右、动静、黑白、升降、正反、明暗、始终、轻重、缓急、生死、长短、远近、内外、高低、贫富、来去、首尾、安危、是非、彼此、出入、悲喜、昼夜、进退、阴阳、来往、新旧、吉凶、古今、异同、冷暖、胜败、正邪、真假、甘苦、强弱、先后、是否、动静、方圆、好坏、优劣、稀稠、虚实、加减、本末、得失、善恶等。

因反义连用产生的复词有两种情况：一种是保持了原来的意义，诸如高下、利害、轻重等不仅保留原义，还会产生一个新的意义，即两面性的意义。当然也有一些反义复词也仅仅是保留原来两个字的意义，如大小、雌雄、疏密等。

例联：吴迈《杭州岳王墓》

　　正邪自古同冰炭；

　　毁誉于今判伪真。

联中"正邪""冰炭""毁誉""伪真"都是反义字连用。

还有一种反义复词中，原来的两个相反意义的字连用后只有一个字有实际意义，而另一个字完全是"聋子耳朵——摆设"，只是强调语气之用。

例联：佚名《霍山县韩信祠》

　　生死一知己；

　　存亡两妇人。

联中"生死""存亡"合掌及上联孤平暂且不论，这两词都是反义字连用。但两词中"死""亡"没有实际意义。类似的现象在反义连用词中较为常见。

例联：林则徐《赴戍登程口占示家人》（诗联）

　　苟利国家生死以；

岂因祸福避趋之。

"国家"是同义连用词，而"生死""祸福""避趋"都是反义字连用。这里出现了同义连用词对反义连用词的邻对现象。值得注意的是，这四个词在句中都有词义缺失现象。

（丙）**联绵字**　汉语双音词分合成词与单纯词。合成词是由两个词素构成，由两个实词素构成的双音词有五种结构：即主谓、动宾、联合、偏正、补充。

单纯词又叫联绵词。但联绵词中，不论字的多少，均为一个词素，它们紧密地结合在一起，表示一种意义，也有一些因修辞需要而分开（如"天翻地覆慨而慷"中"慷慨"分开用较少见）。如果硬把它拆开，那么拆开后的两个字，都不是完整的词。也就是说，不能表达特定的含义，如"鸳鸯""徘徊"。有的联绵词拆开后虽然还可以各自成词，但表达的意思都和原词意大不相同，甚至毫不相干，如参差、烂漫。

联绵词不能就字面来进行解释，与同义连用词、反义连用字都是有区别的，同义连用词或反义连用词可以拆解并各有其义，只是字义相近或相反。

联绵词在对仗中有着重要的声韵作用。如果从严要求，对仗中应是联绵词对联绵词，合成词对合成词，这是其一。其二是双声叠韵对双声叠韵，非双声叠韵对非双声叠韵。因为联绵词不论音乐美或词义美都比合成词胜出一筹，而双声叠韵在音韵美方面又是非双声叠韵无法比拟的。王力先生认为："古人还利用这样的联绵字来加强诗歌的音乐性。"他又说："双声叠韵也是一种回环的美，这种形式美在对仗中才能显示出来。"

联绵词可以细分为双声联绵词、叠韵联绵词、非双声叠韵联绵词三种。

一是双声词。词中两个字的古声母相同，就是双声词。从现代汉语来说，就是一个双音节词中两个字的汉语拼音的声母相同，就是双声。也就是同声母的字，可以构成双声联绵词。如"仿佛""伶俐""蹊跷""慷慨""荏苒"。

例联：钟云舫《江津临江楼》（长联摘句）

谓玄黄伎俩蹊跷，怎恓怯挣狞努眼；

在冈底峥嵘脉络，应多少豪杰诞身。

联中的"蹊跷（qī·qiao）"一词就是双声联绵词。其他"伎俩（jì liǎng）""挣狞（zhēng níng）""峥嵘（zhēng róng）"等属非双声叠韵联绵词。

例联：佚名（集句）

独抱琵琶寻旧曲；

数教鹦鹉念新词。

其中"琵琶（pí·pa）"一词就是双声联绵词。在这里与非双声叠韵联绵词"鹦鹉（yīng wǔ）"属对。

二是叠韵词。词中两个字的韵母相同可构成叠韵，但两个字都必须是阴平或阳平字。而其他声调的同韵母字不能构成叠韵，如薏苡（yì yǐ），两个字的声母韵母都相同，只是声调或去声或上声，因此它只是双声，而不是叠韵。

用现代汉语来解释，两个字汉语拼音的韵母相同，如果都是阴平或阳平字，就可以构成叠韵。对于复韵母的字，以后韵母为主，而韵头忽略，不予考虑。如"徘徊（pái huái）"，"徊"字韵母中，作为韵头的u就忽略，只考虑后韵母ái。

例联：佚名《杭州梅竹亭》

雪里梅花红烂漫；

霜间竹叶碧玲珑。

此联中"烂漫（làn màn）"两字虽然同韵母，但不是叠韵联绵词，因为两个字都不是阴平或阳平字，都是去声字，因而不是叠韵联绵词。因两个字的声母也不相同，因而"烂漫"是非双声叠韵联绵词。与双声联绵词"玲珑（líng lóng）"属对。

例联：林则徐《昆山马鞍山亭》

有情碧嶂团圞绕；

得意孤亭缥缈间。

联中"团圞（tuán luán）"声母不同，而韵母相同，且都是阳平字，因此，属于叠韵联绵词。"缥缈（piāo miǎo）"虽然韵母相同，但因"缈"是上声字，不可以构成叠韵，因此"缥缈"系非双声叠韵联绵词。

例联：佚名《春联》

绿野苍茫驰骏马；

蓝天浩瀚搏雄鹰。

此联中，"苍茫（cāng máng）"，声母不同，但与韵母相同，且分属阴平、阳平字，则为叠韵联绵词。而相对的"浩瀚（hào hàn）"则声母相同而韵母不同，为双声联绵词。

三是非双声叠韵词。非双声叠韵词指既非双声又非叠韵的联绵词。如"嘀咕（dí·gu）""寂寞（jì mò）"等。

例联：佚名

一枕缠绵同望月；

半帘寂寞独听风。

此联中的"寂寞"因为"寂"与"寞"的声母韵母都不相同，因此为非双声叠韵联绵词，而"缠绵（chán mián）"中的"缠"与"绵"虽然声母不同，但韵母相同且同为阴平字，则为叠韵联绵词。

（丁）重叠字　古时叫作"重言"或"复字""叠音"。重叠字，因字的重叠形成叠音词，即重复同一个音节所构造的词，是一种应用极广的词类。恰当地运用叠音词语，可以突出词语的意义，加强对事物的形象描绘，增强音乐美感。

重叠一般分为两类，一类为叠字。这种叠用会引申出新的意义，而这种新的意义不一定能从原来的单字中找到。如"感君区区怀"之"区区"是"爱"的意思，就失去了原来的"小"的意思。另一类是叠词。叠词一般保留了原来词义，但意义有变化。如"种种在其中"之"种种"，原义为"一种"，这里就有"每一种"之意。

通过叠音词的使用，能够传神地描写出人和物的音、形、情、态，有栩栩如生的表达效果。文学作品中，往往因使用叠音词而大大增加了语言的形象性，增强了作品的感染力。叠音词的词形有"甲甲乙""甲乙乙""甲甲乙乙""甲乙甲丙""甲乙丙丙"，如"孜孜""哗啦啦""地地道道""自觉自愿"等。

叠音用词在楹联中有全叠音、部分叠音及间隔叠音之分。

一是全叠音。即全联每个字都进行重叠。

例联：黄文中《杭州西湖天下景》

　　　水水山山处处明明秀秀；

　　　晴晴雨雨时时好好奇奇。

这副联所有字都重叠，是全双音叠字联且连绵回环修辞。

例联：俞樾《杭州西湖花神庙》

　　　翠翠红红，处处莺莺燕燕；

　　　风风雨雨，年年暮暮朝朝。

此联中每个字也都是重叠相对，也属全双音重叠。

二是部分叠音。即一副联中，只有部分联语是叠字。

例联：涂光雍《武汉蛇山桥头》

　　　袅袅白云，不尽帆飞，三峡浪开东海日；

翩翩黄鹤，无边霞涌，五洲客醉楚天春。

全联仅"袅袅""翩翩"重叠字属对，其他都非叠音，因此，该联属于部分叠音。

三是隔字叠音。即重叠的部分中间还隔有不重叠的字。

例联：冯玉祥《滦州纪念园》

尺山尺水永留血迹；

一花一木想见英风。

联中"尺山尺水""一花一木"属于隔字叠音楹联。

四是多字叠音。即叠音部分是多个字的成组重复。

例联：张謇《南通宛在堂》

陂堂莲叶田田，鱼戏莲叶南、莲叶北；

晴雨画桥处处，人在画桥东、画桥西。

此联有部分叠音"田田""处处"，有多字隔字叠音，即"莲叶""画桥"不仅以两字为单位叠音，还形成隔字叠音。

第十一类：副词、连介词、助词（包括叹词）

（甲）副词

例词：忽渐才乍已将欲拟即皆俱怎焉岂空徒枉频屡每亦却休莫不未只但惟尚又复曾尝须应宜合犹还乃虽且更可能殊甚颇稍最堪竟顿浑漫转翻

例联：王俨思《长沙岳麓山观光亭》

乘兴访名山，最爱夕阳无限好；

观光登绝顶，莫愁高处不胜寒。

例联：程曾洛《西湖慕才亭》

湖山此地曾埋玉；

花月其人可铸金。

两副联中,"最"与"莫"、"无"与"不"以及"曾"与"可"皆为副词入联属对。

(乙)连介词

例词:与和共同并且还于而则因为之在由以从对及或跟

例联:康熙《北京故宫养性斋》

日永亭台爽且静;

雨余花木秀而鲜。

例联:李五湖《扬州史可法祠》

为民族尽节,为国家尽忠,取义成仁皆可法;

与梅岭同仇,与扬州同难,披肝沥胆永垂荣。

两副联中的"且""而"及"为""与"都是连介词属对。李联中还有动副对,即"可"与"垂"属对。

(丙)助词(包括叹词)

例词:然止之者着了过噫吁嗟咦哦呜呼也矣焉哉欤乎耶尔耳今

例联:周煌《澎湖天后宫》

神为德其盛乎,呼吸回天登彼岸;

臣何力之有也,忠诚若水证平生。

联中"乎""也"都是语气助词。

例联:张大千《美国克弥尔城聊可亭》

聊复尔耳;

可以已乎?

联中"耳""乎"为叹词。

值得注意的是,上述对仗用词门类的排列次序不是随意排列的,有一定的规律,即前七类为实词类。在这七类中,同门字属对即为工对;邻门字属对就是邻对,但有时邻类间属对也称为邻对,如时令门与地理门等；相隔一类字属对就是宽对，如第一类与第三类，它们中的字属对就是宽对。

第八类是名词类，但四门是各自成类，一般只能同门属对，邻门都不可以属对，如数词"一"就不能可与颜色词"白"相对。

第九类是义对，也就是可以字面相对，但也可以仅仅同是地名或人名而相对。

第十类同义连用与反义连用词既可同门属对，又可邻门间产生邻对。而联绵词一般只同门属对且必须考虑词性问题。从追求完美角度来说，还要叠韵词对叠韵词、双声词对双声词、非双声叠韵词对非双声叠韵词，但在实际运用中，也有放宽到以联绵词对同词性的合成词，如用名词性联绵词"古董"对名词性合成词组"雄姿"。至于叠音为对仗中用词的特殊用法，只能叠字对叠字按对仗规则属对。

第十一类所列为辅助词类，在联中对仗使用时理论上来说作为虚词可同类属对，但实际运用中，大多还是各门属对，毕竟连介词与助词、副词难以在同位出现而形成属对关系。

四、对仗性要求

从对仗用词的角度来说，我们尽量要求同类同门词相对，即工对，但往往求而不得，这就会出现邻对、宽对情况。特别是在长期的楹联实践中，还有一种自成小类的对仗用词，甚至特殊的对仗用词法。

（一）工对

工对，就是严格要求词性对品。属对的字词都是《对仗用词的门类》中的同门。

例联：朱庆文《开化根雕佛国》

　　树蕴佛缘，开觉三途，全在六情妙契；

　　根雕罗汉，化灵六度，可求三昧真如。

这副三句十四字联属于佛联。联中实词包括佛教用语及"根"与"树"、半实词"觉"与"灵"两组对应词。佛教用语对佛教用语，这就是我们常说的自成一类，是符合传统的对仗种类的；而"根"与"树"、"觉"与"灵"都是实词相对，它们在《对仗用词门类》中，分别属于草林花果门、人事门，所以它们的属对，就是工对。

（二）邻对

在楹联中，以《对仗用词门类》（前七类）中门类接近的词属对，叫作"邻对"。所谓门类接近，就是在《对仗用词门类》（前七类）中，同类不同门。当然，也有把相邻两类的对仗用词属对，称作邻对。如第一类的"天文门"属词与第二类的"地理门"属词相对。但我们说邻对，在《对仗用词门类》中，也只限于前七类之间才可形成邻对。

例联：朱庆文《温州江心寺》

　　寺佑新津，从来普度众生客；

　　佛尊古刹，何见妄收三炷香。

联中"津"是古渡口，属第二类地理门，"刹"是寺庙，属第二类宫室门，属对的两字系同类不同门。"新津"对"古刹"是典型的邻对。

例联：鲁迅《亥年残秋偶作》（诗联）

　　尘海苍茫沉百感；

　　金风萧瑟走千官。

上句的"尘海"对下句的"金风"，其中"海"属第二类的地理门，"风"属第一类的天文门，天文对地理，虽然不是同类，但属相邻两类属对，也算是邻对。

在实际运用中，我们往往把天文对地理、时间对空间称为天地对、时空对，也列入工对一类。

（三）宽对

宽对与工对是相对的概念，但比邻对还要更宽一些。一般只要实词对实词即可。也就是我们现代人常说的"名词对名词"即可。

例联：朱庆文《卢前老师千古》

诗书画印集于身，如是多才，海内难寻知己；

和善仁慈浮在眼，惜安喜寿，浙中痛失良师。

从古汉语来说，这副楹联中的实词大多是工对。但在初稿中，"浙中痛失"为"梦中也挽"，则"海"属第二类地理门，而"梦"属第六类人事门，属对两个字的门类相距甚远，仅仅因为它们都是名词，符合"名词对名词"的要求，因此，它们间的属对就是宽对。

其实，在我们楹联实践中，宽对甚至已经突破了"名词对名词"的基本要求，往往会有词性失对情况的存在，甚至节奏、声韵等失对情况存在。严格来说这种失对是不可为联的，但这类楹联往往意趣深厚，切时切情，又不失为佳构，故《楹联通则》中规定巧对、趣对、借对（包括借音与借义）、摘句对、集句对作为特殊属对形式，不受典型对式的严格限制。

（甲）借对　借对在楹联中已经被较多地运用，包括借音对和借义对、借形对。

一是借音对。甲乙两个字读音相同，在诗联中，我们用甲字，却借作同音的乙字，来跟另外一个字相为对仗。

例联：刘禹锡《陋室铭》（摘句）

　　谈笑有鸿儒；

　　往来无白丁。

此联借"鸿"作"红"，跟"白"相对。常用来借音的主要是颜色对、动物对、时令对、数目对等。

二是借义对。借义对比起借音对而言，更趋自然，主要是借一字多义来形成对仗。这种对仗在形式上不是十分工整，只是借其一义而成对。

例联：杜甫《曲江》（诗联）

　　借债寻常行处有；

　　人生七十古来稀。

姑且不论其作为诗联，对仗较宽，我们拿来说明借义对。即使从今人的角度来，表面上来看，"寻常"与"七十"也是无法相对的，但"寻常"一词具有二种含义，一为"平常"，一为"八尺为寻，倍寻为常"。前者是一般的副词，后者是数量词。这里表面上用"寻常"来对数词"七十"，似乎用的是它本来具有的数量方面的含义，而实际上，诗中用的却是它副词方面的意义。

三是借形对。与借义对相反，因为字义上来说，无法属对，恰可借其字形来属对。反过来说，就借其字形而形成形式上的对偶，但从字义上来说，一般不能属对。

例联：纪昀《智对乾隆》

　　南通州，北通州，南北通州通南北；

　　东当铺，西当铺，东西当铺当东西。

这里借"东西"与"南北"属对，就是借其形。表面上来看，上下联是方位词属对，但这里的"东西"并不是方位含义，而是物件的含义，这里只是借其形而已。

（乙）趣巧对　趣对、巧对往往难以厘清，因此一般也称作趣巧对。

例联：佚名

调琴调新调调调调来调调妙；

种花种好种种种种成种种香。

此联上联第一、三、八字读"调整"之"调"音，其余读"曲调"之"调"音，即"调琴，调新调，调调调来调调妙"。下联第一、三、八字读"种植"之"种"音，其余读"品种"之"种"韵，即"种花，种好种，种种种成种种香"。其实此联还有其他读法，如"调琴调，新调，调调调来调调妙；种花种，好种，种种种成种种香"。由此可见，此联不失为一种趣巧对，但此联上下联节奏点都是平平相对或仄仄相对，不符合正格联要求。

例联：佚名《演员名联对》

碧野田间牛得草；

白杨林里马识途。

此联也为一种趣巧对，上下联各将三位文化人的名字嵌在联中，且形成一副合格的楹联。

（丙）摘句对（集句对）　摘句对（集句对），是为一种言对，都是直接从前人诗文中摘录现成的句子，不加修改地按楹联规则架构成联。

例联：吴清源《流年》（集句）

冷雨多番摧宿梦；

晚风无计葬残花。

此联为摘句联，上下联都摘自词《浣溪沙·流年》。这种直接摘取诗词文赋中的对偶句而成的楹联叫摘句联。"冷"是形容词，"晚"为时令门对仗用词，二者位于修饰位，从宽。"多番"是数量词，而

"无计"是动宾结构词组，二者结构相近，也从宽。"残"是形容词，而"宿"字明显不是形容词，这里作动词"睡"解，二字系修饰位的形动相对。

（丁）习惯属对　有类属对用词在《对仗用词门类》中不同类、不同门，甚至两门类相距较远，但我们习惯用它们属对。这些就是我们对仗传统中习惯性属对用词。从严格意义上来说是宽对，但在长期的诗联实践中，我们却把这样使用频率较高的这一类词属对作为工对来对待。钱钟书先生对此有论述："律体之有对仗，乃撮合语言，配成眷属。愈能使不类为类，愈见诗人心手之妙。"（《谈艺录》）类似的词有："金玉""金石""花鸟""人地""人物""兵马""声色""心迹""老病""箫剑""诗酒"等。

例联：朱庆文《磐安黄氏私酿》

　　　至今善酿纪公酒；

　　　依旧召吟李白诗。

此联中"诗"与"酒"属对，不可谓不工。正如王力先生所言："常被用为对称者，如'歌舞''声色''心迹''老病'等，如果用为对仗，就被认为最工。"

例联：贾岛《送无可上人》（诗联）

　　　独行潭底影；

　　　数息树边身。

此联中"潭"与"树"、"影"与"身"皆不同类，但却成千古名句。其中此句有诗人自注："二句三年得，一吟双泪流。"可见这种"使不类为类"的对仗，以雕琢为工，以铸字炼句取胜，须得下番苦功夫方可成。

第三章　楹联对法

楹联作为对仗文学形式，其对法十分重要。一般可分为互对与自对两类。互对作为楹联对仗的主要对法有三种基本对法，就是正对、反对和流水对（或称串对）。从对仗形式上来说，还有交股对（或称错综对）。从对仗词义上来说，还有义对。而自对（也称当句对）可分为单字自对、多字自对及排比自对等多种对法。在实际创作中，作者选用何种对法好？要权衡立意、素材及所要达到的艺术效果，综合进行考虑，然后才能做出决定。

一、互对

互对，即上下联互对。这是楹联最为常见的对仗方式。互对分类主要是从联意上来说的，包括正对、反对、流水对。从联意来说，任何一种楹联都离不开这三种对仗方式。

互对三种基本对法中，流水对一般只适用于短联，因为中长联一般容量较大，可以在当句完成完整的语意，形成独立的含义，因此，中长联一般以正对为主，也有部分反对。

（一）正对

楹联中最大量的是正对，多为联合复句形式，它的内容构成主要是并列法、递进法及连贯法（具体将在第八章"楹联句法"中详细介绍，下同）。一般上下联多为互补相对，即上下联内容同向相关或反映联意之不同侧面。但是上下联联意不可相同或相近，字面上也不可同义相对，否则即是合掌，这是正对容易犯的错误。

例联：徐五《自题》

　　鼠因粮绝潜踪去；

　　犬为家贫放胆眠。

这是一副围绕"穷"字做文章的正对自题联。上联从老鼠都"潜踪"来形容"粮绝"，下联从狗眠角度来形容"家贫"，上下联对仗较工，从不同的侧面来反映"穷"，或者说围绕一个"穷"字从两个"事象"做文章。从联意上来说，属围绕"穷"字互补互衬，但又无合掌之嫌。

例联：朱元璋《赠陶安》

　　国朝谋略无双士；

　　翰苑文章第一家。

这也是一副正对贺赠联。朱元璋赞陶安，谋略无双，文章第一。这是一种并列法，只是下上联联意因统一于陶安而形成关联，也就是说，上下联从不同侧面赞陶安。

例联：杨度《贺弟子董健吾成婚》

　　但哦松树当公事；

　　愿与梅花结后缘。

从联意来说，一表一里，只是递进法，且上下联是具有同向性的两个独立事件。此联当归为正对。

正对，其适用范围较广，短、中、长联皆可使用。但正对忌合掌，特别是并列法的正对，最易犯合掌。

例联：（合掌联）

　　云泽清光满；

　　洞庭月色深。

这副联是典型的合掌。"云泽"是洞庭湖的古名，"清光"就是"月色"，"满"与"深"都是月朗光足之意，因此，上下联完全同义。

（二）反对

反对的上下联意思是相反的，体现一个事物的正反两面性。反对中所用的词语也多是反义的。反对中上下联间大多是选择法、并列法、转折法，也有假设法。

例联：佚名《灵宝函谷关犹龙阁》

未许田文轻策马；

愿闻老子再骑牛。

此为反对联，上下联的内容一正一反，也都是相对独立的，二者是正反并列。联家在正反二者之间肯定、支持和提倡正面的，否定、反对和鄙弃反面的，旗帜鲜明地做出一种选择，这正是反对的特征。

例联：金埴《赠金兆珑》

宁退热官思烂熟；

聊支冷俸就清闲。

此联是转折法的反对联。从联意上来说，上下联联义正好相反。上联说"宁退"如何，而下却是"聊支"如何，联意上形成一个转折，形成反对。

例联：包世臣《题书斋》

喜有两眼明，多交益友；

恨无十年暇，尽读奇书。

此联是并列法的反对联，属意节联。"喜""恨"，是十分鲜明的词义相反的词，使全联从正反两方面来阐述问题。

例联：范文甫《古郎中程道州药铺》

但愿人皆健；

何妨我独贫！

假设法可否作为反对？上联落脚"健"，下联落脚"贫"，此联是明显的联意反对。但它是否是假设法？当我们用假设法关联词"如果…就…"进行衡量，就很明确这是一副假设法的反对联。

对于长联来说，反对由于其本身的局限性，也是很难使用的，因此，反对主要适用于短联。

（三）流水对

流水对，又叫串对，就是一个完整的意思分两句来说，上下联独立起来都无意义，至少意义不全。所以上下联一般都用因果法、条件法、假设法、目的法。王力先生认为："所谓流水对是说相对的两句之间的关系不是对立的，而是一个意思连贯下来；也就是说，出句与对句不是两句话，而是一句话。"

最早提到"流水对"的是明人胡震亨。他在《唐音癸签·流水对》中说："严羽卿以刘慎虚'沧浪千万里，日夜一孤舟'为十字格，刘长卿'江客不堪频北望，塞鸿何事又南飞'为十四字格。谓两句只一意也，盖流水对耳。"胡震亨非常重要地提出了"流水对"是"两句只一意也"的概念，这是今天我们判别流水对的一个重要的标准。

但值得注意的是，胡震亨在提出"流水对"的概念中以此两联为例，并不恰当。从某种意义上来说，楹联都是"只一意"，都是围绕一个主题进行的。随着楹联理论的发展，我们对正对、反对、流水对有了明确的概念，而依今天的观念来看，这两副联并非是流水对，"沧浪日夜"联是反对，而"江客塞鸿"联却是正对。

例联：黄兴《寄赠蔡锷》

　　寄字远从千里外；

　　论交深在十年前。

很明显，上联与下联是一种因果关联：因为十年之深交，方有千里之寄字。只不过此处因果倒置。

例联：周世钊《从毛主席登岳麓山至云麓宫》（诗联）

直登云梦三千丈；

来看长沙百万家。

此联是目的法的流水对。目的法的联语，其上联表示行为的方式，下联表示行为的目的。上下联可以用"……是为了……"来进行连接，如"直登云梦三千丈"是为了"来看长沙百万家"。

例联：佚名《自题》

若将此恨同芳草；

即是河阳一县花。

此联是集句联，对仗较宽，是一副条件法流水对。上联集自胡楚《寄人》："若将此恨同芳草，犹恐青青有尽时。"下联集自北周庾信《枯树赋》："若非金谷满园树，即是河阳一县花。"上联提出了一个条件，下联依据这个条件，主观地推出一个结论，但上下联各自的句意不能独立或意义不能完整，这就是典型的条件法，自然也是流水对的特征。

例联：佚名《酒联》（摘自宋话本小说《碾玉观音》）

三杯竹叶穿心过；

两朵桃花上脸来。

此联是因果法的流水对。上联是原因，下联是原因产生的客观结果，无疑，这是较典型的因果法。同时，我们把两句分开来理解，上下联作为语句，离开楹联而言，可以表达一定的含义，但作为楹联的上下句来说，围绕联意来说，表意都不具备完整性。因此是流水对也是无疑的。

二、交股对（错综对）

交股对就是对仗时字词位置不是依次相对，而是交错相对。中国楹联学会编的《联律通则导读》给交股对下的定义是："指两对词语在上下联不同语法位置上交错互对的格式。"王力先生在《汉语诗律学·近体诗》中说："对仗，自然以相当的字相对为正例；但是，诗人偶然也用一种错综对，就是不拘位置，颠倒错综，以成对仗。"

正对、反对、流水对都是从联意上来说的，交股对则完全是从对仗形式的角度来说的。

例联：屈原《九歌》（摘句）

蕙肴蒸兮兰藉；

奠桂酒兮椒浆。

此联中"蕙肴"对"桂酒"就是错词对，"蒸"对"奠"就是错字对。也就是说，交股对中，既有错字，也有错词，当然也有错句现象，同时还存在着隔字对、隔词对和隔句对现象。

（一）错字对

就是单字交股相对。

例联：刘禹锡《始闻秋风》（摘句）

昔看黄菊与君别；

今听玄蝉我却回。

这是刘禹锡的诗首联，是一副错字对。整联中，"君"与"我"、"与"与"却"位置不同，错综相对。

由此联我们可以看出，从词性的角度来说，这种对法为我们解决了固定用词入联而词序不可变的难题。

此联中需要表达"与君别""我却回"这样相对的联意，但这两个短语的语序是不可变的，或者说勉强变了也达不到对仗中同位相对部分词性对品要求，但交股对理论恰好解决了这一难题。

其实在汉语中，词序在很多时候是不可变的，有着习惯性用法，如"前后""天地"等，这就是习惯性词序，我们不会说"后前""地天"。全国小学课本中将黄文中《杭州西湖天下景》的叠字联"水水山山处处明明秀秀；晴晴雨雨时时好好奇奇"中的"水水山山"错写"山山水水"，应与词序的习惯用法有很大的关系。

（二）错词对

错词对，就是说交股部分是一个词。

例联：朱庆文《南陵春谷公园》

春谷鹿眠腾紫气；

鸿鸣仄室铸贤才。

这是一副错词对。即交股的是一个词，是"春谷"对"仄室"、"鹿眠"对"鸿鸣"，两个词形成交叉相对，或者说是错综相对。

这副联是为了解决上下联同位节奏的平平相对或仄仄相对问题，而不得不采用交股相对。由此我们还得知，这种对法还解决了必须属对词的声韵不合问题。

但值得注意的是，如果交股现象是发生在连续的两个节奏间，则会形成交股的节奏平平相对与仄仄相对。

例联：邹继海《金中书画院》

千载石龟寿；

金钟百里鸣。

此联"千载"与"百里"就是错综词节奏点仄仄相对，"石龟"与"金钟"就是错综词节奏点平平相对。

（三）错句对

是指两句及以上联中，联句间形成交叉对仗。如两句联即为上联首句与下联次句对仗，上联次句与下联首句对仗。从交股对的理论上来说，这种错句对应当是许可的。但在实际运用中极少有人运用这样交股方式，故不做多述。

（四）隔字、隔词、隔句对

如前所述，如果是连续两个节奏间的交股，则会形成平平相对、仄仄相对情况，但如果中间有相隔字、隔词或相隔节奏，甚至相隔联句时，就有可能化解上下联交股对应部分平平相对与仄仄相对问题。

例联：杜甫《长江》（摘句）

众水会涪万；

瞿塘争一门。

此联就是一副隔字对联。因交股相对部分"众水"对"一门"、"涪万"对"瞿塘"中相隔"会""争"两字（或节奏），这样正巧使交股相对部分回归"对句平仄相对"。值得注意的是，不是隔字对都会形成这样的"对句平仄相对"。

例联：应绿霞《无题》

宜向风头窥大势；

每从小处了人心。

此联"风头"与"人心"、"大势"与"小处"为隔字对，但交股部分仍然是平平相对或仄仄相对。

这里所说的隔句对是三句以上楹联的情况，即上联第一句对下联第三句，上联第三句对下联第一句，中间间隔是第二句。这与诗词中的隔句对（或称扇对）有类似处，但也是有区别的。如柳永

《玉蝴蝶》上阕"水风轻，蘋花渐老；月露冷，梧叶飘黄"，这是词中的隔句对，但从楹联的角度来说，正应了两句联的格律，可完全作为联句。但是，律诗中的隔句对，即颔联出句对颈联出句，颔联对句对颈联对句，很明显，因为押韵造成同声落脚，上下联同声落脚则是联的大忌。至于楹联格律问题，我们在楹联格律中还将做详细说明。

三、自对（当句自对）

自对是楹联中的一种重要规则，更是一种重要技巧。单纯的自对，不论联的长与短，可以一至多字自对。一副联内，也可以一次自对至多次自对。当自对是位于同一联句中时，我们也称作当句对，即单句内的字词自对。

这种对法起源甚早，齐梁时就已形成。南朝齐、梁时代出现了一种诗风，讲求音律对偶，绮丽浮艳，世称"齐梁体"。如"蕙肴蒸兮兰藉，奠桂酒兮椒浆""桂棹兮兰枻，斫冰兮积雪"等。又如南宋人洪迈《容斋续笔》中云："唐人诗文，或于一句中自成对偶，谓之当句对……如王勃《滕王阁序》一篇皆然。谓若襟三江、带五湖，控蛮荆、引瓯越，龙光牛斗，徐孺陈蕃，腾蛟起凤，紫电青霜……之辞是也。"

自对在楹联对法中很常见，于楹联的活用起到很大的作用。自对之后，上下联的对仗可以放宽。从前人的联来看，这个宽的程度，有时是无底限的，上下联既可以工对，也可以宽对，还可以部分或完全失对。除了上下联的对应部分字数相等外，字的门类、词性、结构、节奏以及重字的多少和位置等都可以不相同。所以，自对形式给楹联创作带来了广阔的天地。对对句要求放宽后，对于自对部分来说，要求却是十分严格的。下面做一些详细的解说。

（一）等字自对

等字当句自对是最为常见的自对形式。主要有四种情况。

（甲）单字自对与多字自对　一是单字自对。单句中，两个单字可成自对，但就对仗用词门类来说，这两个字必须是同类。这些词中同义连用词较多，也有部分反义连用词。这种单字自对在联中可以多次出现，不局限于一次。

在传统对格中，也有人把这种单字自对称为互成对。

例联：孙髯翁《昆明大观楼》（长联摘句）

喜茫茫空阔无边；

叹滚滚英雄谁在。

句中"空阔"与"英雄"相对，从一般意思上来说，是对不上的，但当我们以并列结构的当句自对来对待时，我们就发现，这是好对。上联"空"与"阔"自对，下联"英"与"雄"自对，对得很工。如此，"空阔""英雄"尽管词性不同，也可以放在上下联的相同位置。只不过上下联的两个并列结构中，并列的双方是同类同门。即"空"与"阔"、"英"与"雄"是同类同门对仗用词。

但值得注意的是，单字自对往往会出现同平同仄，如"英"与"雄"就是同平自对。总结先贤们的经验来看，这种当句成双成对是对对句词性失对的弥补，由于单字自对部分是处于同一节奏内，即使出现同平同仄也没有打破上下联对应节奏的声韵关系，于全联无大碍，因此，先贤们在创作时，大多不考虑单字自对中两字的平仄关系，即单字自对部分平仄一般无忌。

例联：乾隆《北京紫禁城三希堂》

怀抱观古今；

深心托毫素。

此联不合我们通常的"上仄下平收尾"要求。此联中的"毫素"

原是指笔与纸，后代称著作。其与"古今"是难对的，但当我们理解为"毫"与"素"互对，"古"与"今"互对的当句单字自对时，就会发现是工对。而"古今"是反义连用词，与同义连用词的"毫素"属对。

例联：吴凤笙《岳阳楼》

每眼前望吴楚东南，辄忧防海；

只胸中吞云梦八九，未许回澜。

此联连用了两个单字自对。上联中，"吴楚"是古地名单字自对，"东南"是方位词单字自对。下联"云梦"也属单字自对，虽稍宽而有违同类同门的要求，但"云"字可引申为虚幻与梦境，代表着类似于"梦"的意象，与"梦"形成义对；"八九"却是数字单字自对。

二是多字自对。即在单句内自对部分是多个字或一个词。

例联：陶澍《上海豫园一笠亭》

游目骋怀，此地有崇山峻岭；

仰观俯察，是日也天朗气清。

这是一副两字自对联。上联中，"游目"对"骋怀"、"崇山"对"峻岭"，出现了两组两字自对结构。下联亦然。当然还有三字自对、四字自对，甚至更多字的当句对情况，如"一二三四五六七；孝悌忠信礼义廉"，全联就是七字当句自对。

（乙）复字自对 单句中两个或多个词有规则的反复。值得关注的是，自对部分有同字自对。

例联：佚名《安徽九华山大悲宝殿》

若不回头，谁替你救苦救难；

如能转念，何须我大慈大悲。

这副联是复字型当句对，上下联中分别有"救苦"与"救难"、

"大慈"与"大悲"两个词连用，其中"救"与"大"是两个词的重复字，虽然对句对应部分的词性不同，但是"救苦"对"救难"，"大慈"对"大悲"，形成句中自对。

此类联中因自对而突破了"实词不能自对"的规则。类似的还有顾嘉蘅写诸葛亮："功在朝廷，原不分先主后主；名高天下，何须辨襄阳南阳。"中的"先主后主""襄阳南阳"中的"主"与"阳"，也是因复字自对而造成实词自对。

例联：俞樾《寿金安清六十》

　　推倒一世豪杰，开拓万古心胸，陈同甫一流人物，

　如是如是；

　　醉吟几篇旧诗，闲尝数盏新酒，白香山六十岁时，

　仙乎仙乎。

此联前三分句如常用式，但最后分句是一种复字型当句对。这种复字是双重复字，叠加了联意。上联将寿星比作南宋的陈同甫，前两句还化用了他的语句，通过对其豪放的性格与广阔心胸的称赞而赞美寿星。而最后的自对部分，更是加重了这种称赞。下联化用了唐代诗人白居易六十岁时所作的诗句，祝寿星如同白居易那样逍遥自在。同样，最后的自对部分，意谓神仙中的神仙，起到了叠加效果。但上下联间只遵照了复字自对规则，而于联句中的词性、结构等方面并没有要求。

同样需要注意的是，这种复字结构，其实也是一种修辞手法，从先贤们的实际创作来看，在联句中，通常把这种结构作为一个特别节奏来对待，以其最后一个字作为节奏点而入律，一般不考虑其内部平仄交替及全联的三同尾等问题。

（丙）**叠字自对**　单句内自对部分是叠字结构。

例联：李邦佐《天津水上公园拱桥亭》

亭边短短长长柳；

渡上来来去去船。

联中"短短长长"是形容词性，"来来去去"是动词词性。联为叠字自对，即"短短"对"长长"，"来来"对"去去"。这种叠字自对，一般来说，是在单字自对基础上进行叠字的，因此，一般要求相叠的两个字也是同类同门的对仗用词。

（丁）连环自对　一般是单句内要出现三个以上的相同等字结构连环自对。

例联：傅山《晋祠云陶洞》

竹雨松风琴韵；

茶烟梧月书声。

这副联如作为自槛联来说，就是连环当句对，即有连续三组或以上的并列结构相对。

连环当句对，有很多饶有趣味的对仗游戏：如"之乎者也"对"柴米油盐"是"虚对实"的四字自对，"诗书画印"对"出入来回"也是名词对动词的四字自对。但这些仅仅是文字游戏，不可作为正格槛联来对待。

（二）不等字自对

在某些单句联中，自对部分，尽管字数不等，但只要自对的两个部分是相同结构的词组或句式即可。这就放宽了对仗的要求，是对槛联律通则中"字数相等"规则的一种突破。但这种放宽还是有些规则要求的。

例联：佚名《春联》

风正民心顺；

人和国事安。

这里我们可以把这副联的对法当作自对来看，即"风正"对"民心顺"、"人和"对"国事安"，这种自对楹联中，中心词一定是同门同类的，如"正"与"顺"、"和"与"安"，而在修辞词上适当放宽，这里甚至在字数上都给以放宽。这在对仗用词中说到过这种情况，根本的目的不是玩文字游戏，而为了强调甚至纯粹是为了节奏调节。此例中，"心"与"事"在很大程度上是因为节奏需要，当然也体现了修辞词使句意更加精准的功用。上联中"民顺"强调的就是"心顺"；下联中"国安"，则未必只有"事安"，这里更多是配合节奏的因素才加入了"事"。

例联：刘凤诰《济南大明湖小沧浪亭》

四面荷花三面柳；

一城山色半城湖。

此联是"四三"节奏的不等字自对。王力先生在说到这种对仗方法时说，五字联往往是上两字对下三字，七字联往往是上四字对下三字。字数上不等但联意上却是很工整。

此副联中还有一个知识点，即双声对。联中"荷花""山色"这样对仗的两个词都是为双声词，它们的属对叫双声对。相应来说，联中对仗的两个词都为叠韵词，它们的属对叫叠韵对。

更有甚者，彻底把词性放宽，只求结构或形式上的相近相似，形成不等字自对。

例联：佚名

一箫一剑一知己；

无牵无挂无烦心。

上联虽然是孤平句，但三个"一"的反复，增强了联句的节奏感，让人读起来自然、上口。这里的"知己"与"箫""剑"也不是同类的。单纯从字面来说,"牵""挂"与"烦心"也不是同类。它们都与数词结合,都是数量关系结构,因此形成自对。

当然,这些不同类对仗用词,在古诗联中,它们间常有借代关系,在词义上有同类性。如"箫剑"合用与常用来代称"知己","牵挂"合用自然也有着"烦心"之意。因此,这种词性的放宽也是有些根据的,是切在联意。

例联:吴锡麒《自题》

有山有水有亭林,映带左右;

可咏可觞可丝竹,怀抱古今。

这副联的两个分句中,第一分句是不等字当句自对,而第二分句则是等字单字当句自对。如上所述,"山""水""亭林"尚有同类性,都是景观类。"丝竹"是乐器的代称,它与"咏""觞"又都具有同类性,即是文雅之玩。因此,在放宽字数要求的同时,表面看词性也放宽了,但其内在还是存在着某种必然的联系,并不是凭空进行不等字对仗的。

(三)隔词(字)、隔句自对

(甲)隔词(字)自对 这种情况是当句对中相应的两个部分隔着一个词或字。

例联:佚名《春联》

地灵更喜人杰;

物阜又遇年丰。

这是一副传统春联。"地灵"与"人杰"自对,但中间还有一个"更喜"。下联亦然。"物阜"与"年丰"自对,中间同样有一个词"又遇"。这种自对也是一种特例,一般较少使用。

还有一种情况是在自对的一部分中加一个字或词,形成对仗部分的字数不等。

例联：佚名

山高人自小；

雾乱景犹迷。

"山高""人小"自对，"雾乱""景迷"自对。但"人小"中多了一个"自"字，而"景迷"中多了一个"犹"字。但值得注意的是，这种添加在中间的字，一般多为虚词。

（乙）隔句自对　常见于三句以上的长联中。

例联：佚名

小忍构奇思，三落三升，大略定航向；

平心描特色，一开一革，妙笔谱华章。

此联是一种隔句自对。"小忍构奇思"隔了"三落三升"这句，与"大略定航向"进行自对。下联亦然。

（四）分句自对

就多句联而言，自对分句有自对部分上下联结构相同者，也有自对分句上下联结构不同者，更有以句群为单位进行自对的。

（甲）结构相同分句自对　就是上下联不是互对而是自对，但上下联自对部分的词句结构还是相同的。

例联：佚名《余杭山中人家堂》

无狂放气，无道学气，无名士风流气，方称儒者；

有诵读声，有纺织声，有小儿啼笑声，才算人家。

此联是说儒家修身养性，持家为人的具体模式，手法出奇制胜，用字俗中见雅，堪称联中佳品。此联惜在句脚失律。清绍兴人朱应镐在《楹联新话》中说："对句见《陆象山先生语录》，出句记亦古语，惜忘之。"上联以"无""气"的复辞句形成排比，点出儒者的礼仪之风；下联以"有""声"的复辞句形成排比，描绘了想象中的农家景象。上下联排比部分的三个分句虽然在字数上有区别但结构类似。

例联：朱庆文《杭州半山国家森林公园望宸阁》

秦帝东巡，康王南渡，名相临危，文宗修禊，稽史海千秋，更向武林怀旧事；

运河枕梦，都市映辰，绿水比邻，青山相伴，凌虚空百丈，每来拱墅看新踪。

此上联中，"秦帝东巡"对"康王南渡"，"文宗修禊"对"名相临危"；下联中，"运河枕梦"对"都市映辰"，"绿水比邻"对"青山相伴"，上下联中都有两组分句自对部分。但联中有对应部分结构不同，也有部分结构相同。如"秦帝东巡，康王南渡"与"运河枕梦，都市映辰"，除自对外，它们作为对应部分，结构不同。但"名相临危，文宗修禊"与"绿水比邻，青山相伴"作为对应部分，它们的结构又是相同的。

（乙）结构不同分句自对　自对部分字数相等，但上下联其句式结构或词组结构不相同。

例联：杨度《挽梁启超》

世事亦何常，成固欣然，败亦可喜；

文章久零落，人皆欲杀，我独怜才。

这是一副燕尾对。上联"成固欣然"与"败亦可喜"形成自对，下联"人皆欲杀"与"我独怜才"形成自对。如果单独考量，上联的"成固欣然"与下联对应部分的"人皆欲杀"的句式结构是不同的，也就是说，只管自对部分结构，不管对句结构。

这里还有一个概念，就是燕尾对。像类似这样的楹联：首句是上下联相对，而后两句自对的楹联，称之为燕尾对。

例联：佚名《长沙天心阁》

　　游不遍七二峰衡岳，流不尽八百里洞庭，无限吟情，
如此江山容我醉；

　　待谁反屈大夫离骚，问谁虚贾太傅前席，苍茫古意，
满城风雨自西来。

这是一副多至八字的分句自对联。前两句分别为八个字的自
对，而上下联相对应的两句结构却大不相同，上下相对部分的词性
也不相同。也就是说，自对时，除自对要工外，可以只考虑上下联
字数相同，上下联对应部分可以不考虑对仗中的其他因素。

（丙）句群自对　　句群自对就是自对部分不是单句而是以两句
或两句以上的句群为单位进行自对。前面说过的朱庆文《杭州半山
国家森林公园望宸阁》联，前四句原是两组单句自对，即"秦帝东
巡"与"康王南渡"自对，"名相临危"与"文宗修禊"自对。如果我
们把结构做一个调整，便形成句群自对。即把前四句调整为"秦帝
东巡，文宗修禊，康王南渡，名相临危"，形成了"秦帝东巡，文宗
修禊"对"康王南渡，名相临危"的句群自对。下联亦然。

（五）排比自对

排比自对，与句群自对一样，同样是多句联的句内结构安排。
排比至少是三个分句以上的楹联才可以进行排比。所以，单句联、
二句联是无法安排排比对法的。这也是与连环当句对的区别。

例联：邓石如《怀宁碧山书屋》

　　沧海日，赤城霞，峨眉雪，巫峡云，洞庭月，澎蠡烟，
潇湘雨，广陵潮，庐山瀑布，合宇宙奇观，绘吾斋壁；

　　少陵诗，摩诘画，左传文，马迁史，薛涛笺，右军帖，
南华经，相如赋，屈子离骚，收古今绝艺，置我山窗。

这是运用排比句的典型的一副长联，上下联自对排比句所涉及的事物，全是同一类的，上联景物，下联文化，条理清晰，脉络分明，能给人留下深刻印象。

从此联中我们可以看到，排比对法有三个要素，这也是排比自对的基本要素。

一是必须三个分句以上且结构类同。例联就是十一分句，其中形成排比的九个分句中，八个分句是字数与结构相同，一个分句字数不同但结构相同。

二是必须是同一类事物排列。也就是要求参加排比的词的意义相关或相近。上联节奏点上的字都是第一类天文门的对仗用词，下联节奏点上的字，也同属于文学门对仗用词。

三是必须是相互自对。前两条性质是修辞方法内涵的要求，作为对法，还要加一条，就是必须是相互自对。也就是上联或下联这些排比句之间要分别形成自对，任意两句抽出来都能形成自对。大家可以分析一下，例联中，上下联前八句，相互间都可以形成等字句中自对；第九分句虽然也参加排比，但属于不等字句中自对。

但排比自对与句群自对是有区别的。排比自对要求所有排比句中都必须参与自对，每句间都能做到相互自对。如例联中，八个分句"沧海日""赤城霞""峨眉雪""巫峡云""洞庭月""澎蠡烟""潇湘雨""广陵潮"，任何两个分句都必须形成词性相对、结构相对，八个分句间必须形成两两互对性，甚至包括"庐山瀑布"，也可以与其他任何一句形成不等字自对。而句群自对是以一个句群与另一个句群的对仗，而句群内可以不对仗，如例联中，句群"秦帝东巡，文宗修禊"对句群"康王南渡，名相临危"。但句群内"秦帝东巡"与"文宗修禊"无需对仗。

四、义对

我们在楹联实践中常会听到、看到除上述基本对法外的很多对法，诸如义对，以及借对、趣对、巧对、摘句对等，甚至我们每种修辞方法都可以对应一种对法，如析义对、顶针对、回文对、比喻对等。前面我们从词性放宽的角度介绍了借对、趣对、巧对、摘句对等，但主要是限于词性而言的，不是楹联的整体对法。值得注意的是，在楹联对法中还有一种整体对法，避开了词性的要求，仅要求在词义上相对，这就是义对。最为典型的就是《对仗用词门类》中规定的地名对与人名对等专有名词属对。

如前页排比自对中所列举邓石如《怀宁碧山书屋》联。这副联前九个分句是自对，上联典型的地名对，下联典型的人名对，其中地名、人名根本没有考虑词性。

一方面我们强调对仗的词性要求，这是对仗性的基本要求。另一方面，专有名词等一般很难做到词性相对，但有些如地名、人名等专有名词的运用又是属对中不可回避的情况，好在它们同是名词且指向属性一致，因此前人就创造了义对，即地名之间、人名之间等专有名词之间相互属对。至于像医药等其他专有名词之间可否参照执行，但依"名词对名词"原则，似应该可以属对。

在前面对仗用词门类中我们也讲到义对中也可以兼顾到形对。

例联：佚名《南雄乌猿洞》

南雄梅岭乌猿洞；

东莞茶山青鹆湾。

此联上下联各含三个地名，虽然都是地名相对，作为地名相对，本不用考虑对应词性，但此联上下联各三个地名中，除第一个地名是纯粹的义对外，后两个地名都兼顾了词性工对。

第四章　楹联节奏

本章主要论述楹联节奏理论。解读了基本韵句及其变格，节奏与节奏点概念及楹联节奏与用词关系问题，创立了楹联节奏调节理论，还就领字领句节奏及节奏美与炼字关系做了简要阐述。

一、韵及韵句产生

汉语从单字成节，发展到今天大多以二字为词成节的语言，虽然有较多的三字、四字等词，但一般认为，三字可为短句，而三字多为紧句，难以形成音韵，要形成音韵，从数千年的文字实践来看，需要有四字组成的句式，像四言句的《千字文》读起来就比三言句的《三字经》更有音韵节奏，更有抑扬顿挫感。而四字能形成音韵的语音规律前人早已发现并运用，即今天我们所说的马蹄韵，也就是"平平仄仄""仄仄平平"。

其实，无论是楹联还是古诗词，抑或骈体文等都是韵文，韵文是由韵句组成的，这些韵句也大多是四言以上。就《诗经》而言，除《伐檀》《无衣》《缁衣》《木瓜》《螽斯》《式微》《江有汜》《著》等少数几首外，其诗句大多是四言，且有较多句式为平仄有规则的马蹄韵句。后来的骈体文多见四六句，因此骈体文也被人别称为"四六句"。现存于世的《古诗十九首》（汉末）是早期的五言古诗小集。刘勰在《文心雕龙》称其为"五言之冠冕"。

韵句发展到今天，主要遗存的有四言、五言、六言、七言，而八言以上多为两个分句。下面就对四至七言韵句的形成做简要分析。

（一）标准韵句（基本韵句）

（甲）四言　主要是两种基本句式：

平平仄仄

仄仄平平

这是标准马蹄韵，也是一切韵句的基础句，即基础韵句。

（乙）五言　五言韵句是在四言韵句的基础上，平起句"平平仄仄"，分别在其前后各加一个"平"声字，形成两种韵句；仄起句"仄仄平平"，分别在其前后各加一个"仄"声字，形成两种韵句，即：

平平平仄仄

平平仄仄平

仄仄仄平平

仄仄平平仄

（丙）六言　六言韵句也是在四言韵句的基础上相应增加而成：

平平仄仄平平

仄仄平平仄仄

（丁）七言　七言韵句是在五言韵句的基础上相应增加而成：

仄仄　平平平仄仄

仄仄　平平仄仄平

平平　仄仄仄平平

平平　仄仄平平仄

（二）变格韵句

基本韵句是不能保证诗联创作中所有汉字用词的需要，因为汉语中不仅有"平平"或"仄仄"类词，还有"仄平"和"平仄"类词，更有非二字词，如何让这些汉语词能在诗联中运用，是诗联理论必须回答的问题。变格韵句就可以解决汉语中两字词中所有类型词入诗入联。

因为韵句有韵句的规则，我们如何来进行变格，也就是说变格要遵循什么样的规则？一是要坚持"一三五不论，二四六分明"的原则，二是要确保韵句不能变成病句，即不能有孤平和三同尾现象（韵句末三字不能同平或同仄）。据此，我们依基本句做一个推导：

（甲）四言　因四言韵句一般不讲究是否孤平，因此，其变格句有六种：

平平仄仄：平平平仄、仄平平仄、仄平仄仄

仄仄平平：平仄平平、仄仄仄平、平仄仄平

（乙）五言　五言变格韵句有五种：

平平平仄仄：仄平平仄仄

平平仄仄平：仄平平仄平、平平平仄平

仄仄仄平平：平仄仄平平

仄仄平平仄：平仄平平仄

（丙）六言　六言变格韵句有九种：

平平仄仄平平：仄平仄仄平平、仄平平仄平平、仄平平仄仄平、平平平仄平平、平平平仄仄平

仄仄平平仄仄：平仄平平仄仄、平仄仄平仄仄、仄仄平平平仄、仄仄仄平平仄

（丁）七言　七言变格句有十七种：

仄仄平平仄仄平：平仄平平仄仄平、平仄仄平平仄平、平仄平平平仄平、仄仄仄平平仄平、仄仄平平平仄平

平平仄仄仄平平：仄平仄仄仄平平、仄平平仄仄平平、平平平仄仄平平

平平仄仄平平仄：仄平仄仄平平仄、仄平平仄平平仄、仄平平

仄仄平仄、平平平仄平平仄、平平仄仄仄平仄、平平平仄仄平仄

仄仄平平平仄仄：平仄平平平仄仄、平仄仄平平仄仄、仄仄仄平平平仄仄

（三）特殊韵句

王力先生在《诗词格律》一书中说到古诗中有一种特殊拗句，即五言的"平平仄平仄"，可作为韵句的第五种基本韵句的句式。相应于七言而言，则可拓展为"仄仄平平仄平仄""平仄平平仄平仄"。

其实，这种特殊韵句是由基本韵句"平平平仄仄""仄仄平平平仄仄"演变而来，也当是一种特殊变格韵句，因为它打破了"一三五不变，二四六分明"的规则，第六字当"仄"为"平"，但这种韵句古人较常用，且多用于律诗的尾联出句，而后来逐步演变为所有的出句都在运用，故王力老师根据应用的普遍性原则，把它作为特殊韵句对待，在诗句中可不用进行拗救。因律诗是楹联的来源之一，故联中可引入此种特殊韵句。

我建议联友少用这样的韵句来创作楹联，毕竟节奏点出律，影响联句的声韵。

（四）特拗韵句

在汉语的发展中，不仅仅有两个字组成的词，还有单字或三字及以上字组成的词，如成语俗语、专有名词、外译词等，这些词怎么入诗入联？在古诗词中，这种特拗韵句一般是用对句拗救来解决其入诗问题，但楹联中是无法进行拗救的，而这些词又必须入联，怎么办？这就是我们后面要说的用意节节奏来解决这一问题。

这里为了韵句理论的完整性，以五言为例，对诗词中常用特拗韵句及其救拗句做对应列举（楹联中不用对句拗救），仅供诗词创作者参考。

特拗韵句	分别对应的救句（特拗韵句或变格韵句）
仄仄平仄仄	平平平仄平
平平仄仄仄	平平平仄平或平仄仄平平
仄平仄平仄	平平平仄平或平仄仄平平
平仄仄仄仄	仄平平仄平
仄仄仄仄仄	平平平仄平

二、节奏与节奏点

（一）节奏

节奏也叫音步或意步。在汉语中，有时一个字也能构成一个节奏，多数由两个字构成一个节奏，也有不少是由三个及以上字构成一个节奏。

在楹联声律中，节奏是一个十分重要的概念。首先在吟诵时，必须分清其节奏。其次在判别其是否合乎格律要求时，也要准确把握好节奏。

楹联要求上下联节奏对拍，不仅要求上下联的节奏数相同，而且相对节奏的字数必须相等、构成方式（句式）必须相同。这是《联律通则》中的要求。这里说的节奏，包括音节与意节。

例联：佚名《春联》

日月 / 重光 / 春 / 不老；

山河 / 并秀 / 景 / 常新。

按语意来划分，上联四个节奏，字数分别是"二二一二"，我们一般称之为"二二一二"节奏。下联也是四个节奏，其字数也分别是"二二一二"。上下联不仅节奏数相同，而且相对节奏的字数也完全相同，每个对应节奏的构成方式也一样，如"日月"是并列的，"山河"也是。这就是节奏相应。

例联：（错误联）

开放 / 则 / 连年 / 进宝；

勤劳 / 致富 / 最光荣。

此例虽然上下联字数相等，平仄谐调，但语意节奏不相称。上联有四个节奏，字数分别由"二一二二"组成，系折腰句。下联有三个语意节奏，字数分别由"二二三"组成。不仅上下联的节奏数不相同，而且除第一个节奏外，其他相对节奏的字数也不相等。这就是节奏不相称，所以它不能成为一副合格的楹联。

例联：（错误联）

绿衣 / 频送 / 一腔暖；

电话线 / 传 / 两地情。

此例上下联字数相等，平仄谐调，节奏数也一样，同是三个语意节奏，但是构成的方式不同，上联为"二二三"，下联为"三一三"，其中前两个相对的节奏的字数都不相同。所以它也不是一副合格的楹联。当然前人也有特例。

例联：顾嘉蘅《南阳诸葛武侯祠》

功在朝廷，原 / 不分 / 先主后主；

名高天下，何须 / 辨 / 襄阳南阳。

此联中，"原 / 不分"与"何须 / 辨"就存在着节奏不对拍情况存在。但这是领句，在句中起到的是辅助作用，故可放宽。关于领字领句下文中还会讲到。

（二）节奏点

什么是节奏点？根据马蹄格的原理，楹联的声律一般是二字一节，第二个字就叫节奏点。如果是诵读楹联时，节奏点读音稍长或稍重。当然也有一个字或三个及以上字构成一个节奏，但不论是几个字的节奏，其节奏点位于这个节奏的最后一个字上。

例联：佚名《自策联》：

养／浩然正气；

极／风云壮观。

此联语意节奏是"一四"节奏，第一个节奏，单字成节，在联中为领字，声律不考虑，这一点在下文要讲到。而后四个字，"浩然正气"是成语入联，要作为一个语意节奏来对待，不可分割，其节奏点是在此节奏的最后一个字"气"上。下联亦然，"风云壮观"作为一个语意节奏，其节奏点为"观"。因此，虽然下联第二个节奏中平仄没有两两交替，但上下联第二节奏的节奏点依然是平仄相对的。

例联：朱庆文《贺瑞安诗词学会成立三十周年》

三十载／春风徐来，云江／流韵；

九千章／秋水时至，玉海／存诗。

这是一个"三四二二"意节楹联。每个节奏的最后一个字的平仄关系，全部是平仄相对："章"对"载"、"来"对"至"、"江"对"海"、"诗"对"韵"。这就是楹联规则中强调的节奏点字必须平仄相对。为什么我们说"三十载""春风徐来"是一个节奏？这就是楹联中的语意节奏。

三、语音节奏与语意节奏

前面说过，看一副楹联的节奏，既要考虑其语音节奏，也要考虑其语意节奏，只有准确把握楹联的语音节奏和语意节奏，才可以更好地吟诵与理解楹联。但以我个人经验，在楹联创作中，更多考虑的是语意节奏。

（一）语音节奏

语音节奏，也称音节，语音节奏涉及联句的吟诵。其显著特点是：按照联中用字顺序，一般以两个字为一个节奏（即音步），每一节奏的第二字为节奏点，即音节点。

例联：曹雪芹《红楼梦》

世事 / 洞明 / 皆学 / 问；

人情 / 练达 / 即文 / 章。

这副联语音节奏可分为"二二二一"节奏。这也是七字联中最为常见的语音节奏。七字联常用语音节奏有"二二二一"或"一二二二"及折腰句"二一二二"。

在实践运用中，有的联家依诗句中的说法，把一个音节叫一个"顿"。也就是说，五言三"顿"，即"二二一"或"一二二"；七言一般为四"顿"，即"二二二一"或"二一二二"及少量的"一二二二"。

一般而言，七言语音节奏不会有"二二一二"，五言语音节奏也不会有"二一二"。这种节奏不合马蹄韵的要求。

音节的组合不仅形成"顿"，还形成"逗"。"逗"，也就是一句之中最显著的那个"顿"。一个韵句一般都有一个"逗"，这个"逗"把诗句分成前后两部分。一般来说，其音节分配是：四言"二二"，五言"二三"，七言"四三"。在诗联的对仗中，一定要注意这个"逗"，如"山河破碎 / 风飘絮，身世浮沉 / 雨打萍"，依其"逗"可分为"四三"语意节奏。

（二）语意节奏

语意节奏，又称意节，是根据语意所产生的停顿划分节奏，其节奏点也称为意节点。楹联的创作重点考虑的是语意节奏。像朱庆文《贺瑞安诗词学会成立三十周年》中"春风徐来""秋水时至"因为是古文中的成句，原文引用时，一般作为一个节奏对待。

例联：崔颢《黄鹤楼》（诗联）

晴川历历汉阳树；

芳草萋萋鹦鹉洲。

此联若以语音节奏可细分为"二二二一"，但当我们以完整的语意来划分时，就发现上联"晴川历历""汉阳树"、下联"芳草萋萋""鹦鹉洲"才分别是两个完整的语意单位，因此从语意来划分此联节奏，就是"四三"节奏。

例联：佚名《杭州关庙》

先武穆而神，大汉千古，大宋千古；

后文宣而圣，山东一人，山西一人。

此联为三句联。第一分句语音节奏应该为"一二二"。虽然本分句有五个字，但从语意来说不可分割，故应作为一个语意节奏对待。类似的句子在诗联中较多，如杜牧诗句"南朝四百八十寺"很显然包含着两个意语单位，即"南朝"与"四百八十寺"。

一般而言，语意节奏是联句中一个具有完整意义的语意单位。但这种"完整意义"是指这个汉语词是不可分割为基准，我们分析意节概念可以做这样的列举，但真正用意节来撰联时，应该把握一个要点：用词具有不可分割性。包括词语内不能形成马蹄韵的成语或俗语，如作茧自缚、风雨同舟及礼义廉耻等；地名、人名、物品名等专用名词，如马克思、满洲里、青蒿素等。如果纯粹用大不了、无所谓、不得不等散句、白话来撰联，也需要遵循词语的不可分割性原则。

但在运用语意节奏时，有些联家认为就可不考虑其中的音节，甚至有联家认为可以不考虑三同尾（即三平尾、三仄尾）。个人以为，不论运用什么节奏，在把握节奏点平仄交替的同时，要尽量注意节奏内的两平两仄交替规则，毕竟楹联是韵文，过多破坏两平两仄交替性，会影响楹联的韵律美，尤其是联句的最后三字，还是尽量要避免三同尾。

值得注意的是，很多联家并不认可"语意节奏"一说。其实在汉语中，特别是现代汉语，主要是两个字组成一个节奏，但非两个字的节奏也不少，如成语及固定俗语、专有名词、外译词等，它们大多并不是两个字组成一个词，而三个或三个以上字不能分开的、共同表达一个完整的意义。同时需要注意是它们的音节也并不是完全符合马蹄韵的要求，若没有语意节奏这一理论，这些词将无法入联。也就是说，楹联作为一门独立的汉语言文学形式，当其格律（理论）不能保证所有汉语字词入联，那么这个理论就是不完善的。因此，意节理论的引入，较好地完善了楹联理论。

（三）语音节奏与语意节奏的同步性

联句中的语音节奏与语意节奏有时是同步的，但大多数情况下，存在不同步现象。我们先看一例联。

例联：徐特立《撰徐姓宗祠》

有关家国书常读；

无益身心事莫为。

此联作为七字联，我们在看文字含义时，肯定理解为"有关家国书/常读"两个语意部分，即"五二"节奏，但我们在读语音时，我们依然会读为"有关/家国/书常/读"，即"二二二一"节奏。这里就出现了语音节奏与语意节奏不一致的情况。

下面我们来看中国楹联学会会长蒋有泉先生的一副联。

例联：蒋有泉《龙庆峡》

金刚寺隐青山里；

独秀峰悬碧水中。

根据此联语意节奏，可将联语理解为：金刚寺＋隐＋青山里。但我们在诵读时，往往还是读成：金刚＋寺隐＋青山＋里。这就是语音节奏与语意节奏脱离的现象。这一现象在楹联及古诗词中并不少见。个人以为，主要有以下几种情况：

第一，单句语音节奏与语意节奏分离，而上下联保持一致性。此种情况最为典型的就是文天祥《过零丁洋》诗中的颈联。

例联：文天祥《过零丁洋》（诗联）

　　惶恐滩头说惶恐；

　　零丁洋里叹零丁。

此联就单句来说，语意上的节奏可划为"四三"节奏，即"惶恐滩头/说惶恐"，但语音节奏为"二二二一"节奏；下比亦然。单句语音节奏与语意节奏存在不一致。但上下联不论是语音节奏，还是语意节奏还都保持了一致性。

第二，单句语音节奏与语意节奏保持一致，但上下联节奏却不尽相同。

例联：顾嘉蘅《南阳武侯祠》（名联特例）

　　心在朝廷，原无论先主后主；

　　名高天下，何必辨襄阳南阳。

此联上下联各自的语意节奏与语音节奏基本保持了一致性，但上联语音节奏是"二二，一二二二"，下联语音节奏是"二二，二一二二"，上下联语音节奏不是完全相同的，特别是第二分句中，一个是"一二二二"，一个是"二一二二"，如按同一节奏来对待，即下联领句就当以"何/必辨"来划分节奏，这势必会割裂词语，导致无法理解联意。

第三，单句语音节奏与语意节奏不一致，上下联两种节奏也不尽相同。这种情况是否存在，理论上来说是存在的，但在实际运用中，一般很少会有人遇到此种情况。

下面来看一位学生的作业联。

例联：佚名（新韵，问题联）

归燕又携春早至；

晚霞未散夜迟临。

此联上联的语意节奏为"二一四"，而其语音节奏为"二一二二"。下联的语意节奏为"四三"，而其语音节奏为"二二二一"。因此，此联就单比来说，语意节奏与语音节奏都是不一致的。而从对句来看，上下联语音节奏不相同，语意节奏也不同。

四、节奏调节

在实际撰联中，为表达需要常遇到连续两个节奏点为同平声或同仄声。为了不破坏联意，且确保节奏之美，我们常常将一个节奏拉长为两个节奏或将多个节奏压缩为一个节奏，以纠正联中节奏点连平或连仄现象，这就是楹联中的节奏调节。

（一）虚词调节

调节楹联中的节奏，主要是运用虚词来调节。因为虚词在句中往往不具有实际意义，因而也不会引起语句的歧义。

例联：朱庆文《芜湖傻子瓜子有限总公司》

经之营之，财源广矣；

南也北也，名望大哉。

此联为两句联，前一分句为自对，后一分句为互对。这里"之"虽然为代词，但也是虚指，对句中节奏起到了较好的调节作用。在对仗使用词门类中，我们说过"之""其"虽然是代词，但在古代实词与虚词划分时，仍然将这两个字划归虚词。"也""矣""哉"作为古汉语中的语气助词，本就是虚词，这里也是对句中平仄关系起到了调节作用。特别是"矣""哉"保证了联脚上仄收、下平收同时，还兼对作为三音节节奏的后一分句做了节奏拉长，使之成为两个合乎马蹄韵的双音节奏。因此这副联可作为典型的运用虚词调节联句节奏的范例。

例联：骆宾王《为徐敬业讨武曌檄》（摘句联）

燕啄皇孙，知汉祚之将尽；

龙漦帝后，识夏庭之遽衰。

此为二句联。就上联而言，第二分句若无"之"字，其节奏则为：平（领字）+仄仄+平仄，因"祚""尽"均为仄声字，节奏点连仄且孤平，打破了马蹄韵的节奏美。现在用一个虚词"之"，则将节奏调整为：平（领字）+仄仄+平（之）+平仄，使全句实现了两仄两平交替，达到了马蹄韵要求。

下联后句则将节奏调整为：仄（领字）+仄平+平（之）+仄平，也使节奏点实现了平仄交替，且解决了孤平问题。

若说"将""遽"两字正好是平与仄，是一种巧合，那么没有这样的巧合，上联后句"知汉祚之将尽"除领字"知"、虚词"之"不计，若"将"字位改为仄声字，则全句为连续仄声，即"仄仄仄仄"，这时就更需要加入一个虚词对节奏进行调节，即"仄仄+平（之）+仄仄"，以尽量保证联语的韵律美。

还有一种节奏调节，因为强调需要，在联中加上虚词，故意拉长节奏，使一个双音节奏或一个三音节奏成为两个双音节奏，以达到强调之目的。

例联：周煌《题天使馆》

圣化洽扶桑，万里而遥瞻日近；

　　皇华临辨岳，九州之外仰天高。

　　上联"而"字、下联"之"字在句中并无实际意义，若去掉这两个虚词，则两句的语音节奏成为"万里遥／瞻日近""九州外／仰天高"，在声韵上明显有滞涩感，但加入两个虚词后，一个三字音节变成了两个双字音节，形成"万里／而遥／瞻日近""九州／之外／仰天高"，节奏明显较为明朗。

　　除助词及语气词可以在句中调节节奏外，其实，在古汉语中，动词与形容词作为虚词，有时也参与对节奏的调节。

　　例联：孙星衍《自题》

　　　　莫放春秋佳日过；

　　　　最难风雨故人来。

　　楹联中，往往为了调节字数或者说节奏而加入形容词，而这些词的词义本已隐含在句中。这副联中形容词"佳"就是句中配词，仅仅是对"春秋日"的解读，联中说"春秋日"本就是包含"佳日"之意。但要注意的是，这种以其他词来辅助节奏的，一般要上下联同步。但此联下联"故人"并不同步。而事实上，上下联在调节节奏时不同步情况并不少见。

　　例联：陈寅恪《防空联》

　　　　见机而作；

　　　　入土为安。

　　上联中"而"很明显作为调节节奏用的虚词，而与其相对的"为"肯定是动词，且参与了联意。也就是说，此联上联也是单独用虚词来调节节奏。

　　（二）实词调节

　　实词可不可以参与楹联的节奏调节？很多楹联家并没有注意

这个问题。其实这种现象在古汉语中普遍存在，如《诗经》："大任有身，生此文王，维此文王，小心翼翼。"其中的指代词"此"两次出现都是指代"文王"，而实际都是起到句中节奏调节作用。在诗联中都有类似以实词来调节节奏的情况存在。在不等字自对一节中，我们已经提到过实词对节奏的调节作用，下面再分类列举说明。

例联：杜甫《奉和声大夫军城早秋》（诗联）

已收滴博云间戍；

欲夺蓬婆雪外城。

此为诗联，联意主要是说"已收滴博戍，欲夺蓬婆城"。但上句三仄尾，下句三平尾，其中"滴博""蓬婆"为地名。杜甫却节外生枝，凭空在其间加上了"云间""雪外"这样的实词，既对句中节奏进行了调节，又对两个生硬的地名进行了调适。这种实词虚指，我们读来不仅不觉得多余，而且还觉得更有顿挫感，更觉通透。

其实，如杜甫这样凭空加入实词来调节节奏的是少数，大多是以"相关"为原则加入恰当的实词进行节奏调节。

例联：康熙《题菊香书屋》

庭松不改青葱色；

盆菊仍霏清静香。

此联中的"庭""盆"基本就是为了调节语音而设，特别是"盆"字对全联声韵有较大影响。若从语意来说，主要赞颂"松"与"菊"，具体什么地方的"松"与"菊"无伤大雅，因此把"庭"与"盆"两字去掉并不影响联的主旨，但却影响声韵；或改为其他字，如"雪"与"山"、"劲"与"顽"等，也不影响联意。

例联：颜检《题官署》

两袖入清风，静忆此生宦况；

一庭来好月，朗同吾辈心期。

此联是清代作为巡抚的颜检自题自警联。上联中的"此生"纯粹为了调节节奏之用。一般而言，联语要简洁，而"宦况"自是"此生"，毕竟来生未来、往生已往。下联"吾辈"亦然。

由此可见，实词与虚词在调节楹联的节奏中都有着重要的作用，不仅可以调整节奏，甚至可以救诗联中的孤平问题，从而较好地保证诗联的节奏美。

（三）缩词调节

在英文及网络语言中，常有"缩略词"现象，此处借来一用，更"缩略"为"缩词"。"缩词"之法古来有之。为了保证节奏点平仄交替，我们在无法以加词来调节节奏时，还可以压缩用字，即"缩词法"达到调节节奏的目的。

例联：冒襄《无题》

> 风流顾曲情如绪；
>
> 寥廓横空鉴若华。

此联为清人冒襄之作。其中"顾曲"若不加注释，是很难理解的。这里用的是"曲有误，周郎顾"这个典故。《三国志·周瑜传》载："瑜少精意于音乐，虽三爵之后，其有阙误，瑜必知之，知之必顾。故时人谣曰：'曲有误，周郎顾。'"后来就有人约定俗成，以"顾曲"来表示欣赏音乐或戏剧。

在楹联创作中用典，常会因为节奏问题而将多个字进行压缩，此联就是前人将六字典故，压缩为"顾曲"两字。从某种意义上来说，"缩词法"虽能精炼联句，但也容易造成语意不清或生造词。这就是陈望道先生在《修辞学发凡》中所言的"刻削成语，不合自然"。最为典型的莫如"哈尔滨佛学院"简称"哈佛"，六字专有名词虽压缩为双音节词，但这里简称（即缩词）不当，出现了歧义。还如有人用"白鹿青霞"来颂白鹿书院，因对缩词内涵不解而将联的寓意弄反。因此，在楹联的节奏调节中，不能为了适用节奏而随意"缩词"，更不可生造词。即使古人偶然用之（古人也有生造词，也有些不被后人认可），而经千百年文化发展已自然淘汰的，今天就应该让它"沉淀"下去，大可不必拾其沉渣腐叶。

五、领字领句与节奏

领字，是指在一个联句里面起到统领作用的字（词）。领句自然就是联中一个起统领作用的短句。楹联的特性制约了这样的领句不可能是长句。在楹联中，领字领句一般作为一个节奏，但这个节奏在声韵、结构、词性等对仗性要求上放宽。

（一）领字领句现象

大家看例联。

例联：朱天运《永济西厢饭店》

　　历来天下是一家，更难得蒲坂奇逢，竹窗夜话；
　　此地关河雄万古，何不就高楼更上，山寺重游。

根据刚才学到的知识，我们重点看看节奏点。我们要求节奏点字必须平仄相对，但这副联大家看一下，什么地方有些特别？其中"更难得"与"何不就"分别在联中占据着一个节奏，但它们的节奏点平仄并不合律。这种现象就是楹联中的领字或领句现象。

什么叫统领作用呢？楹联中，常有一些自对的句子，如例联中"蒲坂奇逢"与"竹窗夜话"，"高楼更上"与"山寺重游"，这些自对的句子，可以单独使用，但当它们要用到结构比较复杂的联句里面的时候，就需要有一个引领，如例联中增加了"更难得"与"何不就"领句加以引领，若是没有两个领句，联句就显得非常的突兀。

领字领句在联句中的运用没有一个量的规定和标准，领字领句的多寡，是要结合联句本身的要求来定的。这个要求，主要是来自句式变化的考虑。领字领句的作用就是要牵领下文，但仍以下文作为主体，领字领句在联中只是辅助性质的。

例联：阮元《杭州贡院》

　　　下笔千言，正桂子香时，槐花落后；

　　　出门一笑，看西湖月满，东浙潮来。

从领字领句的用词角度来说，实词虚义的也能成为领字领句，就如例联中的"正""看"，它们在联中的任务就是要引出下文，它们都是为突出下文服务的。

（二）领字领句用词

总结前人运用的领字与领句，常用领字、领句主要有：

一字：看、望、听、想、读、览、喜、溯、怅、怕、任、待、问、凭、叹、嗟、念、试、应、将、须、对、莫、正、乍、总、奈、但、料、似、算、更、真、并、怎、方、尽、况、渐、倘、虽、彼等。

二字：莫非、何须、只须、须知、须念、还须、却将、即此、如此、居然、自然、但看、但闻、但得、但愿、记得、不忘、恍如、不妨、何不、也算、看来、不觉、切莫、岂料、总合、更兼、只要、只将、只是、只期、只余、若是、已是、不是、便是、又是、云呈、况是、哪怕、那堪、此日、当年、尚待、依旧、自思、自愧、且把、莫把、未省、休说、无怪、休辞、岂惟、没道、未必、何必、何况、安得、纵使、试问、试看、敢向、不堪、犹觉、却忆、未闻等。

三字：最难忘、最可怜、最无端、最堪怜、最妙处、最好是、只赢得、只落得、只留得、写不尽、望不断、流不尽、看不尽、禁不住、赏不尽、全不念、君不见、只不过、倒不如、哪管他、休论他、谁管他、且任我、才领得、好领取、莫辜负、都付与、且探寻、且看那、放眼看、犹剩得、犹记得、再休提、再休说、再休管、无怪乎、又还是、又何妨、无非是、又谁料、又谁知、又添得、又何必、又奚必、更能消、消受得、更何须、何须问、况更有、更有些、应有些、正有待、待他年、看今日、回溯那、更忆及、忆几番、听几番、怎脱去、怎抛却、怎识得、便怎地、岂徒览、切莫要、说什么、皆因是、可直作、看破那、还须要、未曾闻、唯此地、都幻作、尽收归、焉能免、要争个、安排着、才觉出、有多少、休忘却等。

（三）领字领句特质

一般而言，作为楹联中的领字领句，单独作一个节奏，在其对仗要求上放宽。究其根源，就是因为领字领句虽然在联句中起到的作用不小，但它始终是为了给主体服务的。为了明确它在句中的主次地位，有意地忽略它的对仗要求，也就是模糊辅助物，突出主体。

例联：顾复初《成都杜甫草堂》

异代不同时，问如此江山，友麋虎卧几诗客；

先生亦流寓，有长留天地，月白风清一草堂。

此联中，"问""有"都是仄声。因为是领字，所以忽略它的声律。

例联：彭玉麟《江宁莫愁湖》

胜地是流传，直博得一代芳名，千秋艳说；

赏心多乐事，且看此半湖烟水，十顷荷花。

这是副燕尾对。燕尾对中都有领字或领句。此联中，"直博得""且看此"就是领句，其后两句是自对，而上下联领句除字数相等外，在声律、词性、节奏、结构等方面都不论。

六、炼字与节奏

说到节奏，节奏美是题中之义。而节奏美与炼字有很大的关系。因此，我们在撰联时，要特别注意每句联中某些关键字的炼字。这些关键字，既要合乎意境要求，又要注意其声韵，把握其节奏之美。下面我们对四字联、五字联、六字联、七字联、八字联、九字联及以上联的节奏与炼字进行简略说明。

（一）四字和五字联节奏与炼字

四字联主要节奏类型有"二二"及"三一、一三"等。五字联主要节奏类型有"一二二、二二一"及"二三、三二、一四、四一"等。一般四字和五字联，第三个字十分重要。杭州联家张度先生称之为"腰眼"（但不少诗联家认为句脚在联中才称为"腰眼"）。

例联：袁枚《题金陵随园》

门无凤宇；

座有鸡言。

这是一副语意为"一三"节奏联，此联中"凤""鸡"正好是联内运用典故的位置，是全联的"眼"，全联的"魂"。

随园是袁枚在任江宁知县时所居，此为其自题门联。《世说新语·简傲》云："嵇康与吕安善，每一相思，千里命驾。安后来，值康不在。喜出户延之，不入。题门上作'凤'字而去。"后来，人们就以"题凤"比喻高贵者来访。《幽明录》云："晋兖州刺史沛国宋处宗，尝买得一长鸣鸡，爱养甚至，恒笼著窗间。鸡遂作人语，与处宗谈论，极有言智，终日不辍。处宗因此言巧大进。"后便以"鸡窗"指书斋，"鸡言"指会说话的鸡。此联意谓随园来往的不是什么达官显贵，而是志同道合之友，造随园也是为了会友倾谈、增长才干之用。

现在我们再来看一例联，着重分析一下四句联的第三个字在声律上的重要性。

例联：左宗棠《杭州灵隐寺冷泉亭》

在山本清，泉自源头冷起；

入世皆幻，峰从天外飞来。

此联为二句联，第一分句为四个字。从节奏来说，这副联第一分句失替，"山""清"及"世""幻"作为节奏点出现了连平或连仄现象，但当我们诵读此句时，并不觉得失替。原因何在？关键在第三个字，尤其"本"为仄声，与前后两字形成单字平仄交替，虽然达不到马蹄韵的节奏美，但对分句声律失替也起到了较好的挽救作用。更重要的是"本"是第三个字，是关键字，也是句中的重读音，故此掩盖了全句的声律失替。

例联：潘奕隽《苏州拙政园嘉实亭》

春秋多佳日，

山水有清音。

此联上联集自陶潜《移居》诗之二，与联律有不合之处。它以"春秋"开句，概括全篇，说明诗中所叙系一年四季的"佳日"，这时"多"字就成为联句中的重要字眼。下联也是集自左思《招隐》诗之一，从自然的角度来说，"山水有清音"不稀奇，但这里寓有"心中有清音"之意，因此理解这副楹联的关键就在这个"有"字上。心中有，山水才会有。

例联：刘太品《杂题三则》（之一）

逢官争抬轿；

见庙乱磕头。

此联为五言联，很明显上下联第三个字"争"与"乱"是联中"腰眼"，将某些人的形象活脱脱地表现出来，使全联生动而形象。如果把这两个字改为"便"与"就"，其他字不变，两句的意思也相差不远，但联语就显得死板而不鲜活。

（二）六字和七字联、八字联节奏与炼字

六字联主要节奏类型有"二二二"及"三三、二四、四二"等；七字联主要节奏类型有"三四、四三、二五、五二、一六、六一、二一四、二二三"及"二二二一"等；八字联大多由两个四字联组成。一般而言，六字和七字联、八字联要注意第三、第五个字的炼字。

例联：傅山《太原晋祠云陶洞》

竹雨松风琴韵；

茶烟梧月书声。

此联为六字"二二二"节奏，其每个节奏中，都是偏正结构，而第三与第五个字正好是后两个词组结构的修饰词。对于这样没有连接词的三个并列结构成联，其第一、三、五字是联中意象词，对对仗词组的后一个字进行关键性的修饰作用。如"松风"，单纯以"风"让人难以解读联意，只有是"松风"时，才给联句赋予了特定的含义。

例联：郑成功《自题》

养心莫善寡欲；

至乐无如读书。

这副联是六字"二四"意节，"养心""至乐"都是联句的"起"，下一节奏是对"起"词的解读。其实我们在吟诵这副楹联时，明显能感受到"无如读书"的重读音在"无"与"读"上。在现代汉语中，重读音有两种：一种是按照语法结构的特点而重读的，叫语法重音；另一种是为了突出句中的主要思想或强调句中的特殊感情而重读的，叫逻辑重音。这里就是后一种。但毋庸置疑，不论是哪种重音，都是句中重要的、关键的字词。

例联：秦大士《杭州岳鄂王墓》

人从宋后羞名桧；

我到坟前愧姓秦。

一般认为，此联为七字"一三三"意节。联中最为强调的是第三个字与第五个字。上下联的第三个字都是叙述，也就是说，"羞名桧"为什么是"从宋后"？因为秦桧是宋朝人，强调时间节点。就第五个字来说，"人从宋后"怎么样？与"名桧"有什么关系？"羞"就成为联句中最为关键的词。

例联：林则徐《自题》

海纳百川，有容乃大；

壁立千仞，无欲则刚。

作为集句联，其中"壁立千仞"不完全符合楹联的格律要求。此联系八字二句"四四"意节，是成语入联，皆以第二分句对第一分句进行补充、解释。全联第三个字是"百""千"，是数词，是虚指。带有形容性质，表示很多与很高，对楹联意的提升有明显的作用。在第二分句对第一分句进行补充与解释时，第二分句的第一个字即全联第五个字"有"与"无"就成为关键词，即"有容""无欲"是关键，而此中的"容"与"欲"就一般而言，是客观存在的，它们的修饰词在联句中具有定性作用。此联虽然是集句联，但仍然能看到联中关键词的位置。

（三）九字及以上联节奏与炼字

九字联大多由四字联和五字联组成。一般而言，九字联要注意第四、第六个字。十字及以上的联，一般为多句联，多由三、四、五、六、七字的节奏加以合并而成。因此，多句联的关键词不仅有分句内的要求，还有全联综合性的要求，一般较难确定。

例联：包世臣《题书斋》

　　喜有两眼明，多交益友；

　　恨无十年暇，尽读奇书。

此联为九字两句联，其为"二三一三"意节。此联中，第六字在强调感情上尤其重要，成为全联最重读音。当然，此联中第四个字，我认为不如第三个字"两"与"十"更能强调联意，更需要重读。而就第一分句而言，这也符合五字联第三字更重要的原则。而第二分句的第三字即全联的第八字"益"与"奇"也是当句中较为重要的字，这也体现了四字联中第三字的重要性。

　　值得注意的是，我们在说某个位置的字更重要时，不是绝对的，只是就一般而言的，毕竟联句结构多有不同，联家强调的思想情感也有所不同，包括分句的多少也不尽一致，因此，也就给联眼或联句中的关键字的确定带来一定的不确定性。

第五章　楹联格律

　　楹联作为汉语中由两行对仗且意联文字组成的一种独立的文学体裁，自然有着其独特的创作规则，这就是楹联格律或者叫楹联架构原则。

　　所谓楹联格律，是指楹联中有关字数、平仄、词性、结构、节奏、句法以及书写、张贴等方面的规则，其核心是形式对偶和声调对立。楹联的基本格律依据《联律通则》可总结为六大要素，即：字数对等、词性对品、结构对应、平仄对立、节奏对拍及内容相关。我们还可以把这六大要素分为三组，一是形式对偶，包括字数对等、词性对品、结构对应；二是声调对立，即平仄对立、节奏对拍；三是意义关联，即内容相关。除六大要素之外，楹联还有一些禁忌。

　　需要说明的是，《联律通则》是中国楹联学会在分析总结前人楹联作品的基础上，参考历史上的楹联理论（其实很少），以"大多数"为原则进行的一种归纳总结，也就是说，这些通则在楹联史上是"大多数"人遵行的规则，并不是什么"王法"，因而在历史上有较多的楹联作品与《联律通则》不合。但无论认可与否，《联律通则》的颁布，为广大楹联初学者提供了最佳的入门教材，也为统一规范楹联创作起到了积极的作用。

一、单句联句内格律（句中格律）

　　联中单句内的声律一般要求为马蹄韵，但对成语、成句入联有放宽现象，使用意节格律创作楹联。因此，若依节奏来说，句中格律一般是"……节奏3+节奏2+节奏1+句脚"，且要求节奏点单平单仄交替；是上联就仄收，是下联就平收；一般要求句内不触犯孤平、三同尾等禁忌。

（一）马蹄韵格律（语音格律）

马蹄韵是汉字特有发音特点。经过长期实践，先祖们发现，只有在大致为平仄两两交替的原则下，汉语的语感才能达到抑扬顿挫、流畅自然的境界。因为这个节奏与马奔跑时发出的节奏相似，便命名为"马蹄韵"，现为大多数联家所接受。马蹄韵格律，又可称为语音格律、音节格律。

依楹联句中格律及马蹄韵要求，我们可以推断上联基本格律一般有以下两种基本形式：

平平仄仄平平仄；

平仄仄平平仄仄。

下联与上联平仄相对是一般规则。

根据此规则，我们可以推导出各类楹联的基本格律。如七字单句联两种基本句式：

上联：平平仄仄平平仄；下联：仄仄平平仄仄平。

上联：平仄仄平平仄仄；下联：仄平平仄仄平平。

六字单句联两种基本句式：

上联：平仄仄平平仄；下联：仄平平仄仄平。

上联：仄仄平平仄仄；下联：平平仄仄平平。

五字单句联两种基本句式：

上联：仄仄平平仄；下联：平平仄仄平。

上联：仄平平仄仄；下联：平仄仄平平。

四字单句联两种基本句式：

上联：仄平平仄；下联：平仄仄平。

上联：平平仄仄；下联：仄仄平平。

这里还有一个问题，如果我们都依马蹄韵的基本格律来撰联，那么汉字中只有所有单字或"平平""仄仄"类型的词语可以入联，而像"西子（平仄）""武林（仄平）"等一些不是同平同仄组成的词就无法入联，怎么办？

依据上章的韵句产生理论，四言、五言、六言、七言等都可以产生变格句，只要不违反韵句的构成规则就可以进行变格。其实在实际撰联中，大量的使用的是变格句，能坚持上下联都用标准句式的极少。

例联：叶方蔼《赠陈维崧》

浣花旧事谁能继；

桃叶新诗手自题。

此联为马蹄韵格律七言变格句，上联格律为"仄平仄仄平平仄"，第一字当平变仄；下联格律为"平仄平平仄仄平"，第一字当仄变平。其中双音节词，就有"浣花"为仄平，"旧事"为仄仄，"桃叶"为平仄，"新诗"为平平。即此联正是因为变格，使全联含有双音节词所有四种平仄关系类型。

例联：段昕《云南剑川金顶寺》

烟寺晚钟情定否？

池塘芳草梦何如？

此联上联为基本句，下联为变格句，包含了平仄关系的"烟寺""芳草"，仄平关系的"晚钟"，平平关系的"池塘"等双音节词。

由此可见，马蹄韵的基本句与变格句，从理论上说，可以让汉语中两个字组成的所有词语，即全部双音节词语入联。

（二）意节格律（语意格律）

有些楹联是引用诗文中的成语、俗语、警句或集古人句，这些成语等作为一个意节入联时，要求尽量做到节奏内的平仄相谐，但有的成语很难保证完全合乎马蹄韵格律的要求，如"过河拆桥"就是一个"中平平平"声律（"中"表示可平可仄）；"胸有成竹"就是一个"平仄平仄"声律，"壁立千仞"就是一个"仄仄平仄"声律，如按马蹄韵格律（包括其变格句）来撰联，这些成语就难以入联。

为解决这一问题，在马蹄韵格律的基础上，我们把两个字的语音节奏扩展为非两个字的语意节奏。"过河拆桥""胸有成竹"及"社会主义""布尔什维克"等作为一个语意节奏（汉语中的基本意节）入联，以意节点入声律，在不触犯禁忌的情况下，以句脚及意节点单平单仄交替为原则架构联句，意节内的其他各字平仄不做严格要求。这就是楹联的意节格律。

马蹄韵格律基本解决了两字词语的入联问题，而有了意节格律理论，从理论上来说，所有汉语成语、俗语等非两字词语都可以入联。这就完善了格律理论。

例联：潘恩《南京秦淮河停云水榭》

一曲后庭花，夜泊销魂，究是三生杜牧；

东边旧时月，女墙怀古，我如前度刘郎。

此联中"后庭花"就是典故入联。这一典故因杜牧《泊秦淮》中"商女不知亡国恨，隔江犹唱后庭花"一句被广大诗联家熟悉。这三个字本身就是乐曲《玉树后庭花》的缩词，已无法再压缩。这里只能作为一个意节对待，也就是说，节奏点"花"正好是联中句脚，按意节格律理论，本意节中其他字只要没有造成句中孤平、三同尾即可。甚至在古人联句中，也有因为意节运用而不忌孤平与三同尾情况的存在，但也有较好地把握成语入联，使之也合乎马蹄韵格律要求的情况。

例联：蒲松龄《自勉》

有志者，事竟成，破釜沉舟，百二秦关终属楚；

苦心人，天不负，卧薪尝胆，三千越甲可吞吴。

此联运用三个成语："有志者，事竟成""破釜沉舟""卧薪尝胆"，除"有志者"三个字外，其他部分意节格律与马蹄韵格律较好地达到了统一。

还有一些集句联，在平仄上也难以对应协调。一般集句联，作为一个意节单位，更求意切，在声律上可适当放宽。

例联：彭玉麟《泰安泰山万仙楼》（集句）

我本楚狂人，五岳寻仙不辞远；

地犹邹氏邑，万方多难此登临。

此联中四个分句全是集句。上联出自李白《庐山谣·寄卢侍御虚舟》"我本楚狂人，凤歌笑孔丘"和"五岳寻仙不辞远，一生好入名山游"。下联前句出李隆基《经鲁祭孔子而叹之》诗："地犹邹氏邑，宅即鲁王宫。"后句出自杜甫《登楼》诗："花近高楼伤客心，万方多难此登临。"

因为是集句，古诗文中有各种各样的句式，如七言近体诗中就有四种基本句式和十七种变格句式及一种特殊句式，如果我们集句，自然就能遇到二十二种句式，难免会出现平仄不对应的情况。如例联上联中的第二分句，是一个特殊句式，即格律为"仄仄平平仄平仄"，后三个字在平仄对应上就有些出入，特别是"辞"与"登"同为语音节奏点上的平声相对。但作为集句诗联，还巧嵌了楼名，切史切景切情，借景抒怀，恰到好处，真难能可贵，也反映了联家渊博的学识。南社诗人吴恭亨在《楹联话》中这样称赞这副联："集成语天然如铸。"

（三）诗词格律

在实际运用中，除了联律外，我们还常常依诗词格律来撰联。其实这一点从楹联来源就可知晓。大家知道，我们楹联脱胎于骈体文及律诗。我们说的马蹄韵格律、意节格律主要是依骈体文为来源而言的。联史上有很多联家直接将诗词中的对仗句（主要为律诗的颔联、颈联）取而用之为联，自然也就有人依诗词这种格律来撰联。

以七言诗为例，主要有以下两种基本对仗句，当然也存在变格句问题：

上联：平平仄仄平平仄；下联：仄仄平平仄仄平。

上联：仄仄平平平仄仄；下联：平平仄仄仄平平。

从中可见，第一种情况完全合乎我们所说的标准马蹄韵格律；第二种情况是非标准马蹄格律，也类似于意节格律。如依其语意节奏来说，只可分为"四三"或"三四、五二、二三二、一四二"等，且可以达到节奏点单平单仄交替。

例联：杜甫《绝句》（诗联）

　　　两个黄鹂鸣翠柳；

　　　一行白鹭上青天。

这就是诗联，格律为：仄仄平平平仄仄；仄平仄仄仄平平。其中下联首字为变格。此诗句语音节奏当为"二二二一"，但作为意节联来说，其节奏就为"四三"，而节奏点又都是平仄交替。

这种楹联中单句的诗词格律似乎可以由马蹄韵格律和意节格律来替代，但未必如此，因为诗词中存在拗救问题，往往会打破这样的基本诗律。如彭玉麟《泰安泰山万仙楼》的集句联中，就有"不辞远"与"此登临"相对。诗友们都知道，"不辞远"就是因为拗句而成，也即王力先生在《诗词格律》中所说的第五种句式：仄仄平平仄平仄。依楹联的单句节奏，要保持节奏点单平单仄交替，此句意节可划"四三""三四""二二三"等，就不能有"五二""二三二"
节奏，否则，这就使上下联的语意节奏不相一致。

用诗词格律来撰联，于词而言则有三字联至七字联不等。如辛
弃疾《鹧鸪天》中就有三字对仗句，即"携竹杖，更芒鞋"，周邦彦
《解语花》中"风销绛蜡，露浥红莲"等，而于律诗而言，当代大多
为七言、五言及少量的六言，正常的对仗诗句虽然对仗性不如楹联
工，但当可为摘为联或依律撰联。

例联：辛弃疾《沁园春·将止酒戒酒杯使勿近》（词联）

金屋去来，旧时巢燕；

土花缭绕，前度莓墙。

此句"金"字前原有领字"羡"，现忽略。此扇对完全符合楹联
的架构原则，句内节奏点平仄交替，上下联内句间平仄交替落脚，
对句间形式对偶、声调对立、意义关联，且上仄收于"燕"、下平收
于"墙"，因此，说它是一副合格的二句联也不为过。当然也有词的
扇对不可以成为楹联的，如辛弃疾同阕词中扇对"怨无大小，生于
所爱；物无美恶，过则为灾"。作为多句联句脚就失替。同时，还须
注意的是词有押仄韵词，故其扇对落脚则为仄声，这与楹联要求上
仄收、下平收规则不合，也自不可为联。

说完词，我们再来看诗。诗中也同样存在着扇对（隔句对），但
是否可以作为楹联来对待？一般不可。如白居易《夜闻筝中弹潇湘
送神曲感旧》："缥缈巫山女，归来七八年。殷勤湘水曲，留在十三弦。
苦调吟还出，深情咽不传。万重云水思，令夜月明前。"首联与颔联
形成扇对。但若作为楹联对待，而上联收脚于平声"年"，下联也收
脚于平声"弦"，则为同声落脚。这是联中一忌，犯忌自不可当联使用。

虽然在此列出对联的诗词格律，但要注意写诗与写联的思维还
是有些区别的，写诗好手不一定能写好联。诗讲浪漫、含蓄，而联却

要实实在在，更求与事物相关联、相切合。我们讲对联结构安排时可上实下虚、前实后虚，但这个"虚"也不可像诗那样借言暗指、放飞思绪。

例联：冯云山《剃头店》（问题联）

磨砥以须，天下有头皆可剃；

及锋而试，世间妙手等闲看。

这是一副以写诗的思维而写的联，特别是下联第二句，典型的诗性思维。这副联上下联前后句轻重不合，后句为议论，与前句关联也不紧密。全联比较虚，较为松散，缺乏"地气"。而石达开看到此联，对联的第二句按意节格律做了修改。

例联：石达开《剃头店》

磨砥以须，问天下头颅几许；

及锋而试，看老夫手段如何。

两联的联意相差不多，石联对仗还不如冯联工整，但石联是以对联思维来写的，后句也改为意节格律，将陈述句改为问句，后句与前句不仅轻重相合，联意也承接得更好，关联性更强，从而使全联更为具象，更有气势。

二、多句联句间格律（句间格律）

多句句间架构原则是指在多句联中，就上联或下联而言，在单句基础上，如何依一定的格律对多个单句（一般为三句及以上）进行有机组合。多句联上下联都是由多句组成，每个单句都依单句格律，多句间依句脚规则来进行单句组合。本着简便原则，也依诗联中通常命名法，我们不妨称其为马蹄格、鹤步格、龙形格及句群格。

（一）马蹄格

马蹄格句脚规则是指多句联中，上下联各分句句脚都是依两平两仄的马蹄格进行交替。依上联为例，即句脚关系为"……平平仄仄平平仄"或"……平仄仄平平仄仄"；下联平仄相反。

例联：曾广熙《南京莫愁湖》

憾江上石头，抵不住迁流尘梦，柳枝何处？桃叶无踪，转羡他名将美人，燕息能留千古迹；

问湖边月色，照过来多少年华？玉树歌余、金莲舞后，收拾这残山剩水，莺花犹是六朝春。

此联上联句脚分别是"头""梦""处""踪""人""迹"，正好是"平仄仄平平仄"；下联句脚分别是"色""华""余""后""水""春"，正好是"仄平平仄仄平"。上下联句脚呈马蹄韵规则。

（二）鹤步格

鹤步格句脚规则，也称李氏规则，是指多句联中，上下联各分句句脚是依单平单仄规则交替。

例联：朱庆文《挽中国楹联学会会长孟繁锦》

擎大旗，号天下，看楹句流辉，联坛溢彩；

驾仙鹤，别人寰，激群贤继起，盛业增华。

此为四句联，后两句自对。上联句脚分别是"旗""下""辉""彩"，正好是"平仄平仄"；下联句脚分别是"鹤""寰""起""华"，正好是"仄平仄平"，上下联句脚都是单平单仄交替。

特别需要注意的是，上下联各句脚一般不应同平或同仄。故此两句联句脚只能以鹤步格来架构。

例联：曾国藩《江西永修吴城镇鄱阳湖望湖亭》

五夜楼船，曾上孤亭听鼓角；

一樽浊酒，重来此地看湖山。

此联为两句联，两句句脚只能依此格架构，即上联为平仄，下联为仄平。

（三）龙形格

龙形格句脚规则，也称朱氏规则，是指多句联中，所有句脚与联脚均平仄相反。即上联仄收，其他句脚皆为平收；下联平收，其他句脚均为仄收。因为此格句脚变化少，多少会影响到楹联的韵律之美，虽然这里提出来，但不提倡使用。

例联：顾复初《四川成都崇丽阁》

引袖拂寒星，古意苍茫，看四壁云山，青来剑外；

停琴伫凉月，余怀浩渺，喜一篙春水，绿到江南。

此联就是龙形格句脚，上联除联脚"外"为仄，其他句脚均为平声；下联联脚"南"为平，其他句脚均为仄。下列邓石如联同样为龙形格。

例联：邓石如《自题》

茅屋八九间，钓雨耕云，须信富不如贫，贵不如贱；

竹书千万字，灌花酿酒，可知安自宜乐，闲自宜清。

（四）句群格

句群格是指长联中，联意由多个句群组成，全联句脚未必有规则，但句群内联句句脚依然遵循了一定的规则，这个规则包括马蹄格、鹤步格或龙形格。

例联：李沄《贵州黄平飞云岩》

从何处飞来，乃有斯峰嵘头角，压倒群峰。试问前生，得无是韩昌黎所称怪物；

到此间蟠伏，尽凭尔磊落心胸，包馀荒徼。不逢青眼，可能如杜工部之拔奇才。

此联上下联一般可分为两个句群。上联前一句群三句句脚为平仄平，即鹤步格，第二句群二句句脚为平仄。下联正好相反。

例联：朱庆文《五十自题》

染水皴山，写意疾书，万般笔墨，何等气象，自然
怡神无限、俗物无双，夫为天道；

吟风弄月，直抒曲达，百集诗联，如此心情，难免
颂世有时、怨声有几，斯是人生。

此联是我五十周岁抒怀而作。上联说置身高雅、忘我的艺术世界，自然快乐无限，这是天理。下联说人生毕竟有快乐、有怨恨，有直抒心襟，有容忍曲达，这些心情都归于百集诗联中，这才是真实的人生。全联就可划分为两个句群，即前四句铺排为一句群，后三句总结归纳为一句群，则上联句脚分别为平平仄仄、仄平仄，下联句脚则相反。

在长联史上，以句群安排句脚的也不乏其例，如孙髯翁撰著名的《昆明大观楼》长联，全联也划分为三组句群，每个句群内的句脚规则依然是遵循马蹄格。再有就是宋镶撰《武汉汉阳晴川阁》、钟云舫撰《四川成都望江楼》、李联芳撰《武汉黄鹤楼》等长联也都依句群格来安排句脚的。因上述长联占用篇幅较大，此处不再一一列举。

当然，在联史上不是所有的联中句脚都按一定的规则来收脚，也有例外。

三、上下联联间格律（比间格律）

比间架构原则是就上下联之间的关系而言的，包括形式对偶、声调对立、意义关联等。

（一）形式对偶

形式对偶一般是指上下联字数对等、词性对品、结构对应。

（甲）字数对等　通常情况下，一副楹联，由上联、下联（或者叫上比、下比）两部分构成，上下联字数是相等的。字数相等，不仅要求上下联总字数相等，同时也要求上下联中各对应分句的字数也要相等。由此，我们还可以推算出，在楹联总字数相等、各对应分句字数也相等的情况下，上下联分句数也必然相等。这是对偶性的一个基本要求。但也有例外。

一是全联字数相等。即要求一副联的上下联字数相等。

例联：朱庆文《临海和院邀月亭》

樽向岭头邀月至；

柳从溪畔送风来。

这是单句七字联。上下联都是七个字。

二是对应分句及其字数相等。即要求分句数、对应分句的字数都相等。

例联：朱庆文《赠童中焘先生》

水墨称奇，川上有流波，林中无静树；

风神盖代，焘育三千子，默成一世名。

此联三句十四字，属中长联。本联上下联第一分句都是四字；第二、三分句都是五字。各对应分句的字数是相等的，而上下联的分句数也是相等的，明显具有对偶性。

三是特例。除正格联外，还有一些字数不等的非正格联。除正常联意表示外，字数不对等正是用来丰富对联的内涵。如在阙如修辞中，故意把个别字空起来，让读者根据自己的想法补充一个字，将联意寓于联外。甚至有用对联作为谜面，用来猜谜语的。

例联：佚名《猜一成语》（答案：僧多粥少）

粥粥；

僧僧僧。

（乙）词性对品　就是上下联句法结构中处于相同位置的词，它们词类属性相同，或符合传统的对仗种类。

词性对品要求上下联相对应的每个词的词性，应尽可能相同或相近，这是基本要求即对仗性。值得注意的是，词性对品不是词性相同，还包括词性相近。也就是说，我们强调要依据《对仗用词门类》属对的同时，也允许词性放宽现象的存在。

关于词性对品基本要求我们在"对仗用词"一讲中已做基本讲解，这里重点对词性放宽、词性变化做一阐述。

一是词性放宽。就现代汉语来说，除名词和有些代词（即实词）外，动词、形容词及对仗用词分类中所列举的副词、连介词、助词等各成一类，但它们分别是古汉语的活虚词、死虚词及助词，古人在属对中，往往要求"实词对实词，虚词对虚词"，同时也强调"虚实不对，死活不对"，但古人及我们的《联律通则》中，都有打破这一规则的情况。

其实，词性放宽，是形成宽对的必要条件。宽对在实际运用中，十分的广泛。有宽对的存在，为我们用活楹联拓展了广阔的空间。但在实际运用中，这种宽对也有一定的要求的，不是无际的宽泛。一般有三种情况。

首先，对虚词的要求一般比较宽松，对实词的要求较为严格。要求实词在对仗时，越靠近同类同门越佳且做到平仄相对；节奏点上的实词，必须平仄相对。有些虚词可以自身相对，如"之、其、于"等。但实词一般是不可以自对的。

例联：佚名《故宫养心殿》

　　无不可过去之事；

　　有自然相知之人。

这副联中，"之"是虚词，为了楹联的节奏需要而入联。省去这些虚词联意一般不会有大的改变，但却损害了联语的节奏感和声韵美。

楹联中除实词（名词、代词）占比例较大、要求较为严格外，对虚词（动词、形容词、副词、助词、连介词）等词性有活用情况存在。当然，名词也存在活用情况。

虚词中的死活对　即通常我们所说的动词与副词形成对仗。这里是对"死活不对"的放宽。如"无"与"不"虽然为动词与副词，但因为都是否定词，常用来属对等。

例联：陶澍《上海豫园一笠亭》（集句）

　　游目骋怀，此地有崇山峻岭；

　　仰观俯察，是日也天朗气清。

此联很明显集句于王羲之《兰亭集序》，而"有"为动词，"也"为副词。其当句自对部分的词组结构相称外，整副联的句式结构都不相同。但此联洒落有致，集引自然，为我们展示出一种清雅宜人的景观，既为联家心情的写照，也可激发起游人的兴致，可谓集句佳作。

虚词中的活助对　即通常我们所说的动词（活虚词）与连介词形成对仗。这是虚词内的属对，于古汉语来说是正常的。

例联：黄庭坚《再次韵寄子由》（诗联）

　　风雨极知鸡自晓；

　　雪霜宁与菌争年。

联中"争"是动词,而"自"则为介词。

虚词中的死助对　即通常所说的形容词、副词与介词形成对仗。形容词、副词与介词都是虚词,也当是古汉语中的正常属对。

例联:崔曙《九日登望仙台呈刘明府》(诗联)

三晋云山皆北向;

二陵风雨自东来。

联中"皆"为副词,但"自"却是介词。

除上述说明的对仗活用外,《联律通则》中还规定了同义连用词、反义连用词、联绵词间可以互对,甚至规定方位词与数目词、数目词与颜色词等也可以形成对仗。联界也有人认为可以以联绵词属对结构或词性相近的合成词,反之不可。但对仗用词门类中第八类各门间属对,即方位词、颜色词、干支词、数目词间互对,这个规定,个人以为过于宽泛。

其次,在以名词为中心词的偏正词组中,其修饰性词语要求较宽松,对中心词语的要求较严格。在具体的对仗中,除词性外,还可适当考虑词语在句中的作用,对以名词为中心词的偏正词组,其修饰性词语要求较宽松,但放宽了修饰性词语的要求,就对中心词语的要求更为严格,一般要求中心词是同门的对仗用词。

例联:倪国琏《北京古藤书屋》

一庭芳草围新绿;

十亩藤花落古香。

这副单句七字联,有两组词值得注意。一是"芳草"之"芳"与"藤花"之"藤",一为形容词(虚词),一为名词(实词);但中心词的"草"与"花"是同类且同门。二是"新绿"之"绿"指的是颜色,是可兼名词与形容词性质的词,"古香"之"香"乃指气味,也同样是可兼名词与形容词性的词，虽词性相同，但并非一类，但因"新"与"旧"作为修饰词对仗特别工，从而产生"光环效应"。因此，这副联初看似欠工整，可是从全联角度看，却形象鲜明，音节和畅，可谓佳构。

再次，在当句自对中，对自对部分要求严格，而对句词性要求放宽。

例联：端方《武汉黄鹤楼》(集句联)

　　我辈复登临，昔人已乘黄鹤去；

　　大江流日夜，此心吾与白鸥盟。

其中，"登临"是动词，"日夜"是名词，但从整体看，二者都属于并列结构的同义或反义词连用，可以构成当句自对，即"登"对"临"，"日"对"夜"，重点强调的是自对中的词性要求，准确地说，自对同样要求词性相对，而对上下联之间的词性要求却放宽。

二是词性变化。词性的放宽，并没有改变词性，但有些词在实际运用中，词性会发生变化。词性变化，在传统对格中，也有人称为转品修辞。

一方面，词性兼有情况大量存在。在汉语中，虽然我们把词性做了分类，但很多词具有边缘性，既可以是名词，也可以是动词，如请示、申请、报告、领导等。而有的词既可以作为名词也可以作为形容词，如兴奋、典型、风光；既可以作为动词，也可以作为形容词，如纯洁、黑、端正、满足。甚至像红、白等还可以兼有名、动、形三种词性。

另一方面，词性活化的情况越来越多。在长期的语言约定俗成中，硬生生地赋予许多词新的词性。这类词的对仗，虽然表面看是打破了词性对品的要求，但实际也是符合词性对品的一般要求的，只是这些词在对仗中，活化了词性，联界是认可这种用法的。下面列举几种常见词性变化在楹联中的应用。

形动兼有　这是《联律通则》在总结前人的基础上，规则许可的对仗用词。一般以不及物动词与形容词对仗较多。这一规则打破了古人"死活不对"的惯例。

例联：田汝成《杭州南高峰》

凭栏霄月近；

倚杖海云还。

联中"近"为形容词，为"死虚词"，它与不及物动词"还"相对，而"还"却是"活虚词"。这是因为不及物动词在词性上与形容词还是有些接近的。

其实，动词可再细分为及物动词与不及物动词。而及物动词一般都表示明显动作，对于这样的词，因为一般意义不够完整，必须有宾语补充意义。不及物动词本身意义完整，可以单字表达完整的意思，甚至有形容含义，如"飞"，当我们赋予它"快"即"飞快"的意思时，相对于"慢"，"飞"字就有了形容词性。因此，在现代汉语中，一般认为，不及物动词往往兼有形容词的词性。

例联：董其昌《杭州西湖飞来峰冷泉亭》

泉自几时冷起？

峰从何处飞来？

这副联中，"冷"为形容词，但下联的"飞"却是不及物动词，属于形动相对。

形数兼有　有时候形容词与数词可以相对仗。如"孤""半""尽""全""满""累""双""几"等字，既可视为形容词，又可作数词。这种词性的变化则使对仗性回归了对仗用词门类的划分。

例联：杜甫《江汉》（诗联）

片云天共远；

永夜月同孤。

此联"片云"中的"片"既有一片之意,又有形容少之意。而"永夜"中的"永"本是形容词,但与"片"相对,也包含着"一"的意思。因此"片""永"互对因词性的变化,则又回归到形容词相对或数目词相对的本源。

例联:罗桀《杭州西湖小瀛洲开网亭》

一檐虚待山光补;

片席平分潭影清。

"片"作全部解时,本是形容词,这里与"一"相对,却有数目"一"之意。反过来,这里的"一"本是数目,但又有着形容词"全"的意思,因此"一""片"互对又都可认为是副词或数目词相对。

例联:佚名《都江堰二王庙》

大隐始著书,有文字五千言,独存精髓;

百家纷踵迹,辟江流一万里,要溯源头。

联中"百"单列出来时,是数词,与"家"合成一个数量词,但在句中"百"却有形容词性,作为虚指,有"很多"的意思,这样就与"大"一样,都有形容修饰作用,从而相对。其实在对仗中,往往还有名词与量词、量词与数词、名词与代词等形成对仗关系。

名词动化 名词的动化与词性兼有还是有一定区别的。

例联:霍松林《临海东湖公园骆临海纪念祠堂》

山月常明,应知诗杰丞临海;

湖波乍涌,恍见文澜动则天。

这副联中,"丞"字本是古代各级长官的副职,如府丞、县丞。这里"丞"却是名词动化,再与动词"动"相对。

例联:常治国《杭州越王城山大殿》

越遭屯蒙隐沼吴,胜算艰辛遵九术;

伯成剥复难完己,遗谋生聚惠千秋。

此联中的"沼"就是名词动化。沼,本指污池。语本《左传·哀公元年》:"越十年生聚而十年教训,二十年之外,吴其为沼乎!"杜预注:"谓吴宫室废坏,当为污池。"此处"沼",使动,即"使吴沼"的意思。

名词动用,是现代汉语中常见的现象,特别是在网络时代,更加普遍化,如"我微信你"中"微信"就是典型的名词动用。因此,名词动化,词语原义没有变化,还增添了语言在词汇和语法层面的构建功能,使表达更加简单明了,语句更加凝练生动。

(丙)结构对应 结构对应有两个方面的意义,即指上下联的句式结构相对应,词组结构也要相对应。但也存在当句自对、或结构相似、或结构特殊而放宽对结构要求的情况存在。

一是句式结构对应。就是上下联句式结构要一致。它要求上下联句子成分相对应,即要主语对主语、谓语对谓语、宾语对宾语、定语对定语、状语对状语、补语对补语等。

例联:朱庆文《杭州西湖初阳台》

可遇同升日月;

但观俱赤乾坤。

西湖初阳台每年十月朔旦(旧历每月初一。亦专指正月初一)可观日月同升之景,古为钱塘十景之一。

这副联虽然为六字联,但结构较为复杂。句式系"(状)谓(补)+宾"结构,主语省略。"可"与"但"是副词作状语,用于修饰谓语"遇"与"观","同升""俱赤"作为谓语的补语,而"日月""乾坤"是宾语。无论多么复杂的结构,此联的句式结构、词组结构完全一致。

例联：佚名《征集联》

水聚千峰影；

风扶万柳腰。

该联上下联均为"主＋谓＋（定）宾"结构。其中，名词"水""风"分别为上下联的主语，动词"聚""扶"分别为上下联的谓语，名词"影""腰"分别为上下联的宾语，同为偏正结构的"千峰""万柳"只分别是上下联宾语的定语。由此可见，这是一组句式结构和词组结构均工整对称的楹联。

二是词组结构对应。不仅句式结构要一致，每一个句式结构内的词组也要求结构一致，即主谓结构对主谓结构，动宾结构对动宾结构，联合结构楹联合结构，偏正结构对偏正结构，补充结构对补充结构等。

例联：佚名《题忍辱波罗蜜》

一心常忍辱；

万事且随缘。

此联中，"一心"与"万事"同样是偏正结构的词组。"忍辱"与"随缘"是动宾结构相对。"常"与"且"是虚词相对。一般而言，如果一个词组是"实词""虚词"或"实词＋虚词"组成，上下联也要一致。

例联：朱庆文《长屿硐天双门石窟石亭》

风送风迎，只是转身事；

硐凉硐暖，但留游客心。

这副是二句九字联。前一句是主谓结构的当句自对，是反复修辞手法。"只是""但留"都是状补结构作谓语，"转身事""游客心"都是偏正结构作宾语。其中"转身"与"游客"又都是动宾结构。

有时我们为了强调联意或加强语气，还会用到叠字。一般而言，上联用到叠字结构的，下联相应部分也要使用叠字结构。

例联：朱熹《南轩联》

　　春风骀荡家家到；

　　天理流行事事清。

这副是单句七字春联。主语"春风""天理"都是偏正结构，谓语是动词，补语"家家到""事事清"出现叠字。这种叠字结构也要相称。

例联：俞樾《杭州九溪十八涧》

　　重重叠叠山，曲曲环环路；

　　高高下下树，叮叮咚咚泉。

这副两句十字联中，有八个字为叠字。虽然均为当句自对，但叠字部分依然遵守相称要求。当然，因为叠字，所以楹联律有些损害。

三是结构放宽现象。有些当句自对联可以放宽上下联的结构要求。同时，在词性相当的情况下，较为近似或较为特殊的句式结构，其上下联结构要求也可以适当放宽。包括三种情况：

第一，在自对中，上下联句法结构、词组结构均可以完全不同。

例联：林南《河南江浙会馆》

　　胜地景犹存，待重游百里清江，千年古刹；

　　故乡人又到，与我话西湖晴好，东海潮平。

此联为燕尾对。后两分句除领句"待重游""与我话"外，其他是当句自对。但两个自对句的结构与节奏完全不一样。上联自对句是偏正结构、"二二"节奏，即"百里"修饰"清江"，再深入一层，"百"修饰"里"、"清"修饰"江"。而下联自对句是主谓结构，语音节奏是"二二"，但语意节奏却是"三一"节奏。即"西湖晴"与"好"、"东海潮"与"平"形成了主谓结构，"西湖""东海"分别用来修饰

"晴""潮"。虽然上下联对应结构不一致，但因是当句自对，自对部分在结构上是严格相称的。

第二，词组结构近似，上下联的词组结构对应要求可以适当放宽。

例联：杨荣绪《自挽》

一死便成大自在；

他生须略减聪明。

此联上联三仄尾，上下联节奏也不合，主要用来说明词组结构。此上联第一节奏中的"一死"，是一旦死了的意思，是一个状补结构。下联的"他生"是下一辈子的意思，是一个偏正结构。两个结构虽然不同，但具有相似性，可适当放宽，且它们的中心词"生""死"为同门对仗用词，属工对，而"一""他"只作为修饰部分，自可放宽要求，即中心词为工对，其修饰词可适当放宽。

一般情况下，联绵词要与联绵词相对，但在实际运用中，联绵词常常会与非联绵词相对。这也是一种词组结构放宽现象。

例联：左宗棠《吴县柳毅井》

驰骋云路三千，我原过客；

管领重湖八百，君亦书生。

联中"驰骋"是联绵词，而"管领"却是普通词组，但是由于它们的基本词性相同，"驰骋"是动词，"管"和"领"或者"管领"也都是动词；结构也相似，都是"动+动"的组合结构。因此，可以放宽结构要求。

第三，词性相当的特殊结构，上下联的词组结构对应要求可以适当放宽。

例联：方尔谦代小凤仙《挽蔡锷》

不幸周郎竟短命；

早知李靖是英雄。

此联上联三仄尾。"英雄"对"短命"就是宽对。其中"英雄"是"形+形"构成的名词性并列词组,"短命"却是"形+名"构成的名词性偏正词组。两者结构不同,但词性相当。

值得注意的是,虽然我们介绍了结构放宽的情况,目的是为了大家在欣赏楹联时,能看懂前人的楹联,但在实际撰联中,还是要遵守"结构对应"的规则,放宽现象不足为范例。

(二)声调对立

声调对立,包括平仄对立、节奏对拍。

(甲)平仄对立 平仄对立,就是上下联间各对应字位及联脚、句脚平仄相对。

一是上下联相应字位平仄对立。

例联:朱庆文《梅家坞畅观堂》

壶煮三江,茶饮多情客;

门通四海,饭留有义人。

此联为两句九字实用联,第一句声韵分别为平仄平平、平平仄仄,上下联除首字外,其他三字都达到了平仄对立的要求;第二句声韵分别是平仄平平仄、仄平仄仄平,上下联各字完全达到了平仄相对立。

在历史上,甚至很多名家的楹联只求上下联平仄相对,但对当句声韵的平仄交替要求有所放宽。

例联:郑成功《自勉》(集句)

养心莫善寡欲;

至乐无如读书。

此为六字联,上下联联内没有达到平仄对替要求,但对句间大体做到了平仄对立，特别是语音节奏点完全做到了平仄对立。但今人撰联，还是尽量不要打破句内平仄交替规则，要注意对句对应节奏点字位的平仄对立。

二是联脚（句脚）平仄对立。一般来说，楹联以"上联仄收，下联平收"为基本规则，即联脚"上仄下平"。而上下联各对应分句句脚也要平仄相对。

例联：朱庆文《鸣鹤古镇三北书场》

场开三北客天下；

书说千秋事眼前。

此联联脚上为入声字"下"，下为平声字"前"，符合"上仄下平"规则。

至于多的联句脚还是要遵守楹联格律中的句间格律，如"鹤步格""马蹄格""龙形格"。

但在实际运用中，因为押韵联、拈连修辞等因素，甚至因为联意而不得不损害声律，这样就会造成句脚平仄失替。

例联：张英《桐城双溪草堂》

富贵贫贱，总难称意，知足即为称意；

山水花竹，无恒主人，得闲便是主人。

此联为张英辞官归里桐城后，康熙御赐"双溪"匾额，并赠送多副联语，其中有一副为："远处尘埃少；闲中岁月长。"张英便取新宅为双溪草堂，且依御联之意，撰了此联。

此联上下联都采用了拈连修辞，即在用乙对甲进行陈述或描述后，再将甲转移与本不能陈述或描述的丙进行组合的修辞手法，这种修辞可用格式表述为：甲＋乙→甲＋丙。即"富贵贫贱＋总难称意"→"富贵贫贱＋知足即为称意"。因"称意"与"主人"是拈用的词语，便需在联中重复使用。而上联的"贱"字为仄，造成上联句脚失替。此联为了联意，在"富贵贫贱""山水花竹""无恒主人""得闲便是主人"句中，都出现了"因意害律"的现象，或平仄失替，或平仄失对，或孤平。其实，此联可称得上是"因意害律"的典型代表。

（乙）节奏对拍　所谓节奏对拍，指上下联在节奏（包括语音节奏或语意节奏）的停顿上应当同步且上下联相应节奏点平仄相对。

例联：朱庆文《浦江江南第一家》

千指同居，誉三朝孝义，全凭楹下从三德；

百丁出仕，承一脉清廉，无愧江南第一家。

此联是三句十六字联，上下联各分句的节奏分别都是"二二""一二二""二二三"节奏，各分句节奏几个字字节保持一致，且对应节奏点都达到平仄相反。

（三）意义关联

意义关联，即上下联内容要相关，上下联所表达的内容统一于一个主题。就是说，楹联要有一个明确的主题，上下联都要围绕这个主题展开。因为形式与内容紧密相连，这里将意义关联与形式对偶做共同分析，亦即我们常说的形对意联。

（甲）形对意联　这是最为正格的楹联。在形式上，字句、词性、结构、节奏、平仄等对应举且上下联联意相关。

例联：傅山《太原晋祠云陶洞》

竹雨松风琴韵；

茶烟梧月书声。

此联本书多次列举。其以幽雅、闲适之境，渲染遗世独立之情，超然化外，令人雅羡。从字句来看，此联"茶"对"竹"、"烟"对"雨"、"松"对"梧"、"风"对"月"、"琴"对"书"、"声"对"韵"，都是同类同门对仗用词相对，没有一字不工。上下联各组成的三个词自然也是工对。在平仄关系中，只有位于修饰位置的"松"对"梧"、"琴"对"书"同平相对，其他都是平仄相对。从词性来看，都是名词相对。从结构来看，上下联三个词组间是并列结构，而每个词内部又都是偏正结构。从节奏来看，都是"二二二"节奏，每个节奏点都是平仄相对。

例联：王夫之《衡阳湘西草堂》

清风有意难留我；

明月无心自照人。

此联也是字句、词性、结构、节奏、平仄等形式都非常对举。除"我"与"人"不属同门对仗用词外，其他字属对都是工对。特别是"清风"对"明月"、"无心"对"有意"非常工。大家可以自己对照分析，这里就不赘述。

例联：朱庆文《妙应居士》

门外四时春，红男绿女；

庭中三尺雅，俗体禅心。

此联是赠西泠印社阁大海先生的。这里的"春"字，不代表春天，是代表繁华、热闹、甚至奢靡等一切与修身静心相对的环境。上下联的后一句是自对。楹联是说居士隐于闹市，却闹中取静，修心养身。此联"闹"与"静"的强烈对比，恰如其分地写出了居士"身境"与"心境"的关系。

此联上下联的这种强烈对比关系，也是一种关联与相关，是一种对立统一体，统一于居士禅修现象，更加表达了居士在家禅修之不易。

（乙）形对意离　还有一种楹联，字面上是工对，但上下联意义不相关联，这种楹联我们称之为无情对。自宋朝时就有人玩这样的无情对游戏。

例联：纪昀《趣对石先生》

细羽家禽砖后死；

粗毛野兽石先生。

纪昀小时候上学淘气，不爱听他的私塾石先生上课，就在墙上挖一深洞，养了一只小山雀。一天他悄悄地去喂鸟，让石先生看见了，先生就在墙上写一上联：细羽家禽砖后死。当纪昀再去喂鸟时，发现鸟已经死了。心中疑惑时看见墙上的楹联，断定是石先生所为，就续写了下联：粗毛野兽石先生。石先生见到大为恼火，认为纪昀辱骂自己，于是执鞭责问纪昀。纪昀从容不迫地解释道："我是按先生的上联套写的。有'细'就有'粗'，有'羽'就有'毛'，有'家'就有'野'，有'禽'就有'兽'，有'砖'就有'石'，有'后'就有'先'，有'死'就有'生'。所以我就写了'粗毛野兽石先生'，如果写得不好，请先生改写吧。"先生想了半天也没想出好的下联，只好扔下教鞭拂袖而去。

例联：郭沫若《应征联》（无情对）

三星白兰地；（出句）

五月黄梅天。（对句）

民国初年，重庆一酒家出"三星白兰地"征求下联。联坛妙手各逞文思，纷纷应对，但老板总不满意。其时郭沫若年纪尚轻，闻讯赶去，乃对下联"五月黄梅天"。这副联从字句上来看，是工对，除"兰"与"梅"在平仄上有出入外，"五月"对"三星"、"黄梅天"对"白兰地"，字字工整。但从内容相关性上来说，一种是酒，一种天候。上下联毫不相干。当然，无情对不是正格的楹联。

（丙）形离义联　还有一些楹联，从字面看，上下联形式上没有对举性，但联意却关联紧密。

例联：蒲松龄《临池王半朝功德牌坊》

一二三四五六七；

孝悌忠信礼义廉。

清朝，临池王半朝为显示他家有文有武，建造了一座功德牌坊，请蒲松龄题副楹联。蒲松龄知道：这王半朝排行第八，为人狡诈霸道，人称"王八"。就写了"三朝元老"四字，然后写下一副楹联："一二三四五六七，孝悌忠信礼义廉。"王半朝以为这是称颂五府的，就请有名的工匠把这副楹联刻在牌坊上。大家仔细一琢磨，不禁大笑起来。原来，上联隐"八"，即"忘（王）八"；下联隐"耻"，即"无耻"。整个楹联的意思是：三朝元老，王八无耻。

这副联看似上下联没有联系。上联是数序，下联是儒家德育思想"孝悌忠信礼义廉耻"的部分，但是，上联后面缺"八"字，下联却少一个"耻"字。而都有一种不言而喻的寓意。集中于一个人时，就是骂人的话，"忘八""无耻"，从谐音而将内容统一起来。因此，内容相关，有时与字面是否相关不是统一的。这种属于隐字联，当然这也不是楹联的正格联。

四、楹联禁忌

楹联禁忌，即撰写楹联应避免的六种情况。前面讲的大要素，是楹联的基本规则。但在实现运用中，容易有以下六大错误出现。一副楹联，既要合乎三大要素，又不能犯这六项禁忌中的任何一项，才可算是一副合格的楹联。

（一）忌同声收尾

这是就上联联脚与下联联脚之间的关系而言。准确一点说，上下联联脚要上仄收、下平收，不能同平或同仄，一般也不要上平收、下仄收。

例联：朱庆文《富阳华氏祠堂（清白堂）》

锡山南渡，绍祖勋名，清白华堂荣俎豆；

浙水中兴，承先志业，孝廉显族振箕裘。

此为三句联。上联最后一个字为"豆"，去声，仄收。下联最后一个字"裘"，阴平，平收。

例联：朱庆文《萧山湘湖》

何处见秦痕越迹；

此中寻古意新仪。

上联联脚"迹"，为仄收；下联联脚"仪"，为平收。这种联脚"上仄下平"是楹联的基本规则。前人有同声落脚或上平下仄落脚的现象也是存在的，毕竟我们的联律是在总结前人基础上的归纳，即大多数人认可的做法，而不是全部联家都认可的。

在联史上，也有一些名家名联是与我们今天的联律不相一致的，这些是特定情况下产生的楹联，学习楹联不应该以此作为范例。

例联：张中阶《长沙岳麓书院大门》

惟楚有材；

于斯为盛。

此联是特例。上联"惟楚有材"，典出《左传》。原句是："虽楚有材，晋实用之。"下联"于斯为盛"出自《论语·泰伯》："唐虞之际，于斯为盛。"全联的意思或可理解为：楚国真是出人才的地方啊，岳麓书院更是英才齐聚之所。

相传，清嘉庆十七至二十二年（1812—1817）间，袁名曜任岳麓书院山长。门人请其撰题大门联，袁以"惟楚有材"嘱诸生应对。正沉思未就，明经（贡生的尊称）张中阶至，众人语之，张应声对曰："于斯为盛。"这副名联就此撰成。所以说，这是特例。

例联：陶行知《江苏淮安新安小学》

　　　　捧着一颗心来；

　　　　不带半根草去。

1929年6月6日，江苏淮安的新安小学诞生了，陶行知先生兼任名誉校长并为新安小学题写了这副楹联。其实这是陶行知先生著名的一段话中的两句，估计陶老应约时，急就摘录了这两句为联相赠。

类似的还有故宫三希堂联也是上平收、下仄收。这些都是特例，我们在实际创作中不可作为范例。

（二）忌同声落脚

这条禁忌是针对多句联而言的。多句联要求上联或下联各分句的句脚也要符合平仄交替要求。在多句联格律中，我们说过四种多句联句脚交替规则。当然还有一些因押韵、修辞而造成句脚交替规则的变异。

例联：朱庆文《贺中国楹联学会成立三十周年》

　　　　楹柱生辉射斗，九域俱兴，流韵千年逢盛世；

　　　　联坛擎帜凝心，群雄并起，放怀卅载谱华章。

此联三句联，上联各分句句脚分别是"斗""兴""世"，是"仄平仄"的单平单仄交替。下联是"心""起""章"，是相对应的"平仄平"。是单平单仄交替。

忌同声落脚，不限于上下联内各句句脚，就是上下联对句也忌对应分句同声落脚。如上例中，"斗"与"心"、"兴"与"起"不能同平同仄，也要平仄相对。

但在实际运用中，诸如押韵联等也会造成联句同声落脚。

例联：朱熹《赠漳州某士子》

东墙倒，西墙倒，窥见室家之好；

前巷深，后巷深，不闻车马之音。

这是一副反复修辞的押韵联，即上下联各分句句脚"倒"与"好"、"深"与"音"押韵。此联的联脚是合乎规则要求的，上"好"下"音"，但上下联各分句的句脚因押韵却不合乎《联律通则》的规则要求。这种押韵联是一种特例。

（三）忌三同尾

所谓忌三同尾，即忌三平尾或三仄尾，指的是在一个单句的最后三个字，应避免都是平声字或都是仄声字（注意是避免，不是绝对不可）。这是节奏美的需要，因为最后三个字中，一般最后一个字是句脚或联脚，而其前两字一般也自成一个节奏，也就是说最后三个字一般是包含了两个节奏。如果三同尾，就是连续两个节奏点间没有平仄交替，读起来缺乏音调变化。

而三同头就不一样，一般只含一个节奏点（第二字），第三个字虽然属于下一节奏但不在节奏点上，因此对节奏美感影响较小。

例联：朱庆文《南陵乌霞寺山门》

眼前春谷人家，便是大千世界；

身后乌霞寺庙，可登不二法门。

南陵古称"春谷""陵阳"。如果我们把"春谷"换为"陵阳"，那上联首句就成了全平句，当然也是三平尾。三平尾与三仄尾都影响联语的韵律美，故为一忌。

在联界，对于忌"三平尾"较有共识，但对于忌"三仄尾"，尚有不同看法。从实际运用来看，楹联作为一种韵律类文学作品，韵律是很重要的，避免"三仄尾"无疑可以提升楹联的韵律之美。因此，无论是初学者还是楹联家，都尽可能不要出现"三仄尾"为好。

但还有种情况值得注意，就是一些复字自对的楹联，往往会出现"三仄尾""三平尾"。

例联：顾嘉蘅《南阳武侯祠》

心在朝廷，原无论先主后主；

名高天下，何必辨襄阳南阳。

这是一副两句联。因为使用反复的修辞手法形成了复字自楹联，使上联三仄尾，下联四平尾。

（四）忌孤平

所谓忌孤平，指的是在五言及以上的韵句中，必须要两个平声字相邻。但对于楹联中的孤平问题有两种意见，一种是当为禁忌，另一种认为可以不考虑孤平。作为禁忌，主要是针对律句而言，对于散句特别是实用联，为不因词害意，自然可以不考虑孤平，但楹联作为一种韵文，还是应尽量避免孤平，毕竟孤平影响全句的声韵。至于孤仄，一般要求相对较宽。而四字及以下的联句，因字数少，对孤平孤仄一般都不做要求。

例联：朱庆文《太原晋祠难老泉》

别祠南去三千里；

布惠今延八晋田。

先看下联，平仄是：仄仄平平仄平。现在第三个字是平声字"今"，但如果我们把它改为仄声字，如"已"，那么，下联就没有两个连续的平声字，犯孤平。

而现在的上联平仄是：仄平平仄平平仄。三个仄声字都不连续，犯孤仄，但根据孤仄从宽的规则，仍可以不改。若要防止孤仄，在"南"字无法更改的情况下，可将"三"改为"数"或"几"等，因为"三"本身也是概数。

例联：张英《桐城双溪草堂》

富贵贫贱，总难称意，知足即为称意；

山水花竹，无恒主人，得闲便是主人。

此联在"声调对立"中说过。因为一般而言，四字联句不论孤平孤仄问题，因此前两句不用做这样的分析，我们重点看下联的第三个分句："得闲便是主人"其声律为"仄平仄仄仄平"，出现了孤平现象。

虽然历史上也有不少孤平联句，当今也有不少联家不讲究联句的孤平，但为了联句声韵之美，这里仍然将孤平列入禁忌，以提倡联友在撰联时尽量注意避免孤平句。

（五）忌无规则重字

楹联中允许出现叠字或重字，叠字与重字是楹联中常用的修辞手法。只是在重叠时，要注意上下联相一致，有一定的故意性，是有规则的重字叠字，但联中忌无规则重字。

（甲）规则重字 就是楹联中只要有重复的字，就一定是按照一定的规则重复的，否则就犯了禁忌。也就是说，重字一定是有规则的重复。

例联：朱庆文《兰溪西安寺大雄宝殿》

慈眼常观色相，既入殿来，实相方能求佛；

悲心自度性灵，若离山去，善灵才好做人。

其实上联的两个"相"、下联的两个"灵"是具有承接意义的关键字，这种重复是"故意"行为，且上下联同步重复，这就是规则重字，即上下联根据联意的需要，在前后两个相同的字位上出现规则重复。这种因联意承接需要而规则重字是楹联创作中出现规则重字的主要原因。

例联：朱庆文《铅山鹅湖书院》

　　和无由，同无由，几个扪心能不愧；

　　争也罢，论也罢，一生持异又何妨。

其中，"无由""也罢"是一种反复修辞，是有规则的重字，不是杂乱的。但如果把"争也罢"改为"争也可"，而"论也罢"不变，那么就造成全联无规则重字。

（乙）异位重字　就是同一个字出现在上下联不同的位置。异位重字就是不规则的重字，在楹联中是不允许出现的，对实词与虚词都有这样的要求。

例联：朱庆文《衢州文昌阁》

　　儒祖立宗，凭此阁难罗三衢才望；

　　文光射斗，自彼时已有千载奎章。

联本没有异位重字，但若将下联改为"自彼时已有千载文章"，那么下联就有"文"字是异位重字。这是下联自己异位重字，也有上下联间异位重字问题。

例联：彭定球《北京安定门成贤街国子监韩愈祠》

　　进学解成，闲官一席曾三仕；

　　起衰力任，钜制千秋本六经。

此联本没有不规则重字，但当我们把下联"本"改为"成"，则上下联就不规则地重了"成"字。但当我们把上联的"曾"再继续改为"任"时，则全联因上下联按同一规则重复了"成""任"，即上联第四字与下联第九字相同、而下联第四字与上联第九字相同，这就形成了规则重字，而规则重字是联中许可的。

（丙）同位重字　就是同一个字在上下联同一个位置相对。联中的实词是不可以同位重字的，除非反复修辞等特殊需要；而有时为了调节节奏，某些助词、连介词等则可以同位重字。

有些虚词可以同位重字，但不是所有虚词都可以同位重字。

例联：鄂尔泰《题菜圃联》

此味易知，但须绿野秋来种；

对他有愧，只恐苍生面色多。

这里第二分句首字都是虚词，但我们不可以将其都改为"但"或"只"。虚词只有用来调节联语的节奏时才可以同位重字，一般也仅限于"而、于、则、之、其"等少数虚词。

值得注意的是，重字是指同形同义字，有些同形但不同义的字，如"中国""射中"两词中的"中"字出现在一副联中，就不能认为是重字，也就是说，重字是指同形同义字，同形不同义字在同一联中不算是重字。不过尽管不算重字，在实践运用中，还是要尽量避免。

（六）忌同义相对（合掌）

同义相对，通常又称为合掌，俗称龟鳖对。忌同义相对，是指上下联相对的词句，其意思应尽量避免雷同，更不可以同义。如东土、神州、赤县、华夏、九州等都同义，如果在楹联中相对，就是合掌。其实在历史上很多名家也会触犯这样的禁忌。

例联：宋之问《初到黄梅》（诗联　合掌）

马上逢寒食；

途中属暮春。

此虽为诗句，但律诗除首尾联外均要求对仗。纪昀《瀛奎律髓刊误》评论这首诗时说："途中、马上、暮春、寒食，未免合掌。"

例联：佚名（合掌）

神州千古秀；

赤县万年春。

这副楹联中"神州"与"赤县"都是指同一个地域，只是称呼不同而已。

类似合掌之弊在南北朝时诗句中较多，因那时诗人大多喜欢"上下句一意"来强调诗意，因此也容易造成合掌。如刘琨《重赠卢谌》"宣尼悲获麟，西狩涕孔丘"就是典型的诗意与字面都合掌的诗句。鲁国在西边打猎打到一只麒麟，孔子知道了为此流泪，感叹他的道行不通。诗中"宣尼""孔丘"同是指孔子，"西狩""获麟"当然也是指同一件事，明显是合掌。又如王籍《入若耶溪》"蝉噪林愈静，鸟鸣山更幽"，虽然从字面上来看，这是一副工对，但诗意上却是"上下句一意"。而王安石以六朝时谢贞《春日闲居》残句"风定花犹落"来对"鸟鸣山更幽"，将两听觉效果改为一视一听，便打破了诗意的合掌，可谓神妙。

当然，在实用联中，出现个别非中心词语的合掌，或者合掌部分在联中比重很小，无伤大雅。少量含义相近的语句相对，也未尝不可。

同义不同形字词相对也会构成合掌，但值得注意的另一种现象是同形不同义字词相对是否也为合掌？如"爱好""大好"中的"好"同形不同义，可否相对？虽然严格来说不算合掌，但我认为，同形毕竟在书写时难以避免，联家还是避免为好。

附：对仗中的辩证法

在楹联的对仗中，我们强调其格律，但在楹联实践中，我们又不能一味强求格律。过分强求工对，则易滑向"过工气弱"的泥潭。其实自古至今，就有一些楹联因使用了常用词、意象鲜明词或因为结构类似性等因素，往往让人们忽视其少量宽对、甚至失对现象的存在，即以整体佳构掩饰了少量缺陷的存在，这种现象我们不妨称之为"光环效应"。

（一）先入为主效应

即以常用词"先入为主"掩盖非常用字词失对现象。在我们的日常生活中，有些字词离人们的生活最接近，如方位词、数（量）词等词类，或者有些字词本身就具有"渲染性"，容易引起人们的注意与关注，如颜色词等。这些词与其他非常用字词在一起时，往往有"先入为主"的强势，产生"光环效应"，掩饰了非常用词的存在性。

例联：赵熙《成都望江楼公园清婉室》（集句）

独坐黄昏谁是伴；

争教红粉不成灰。

其中的"黄"与"红"同为颜色门对仗用词，且描述色彩的词最能让人产生联想，在阅读中也最能留住人们的暂存记忆，因此意象也就更加鲜明。当它们与其他字、词组词时，往往其他词的意象难以显现，容易被颜色词、方位词、数量词等掩饰，因此，"昏"与"粉"虽然难以相对，但因为"光环效应"，掩饰了这种不工现象。

（二）以多盖少效应

即以"多组工对"掩盖少量失对现象。联中有几组字词对得特别工,因而产生"光环效应",往往会掩饰个别词的不工甚至失对现象。但这些工对的"光环效应"有多大?如何确定?这既要看工对的量,更要看工对的质。同时,读者的易感性也十分重要。若是量足、质高,加之读者对工对中字词有较高的易感性,那么,便更容易形成光环的叠加效应。

例联:李白《登金陵凤凰台》(诗联)

　　　　三山半落青天外;

　　　　二水中分白鹭洲。

此诗联中,"三"与"二"、"山"与"水"、"半"与"中"、"落"与"分"、"青"与"白"都对得较工,"天"与"鹭"相对也合名词宽对,但"外"作为方位对仗用词,而"洲"作为地理门对仗用词,明显不合"词性相对"的要求。但正是因为此诗联中大部分对仗形式是工对,同时,加上离人们生活最近的颜色词、数目词及其他与人们日常生活较近词的应用,使得这种词性失对现象被"掩饰"。

(三)结构类似效应

即以"结构类似"掩盖局部字词失对现象。联句中结构一致或结构相似,往往也能产生"光环效应",而忽略结构中个别词性的不工或失对。当然,在这个结构中,必须有鲜明的字词是工对,这样就更能产生双重的"光环效应",掩饰另外组成部分之间的宽对,甚至失对。

例联:唐彦谦《离鸾》(诗联)

　　　　尘埃一别杨朱路;

　　　　风月三年宋玉墙。

这个例联中,因为"一"和"三"是数目字作工对,跟在它们后边的"别""年"不成对仗的缺憾就被忽略了。为什么会有这样的感觉？由于"一别"与"三年"的结构十分类似，都是"数词+量词"，因而往往会被当作数量词，这就掩饰了"别"与"年"的失对。

（四）意象鲜明效应

即以"意象鲜明"掩盖字词失对现象。联句的意象特别鲜明或词语的意义特别相对，也会产生"光环效应"，从而掩饰联中少数词性失对或结构失对。从人的暂存记忆来看，意象鲜明往往能更多地占用记忆空间，本身就有一种"光环效应"，这样就使宽对或失对部分处于环晕之中，不易显现。

例联：佚名《昆明大观楼》（旧联）

放开眼孔穷天地；

别有心肠蕴古今。

其中"眼孔"与"心肠"两词，首先是结构上不相称，"眼孔"为偏正结构，而"心肠"为并列结构。其次词性是部分不对的，"眼"对"心"极工，但作为节奏点上的"孔"与"肠"却失之于宽。但因为它们的词义十分相对，意象十分鲜明，这样，词性不工及结构不相称的现象在这样的双重效应（即义对与部分词性工对）中，往往被忽略，使全联仍然显得意境深远，声韵和谐。

（五）重心转移效应

即对句中有少量的失对，但因处于句中非重心位置而因重心字句是工对或意象鲜明，转移了对失对的注意力。

例联：朱庆文《读〈毛泽东在延安文艺座谈会上的讲话〉》（诗联）

立场誓与工农在；

态度倡随正气扬。

这副联中"工农"与"正气"结构失对，但因全句重心放了

"誓"和"倡"字上，全联读起来并不觉得失对。

（六）综合效应

即以"综合效应"掩盖联中多处失对现象。在实际运用中，常常是数个"光环效应"叠加而掩盖了联中失宽、失对的现象。

例联：李商隐《无题》（诗联）

身无彩凤双飞翼；

心有灵犀一点通。

诗人已与意中人分隔两地，"身无彩凤双飞翼"写怀想之切、相思之苦：恨自己身上没有五彩凤凰一样的双翅，可以飞到爱人身边。"心有灵犀一点通"写相知之深：彼此的心意却像灵异的犀牛角一样，息息相通。"身无"与"心有"，一外一内，一悲一喜，矛盾而奇妙地统一在一体，痛苦中有甜蜜，寂寞中有期待，相思的苦恼与心心相印的欣慰融合在一起，将那种深深相爱而又不能长相厮守的恋人的复杂微妙的心态刻画得细致入微、惟妙惟肖。此联成为千古名句。

我们从对仗的角度来说，"通"与"翼"一为动词，一为名词，不成对仗；甚至"飞"与"点"也词性不对。一副联中，七组字居然有两组失对，但是我们又不觉其不工。原因在于，首先，正如我们在理解这两句诗的含义时所述，这两句诗生动鲜明的意象给人深刻印象；其次，句中"身"与"心"、"有"与"无"、"双"与"一"、"彩"与"灵"、"凤"与"犀"都是工对，这样就掩盖了少数字的对仗不工；再次，"双飞"与"一点"是类似结构，加之数字工对的情景，前面做过分析，而"飞"与"点"的不工被忽略。因此，这副诗联因为意象鲜明、工对词较多、失对部分结构相似以及数目词使用等"综合效应"，使联句中失对部分被掩饰，正所谓瑕不掩瑜。

第六章　楹联立意

意，就是楹联中的"题旨"。立意，就是要明确要说什么？是歌颂什么，还是讽刺什么；是写什么景，还是议什么事；是言何志，还是抒何情。这些在撰联前都要明确，不能含糊。本章主要对立意基本思路及各类楹联立意的传统要求做一个简述。

一、搜集资料

立意的意，来自对撰写对象的了解。最简单地说，写嵌名联，总要知道对方的名才可以嵌。推而广之，如果我们想写一副景联，我们就必须对此处自然风光、人文历史有所了解；写赠联挽联，自然要对这个人的最能、最要进行把握。这样才能构思出好的"意"，才能写到点子上，才能写出切时、切地、切景、切情的佳构。

例联：倪国琏《北京古藤书屋》

一庭芳草围新绿；

十亩藤花落古香。

北京古藤书屋系朱彝尊居所。康熙二十三年（1684）朱彝尊因编辑《瀛州道古录》，私自带他的学生入内廷抄录四方经书，被人弹劾而降级，住所也移至宣武门外。他在新居种两棵紫藤，每逢春夏之交，紫藤花开，小院充满生机。故朱彝尊给居所取名"古藤书屋"。

此七字联，内容十分明了，但作者在书屋中只取了两个最有代表性的作物"芳草""藤花"来入联，一定是对园中情况及主人心志十分了解。从常理来说，一定知道庭中种满了花草，且种植了较大面积的紫藤，否则联与书屋就不切。同时，大家还要看到，此联写景，但却切了主人心志，"芳草"喻充满生机，"古藤"喻厚重人文，正是主人的心志写照。这种对主人的了解，对庭院实景的把握与取舍，自是撰联前的功课。

例联：贵庆《山海关》

群山尽作窥边势；

大海能销出塞声。

联语道出了"山""海"之气势，燕颔格嵌"山海"两字。并巧用"窥边""出塞"二词，把山海关拟作成边将士，透出了山海关这一特殊的地理位置和历史负荷的重要性。

作者犹如向人们述说历史，把人们牵回那烽火硝烟的岁月之中。这副楹联立意可谓高妙、奇绝。从立意的角度来说，这副联是不可多得之上品。如果不是联家对此关历史人文及地理位置重要性的精准把握，是无法作此立意的。

景联的资料搜集既要有自然景观，也离不开景点的人文资料，因此，这也是我们要去实地采风的原因。至于赠挽联，则大多有特定的对象，因此更便于我们搜集资料。但要在短短的两行字中，写出对象的精神境界，也并非易事。

例联：康熙《挽郑成功》

四镇多二心，两岛屯师，敢向东南争半壁；

诸王无寸土，一隅抗志，方知海外有孤忠。

"四镇"，指南明弘光朝廷掌握重兵的将领，即镇守徐州、泗州地区的兴平伯高杰；镇守凤阳、寿州地区的广昌伯刘良佐；镇守淮安、扬州地区的东平伯刘泽清；镇守滁州、和州地区的靖南伯加封侯爵的黄得功。"二心"，引申为背叛。"两岛"，指厦门岛、金门岛。"半壁"，即"半壁江山"的省称，指国家领土沦陷大半的残局。"诸王"，指南明福王朱由崧、唐王朱聿键、鲁王朱以海、桂王（永明王）朱由榔等相继建立了小朝廷。"一隅"，指台湾。"孤忠"，指忠心耿耿而得不到支持。

上联说只有郑成功以两岛屯师练兵，连年进击江浙，坚持抗清复明，以"争半壁"江山。下联指出明末诸王徒有其名，早已无立足之地，唯有郑成功继续抵抗，收复台湾后仍沿用明朝年号而不降清。堪称"孤忠"。

作为清王，对抗清复明的郑成功如此评价，却不杂个人情感，这是真正把握了郑成功所作所为的精神后的感慨。

当然，有时我们的生活经验在无形中就会为我们完成撰联的资料搜集过程。因此，有时我们在撰联时，拿笔就写，也能写出妙联来。

例联：郑板桥《自题》

　　书从疑处翻成悟；

　　文到穷时自有神。

此联就是典型的生活阅历的启迪，是以日常生活中的感悟而成联。一名不看书、不写文章的武将是难以有这样的生活体验的，也自然很难写成这样的楹联。当然，即使如郑板桥这样的文人，也不是每个人都能有这样丰富的知识积累，不是每个人都能有这样的机巧之心，因此，搜集资料仍然是我们撰联前的必修课。

由上述四例我们可以看出，资料的搜集主要来自参观采风，即现场采集；查阅资料，即书本中收集；内心感悟，即日常生活的积累。

二、把握精髓

一副楹联，不仅要寓意明确，还要立意高远而有精神内涵。那么，怎么才能做到？

古今名联，或言及风物，或追溯历史，或以文采见长，或以机杼取胜而成佳构。但有一个共同的点，就是写什么像什么，写什么是什么，不论联语表面意思如何，但都描写了对象的精神实质。这就要求我们在撰联时，要通过提炼而取得更高远、更富有精神内涵的"意"。

例联：朱庆文《赠童中焘先生》

　　水墨称奇，川上有流波，林中无静树；

　　丰神盖代，焘育三千子，默成一世名。

在我的印象中，童中焘老师德高望重，因此为他撰联时，首先要确定联的基本指向应该为称颂。其次，作为画家，要赞其独特的画技。而作为老师，自然要赞其师德。这是这副联"立意"的初端。

但到底写什么内容，借助什么内容来表达这样的思想，还要对其进行了解。接着，我找到了有关他的两本画册及四篇评论，对童老师的画做了认真的学习与研究，认真地拜读了四篇评论，特别是众人对他画作的评论，终于理出了要写的内容。由此可知，把握其特点，掌握其实质，才能在撰联时更好地立"意"，立更好的"意"。

上联"水墨称奇，川上有流波，林中无静树"就包含了童中焘为画艺高超的山水画家之"意"。首句是总句，统领后两分句。后两句就是童老师山水画中最为出色的墨笔，是他画中特有的技法或风格。

下联"丰神盖代，焘育三千子，默成一世名"中"丰神盖代"是总句，后两句为分句。是说他有三千弟子，却从不让学生"抬轿子"，胡乱吹捧自己；他虽然不着意去宣传自己，但却声名远播，令人崇敬。下联传递的联意是童中焘是一位桃李满天下的有德之师。由此可见，正是抓住了他的艺术特点及师德而成就了此联。

有些联家，联技较高，他们立意后，还根据"意"，准确地找到述意的"物象",即意象。这不仅是对撰写对象要有分析研究,对所采用的"物象"也要深入地分析研究。这样,外在的两类"物"被联家格出了同一个"理",再以一"物"为另一"物"代言,才能保证"物"与"理"合一,更简明、含蓄地表达自己的联意。

例联:郑板桥《与韩镐论文》

删繁就简三秋树;

领异标新二月花。

韩镐,山东潍县人,其文章豪放雄奇。郑板桥令潍县时,在一次乡试中见到韩的文章,极为赏识,拔他为第一名,并题此联相赠。

此联名为"论文",但郑板桥却写景,借景喻理。郑板桥在撰联前,定是细读了韩的文章,觉得"惊奇"。有了这样的"惊奇"后,便把握了文章的特点,自然就明确要赞扬什么了,从而完成了"立意"。把握了精髓之后,郑板桥不直接落笔于精髓,而是寻找了能说透道理的、易被人们接受的"物象"来"述意",这是联家的高明之处。

因此,他再凭借其生活经验,在日常所见中,找到了两个最能"述意"的意象:"三秋树"与"二月花"。便以"三秋树"之主干鲜明、不枝不蔓来形容文章主题鲜明;以"二月花"之稀罕少见来形容文章新颖别样。如果没有鲜明、明晰的联意,即韩镐文章的主题鲜明与笔调清新,联家也很难在生活中找到对应的"物象",正所谓"以其昏昏,何以使人昭昭"。因此,撰联即使是凭借了个人的生活经验,但事先对事物精髓的把握是基本要求。

其实,在集字集句摘句联中,不仅要注重把握所集语句的表面意思,更要把握其内在意义。一般情况下,集句联大都是"意"在先,按"意"索句。这与我们正常的从资料分析中取"意"有所区别。但索句就是一种搜集资料的行为,在索句后,对所索的拟用句,要真正明确含义，把握精髓，仍然离不开对"意"与"句"间的认真的分析研究。

例联：彭元瑞《春联》

门心皆水；

物我同春。

春联，自然得切新春喜庆之意，祈国泰民安之本，但作为大臣、学者，楹联名家彭元瑞自有其道德理想。这样的成句正能体现其迎春与抒志之意。

上联"门心皆水"，出自《汉书·郑崇传》："（赵昌）知其见疏，因奏崇与宗族通，疑有奸，请治。上责崇曰：'君门如市人，何以欲禁切主上？'崇对曰：'臣门如市，臣心如水。愿得考复。"后人便以此喻臣者廉洁奉公，心清如水。联家化典言志，意谓门若水一样清静，心也若水一样清澈。

下联中"物我"以字面切了春联的主题。但隐喻着其博大的胸怀。联家推己及人，推人及物，借与万物同享春天温暖之喻，抒发了兼济天下之志。

这是一副典型的"意"在前，按"意"索句，集句在后的佳联。但同时，我们必须明确，在占有资料的基础上，一定要对资料进行详细而准确的分析，要准确把握搜集来的成语、成句的表象与内涵。对一些不能准确把握其内涵的成语、成句是不能集用的，虽然有时能表达意图，但可能有另解的含义，若集摘不当，会引起歧义。

三、符合传统

中国人讲传统，守住传统，就是守住了特色。楹联同样不能搞历史虚无主义。虽然不同场合、不同用途的楹联，其立意是有所不同的，但自古以来，相同用途的楹联在立意上有一些共同之处，形成了这类联的创作惯例。今人在撰联时，有一些惯例是不能不遵守的。下面就不同场合的楹联传统做一个简单介绍。

（一）佛道联

主要指佛教、道教场所或与佛道有关的楹联。寺观或与寺观有关的楹联，其意境较多地取意于偈语或各类佛道经书。佛道联要合乎佛教、道教教旨，并回避佛教、道教的禁忌。一般以诵佛、劝善或者养身等有利社会发展、有利人们身心健康的主题为主。

例联：李树基《无题》

慈悲胜念千声佛；

作恶空烧万炷香。

此联是摘自清人李树基《西湖拾遗》。联意劝人为善，提醒众生多行慈悲少作恶，这比念千遍佛经、烧万炷香还要有效。是典型的佛联。

例联：朱庆文《弥勒佛系列（之一）》

有善知识来结缘，怎不满心欢喜；

虽贪嗔痴能省过，何妨大肚包容。

例联：朱庆文《弥勒佛系列（之四）》

历经天下营生，自能容纳烦忧事；

参透尘中道理，方可慈悲忤逆人。

此两联均取意于"容天下难容之事，笑世间可笑之人"这副古联。弥勒佛在传统的佛教文化中，就是能容、乐观的形象，我们写这样的佛联，很难离开这样的传统。否则，就很难让人认可楹联的切意性。

当然在佛联中，要切诸佛诸法、切民间民俗，而就一座寺庙来说，有山门、天王殿、大雄宝殿、药师殿、藏经阁、观音殿及钟鼓楼、方丈室等场所，虽同为佛联，也因其所处位置不同，所处环境不同，所尊的佛法不同，其联语也有其侧重的一面。

这里有一个实例。我曾组织几位联友赴兰溪西安寺创作佛联。寺中供奉的是横三世佛，而有位联家并不具备佛学这一知识点，所撰联虽是佛联，但却难切此寺。

在历史上，很多联家，在写寺庙联时，不仅诵佛诵法，还纳入个人经历与心悟，甚至就以不合联律的诘语为联，这也不失为与佛有缘之举。

例联：何元普《新都宝光寺》

世外人法无定法，然后知非法法也；

天下事了犹未了，何妨以不了了之。

清人何元普，在安肃道任上，见解独特，常露锋芒，因此得罪上司，不得志，遂怒作《上各大帅书》，后愤而还乡。归后，常与新都龙藏寺雪堂和尚谈禅论诗。此联是他为新都宝光寺大雄宝殿撰联。联语并不合常联格律，也明确地带有个人情绪。但联家所处尘世，必是大众所处尘世；联家有了走心之悟，也必与众生同悟；联家以心解脱世俗，也必解众生之俗，这便合了尘外佛法，也合现世佛理。

此联在形式上打破格律，内容上不诵佛，不劝善，但以佛语阐明世理，也当为一种佛联，且不失为寺庙佳句。类似的还有梁章钜《长乐三峰塔寺》等联，联家借佛舒心，甚至借景抒志。王尔烈《鞍山龙泉寺》等联，联家借写寺边景致，抒发人生的感悟和旷达的情怀。

在中华传统文化中，佛联甚众，而道观之联却较少，许是道观本身较少而致。

例联：程昌祺《青城山天师洞》（集句联）

　　一生二，二生三，三生万物；

　　地法天，天法道，道法自然。

此联系典型的摘句联。上联摘自《老子》四十二章："道生一，一生二，二生三，三生万物。"下联摘自《老子》二十五章："王法地，地法天，天法道，道法自然。"联集道教经典名句，自然是涵纳道教思想于联。

例联：李渔《庐山简寂观》

　　天下名山僧占多，也该留一二奇峰栖吾道友；

　　世间好语佛说尽，谁识得五千妙论出我仙师。

简寂观是南北朝时道观，今已不存。联家时游庐山，目睹简寂观今不如昔的现状，不胜感慨之至，并应道长之请，题下了此联。下联首句存在失律现象。联语开头运用俗谚，借佛与道的对比，替道教鸣不平。上联议论地盘的大小，说多少名山胜景被僧众占有，理应留一两处给道士落脚；下联评价经典的高下，佛说过的经典千千万，但还不如老君五千言微妙高深。此联虽然写的是道观联，但却夸佛道两界，为道观不平，意谓佛道本应平等。

（二）祠庙联

主要指位于祠堂、庙堂中的楹联。此类联一般偏重歌功颂德，激励或警示后人，强调文化的传承性。当今盛世，普建祠堂，祠庙联需求较大，为写好这方面的楹联，大家平时可以多看看先贤们的联作。

例联：周亮工《江山仙霞岭关帝庙》

　　拜斯人，便思学斯人，莫混账磕了头去；

　　入此山，须要出此山，当仔细扪着心来。

此联前两句复叠。联不是以颂为主，而是以警示为主。上联告诫每一位游客来拜关公，为人做事便都要想着关公的仁义忠勇，要真正学他的精神，不要只是磕个头，那是"混账"。下联更进一步提示，来拜关公，目的是能带着精神而去，且发扬光大，是否能做到，来时就要扪心自问。

例联：朱庆文《文成刘基庙》

老先生辅佐金陵，功垂天地；

真国士隐归青野，学贯古今。

此联是以颂为主题的楹联。上联说刘基辅佐朱元璋开国，"功垂天地"；下联说他归隐后做学问，终是"学贯古今"。

还有些祠庙联，颂扬结合，推古及今，使联具有讽刺或激励作用。

例联：左辅《合肥包孝肃公祠》

一水绕荒祠，此地真无关节到；

停车肃遗象，几人得并姓名尊。

上联是称颂包公铁面无私。连祠都不是豪华之地，而是简陋之所，荒凉之地。在他这里是没有人情、金钱、后门等造请权要之事的。一方面对包公的品德进行了赞扬，另一方面对现世进行了讽刺。下联说乘车而来的达官贵人，都是以崇敬的心情来瞻仰的，但其中又有几人能学到他的精神，最终能与他一样铁面无私。联以铁面无私为线，颂古人雄绩，感今人之鄙，在表达缅怀敬仰之情外，还讽刺了一些人的道貌岸然。

例联：朱庆文《富阳大源王氏宗祠》

槐下鹿眠，奕世流长，安居派脉大源地；

堂前燕戏，传家训古，武显文彰丕业功。

此联是应约而撰的太原经浦江而派脉富阳之王氏祠堂联。联既颂又励。联说望族"三槐人家"之后来到鹿眠之地大源安逸地生活着，一代一代繁衍，要牢记祖上"堂前飞燕"的丰功伟业与富贵显尊，要训古传家，重新建立大业。

（三）学堂联

主要指学校、书房、书院、书画室等文教之处的楹联。这类联往往有特殊的崇德、劝学、励志、启智等意蕴。当然也有立足学堂斋室而写所见风景或相关历史人文的。

例联：顾宪成《无锡东林书院》

风声雨声读书声，声声入耳；

家事国事天下事，事事关心。

此联是为明东林党领袖顾宪成所撰。顾在无锡创办东林书院，讲学之余，往往评议朝政。上联将读书声和风雨声融为一体，既有诗意，更有寓意。下联有"齐家治国平天下"的雄心壮志。此联采用了反复、顶针等修辞手法，在反复中渲染氛围，在顶针处突出了主旨，使人印象深刻，入心入脑。后来人们以此联提倡"读书不忘救国"，至今仍有积极意义。

例联：邓石如《自题画室》

茅屋八九间，钓雨耕烟，须信富不如贫，贵不如贱；

竹书千万字，灌花酿酒，可知安自宜乐，闲自宜清。

这是典型的文人自励联。上联说，茅屋有八九间，在其间过着自耕自乐的如画生活，有这样的惬意，还需要什么富贵。下联说，有酒有花有书，这样与世无争、清淡恬适的生活，谁不想过？这副对联是联家自甘其贫，自得其乐的生活写照。

但也有些联家在不得志中，常以书斋联自怜。

例联：林则徐《自题书楼》

坐卧一楼间，因病得闲，如此散才天或恕；

结交千载上，过时为学，庶几秉烛老犹明。

题此联时正值鸦片战争期间。道光二十年（1840），林则徐怅然离任两广总督，面对时局，回首宦途，感慨颇多。联中"因病得闲"只是托词，实质上是"不才明主弃"之怨意，说自己这样没有用的人，或许老天会宽恕自己，而得以善终。下联则引用晋平公时的著名乐师师旷得疾，说虽然错过最好的学习时期，但是退隐之后要努力学习，与千载之上的圣贤结交。意谓不能尽忠，退而治学。联语中充满了"壮志未酬人已老"，渐感倦于时事的心态。读此联，给人以英雄无奈于时之感。

（四）赠挽联

（甲）题赠联 题赠联根据不同用途，或歌功颂德、或勉励祝愿、或阐发友情等为主。

题赠联是清以来文人间常有的事，人多为贺、为念而作。自然也有逢迎之作，意图不纯，但文字无罪。

例联：梁章钜《赠林则徐》

麟阁待劳臣，最难西域生还，万顷开荒成伟绩；

凤池诏令子，喜听东山复起，一门济美报清时。

此联系林则徐充军伊犁被重新起用署陕甘总督，次年转陕西巡抚时，梁章钜为三子发浙江知府补用而作书恳林则徐照拂。林梁间多有联语互赠，其中有一长联并跋，联曰："曾从二千石起家，衣钵新传贤弟子；难得八十翁就养，湖山旧识老诗人。"梁以林此联悬挂于杭州寓所，并以上例之联回于林。

上联庆祝林则徐被谪戍新疆后得以生还，而他在伊犁的功绩可入麟阁。"麟阁",即麒麟阁。汉宣帝时,曾立霍光等十一位功臣像于阁,以表扬他们的功绩,后世遂以"麟阁"表示卓越的功勋和最高的荣誉。"劳臣",指林则徐。鸦片战争时林被构陷,远戍伊犁。林在那里率军民开垦荒地,兴修水利,功劳卓著。

下联颂林氏父子东山再起,官复原职,喜上加喜。"凤池",即凤凰池。魏晋南北朝时,设中书省于禁苑,掌管一切机要,接近皇帝,故名。"东山再起",语出南朝宋刘义庆《世说新语·排调》:"谢安在东山,朝命屡降而不动,后出为桓宣武司马。"本指隐而复出,后喻失势后再次得势。林氏得诏复出,先任陕甘总督,旋抚关中。其子林镜帆亦被起用为翰林院编修。"济美",指继承先辈业绩。《左传·文公十八年》:"世济其美。"孔颖达疏:"后世承前世之美。""清时",太平盛世。实则其时并不太平。

例联:宋湘《赠伊秉绶》

南海有人瞻北斗;

东坡此地即西湖。

此联为个人间的相赠联,其中还有一段趣话。其时,伊宋两人为文字之交。伊为惠州太守,而宋湘为拟会试生,无旅资。宋求贷于伊,伊知其才,曰若以"东南西北"为联相赠,便赠其旅资三百金。宋不假思索,秉笔立成此联。

惠州为苏东坡贬谪之地,先秦时此地为"南海","西湖"其时为惠州旅游胜地,"北斗"喻受人景仰,联中指苏东坡。联语巧妙地借用惠州的西湖与苏东坡的其人其事,不露痕迹地嵌入了"东南西北"四字,且联意美好,确为工妙之作。

当然,在题赠联中,包括婚庆联、祝寿联、贺诞联等,一般以美好祝愿为主。

例联：佚名《祝寿通用联》

　　福如东海长流水；

　　寿比南山不老松。

上联就是以美好祝愿为主的祝寿联。

（乙）**悼挽联**　悼挽联大多是对逝者的歌功颂德或表达思念、惋惜之情。若再作细分，悼联，大多是事后对逝者的追思与歌颂；挽联，"挽"虽也有追悼之意，但挽联大多是逝者刚去世时表达惋惜之情。

例联：朱庆文《挽中国楹联学会会长孟繁锦》

　　擎大旗，号天下，看楹句流辉，联坛溢彩；

　　驾仙鹤，别人寰，激群贤继起，盛业增华。

这是惊悉孟繁锦会长任上仙逝后，为表痛心急就而成。上联颂其功绩，举起楹联的大旗，团结天下联友，使中国楹联学会步入空前盛况。下联先痛挽，后承志，说他的精神会得到继承，我们的楹联事业会更加辉煌。

挽联中，还一种生挽联。与挽联相比，生挽联的分寸较难把握，既要让被生挽者满意，也要让身边人认可。

例联：俞樾《自挽》

　　生无补乎时，死无关乎数，辛辛苦苦，著二百五十
　余卷书，流播四方，是亦足矣；

　　仰不愧于天，俯不怍于人，浩浩荡荡，数半生三十
　多年事，放怀一笑，吾其归乎。

这是俞樾在86岁临终前撰写的自挽联，自挽联当然是生挽联。上联写自己一生著述。说自己活着于时政教化无所补益，死了也无关乎定数，但自己却勤勤恳恳，呕心沥血，一生唯以讲学、著述为乐事，共写了250余卷书，于愿足矣。数，定数。旧时指命中注定的

年寿。下联写自己的品格与襟怀。引用《孟子·尽心》的话，表示自己"仰不愧于天，俯不怍于人"，胸怀宽广，天性豁达。回首30多年的所作所为，都不过是过眼云烟，如今"放怀一笑，吾其归乎"，思想多么开朗，态度多么洒脱。读此联，觉平淡中有奇崛之气，温润中见刚正之怀，使人回味不尽。

（五）景观联

景观分自然景观与人文景观。自然景观联以颂自然风光为主，也有借景抒情之作。而历史人文景观联，大多是颂历史功绩和历史地位等，也有借史喻今之作。

例联：曾国藩《新都桂湖》

> 五千里秦树蜀山，我原过客；
>
> 一万顷荷花秋水，中有诗人。

此联写的桂湖在四川新都西南隅。曾为明代杨慎幼年读书处，曾国藩由陕入川后游览桂湖而写此联。联语以广阔的"秦树蜀山"为远景，以宽广的"荷花秋水"为近景，由远及近地描摹出秦川蜀地的雄浑及桂湖的秀美，同时发出感慨：我只是一个过客，而诗人杨慎能在此赏景读诗。联由景起兴，由情作结，既赞美了景致，表达了自己的感慨，又颂扬了先贤，情景交融，别有风采。

例联：洪亮吉《九江庾楼》

> 半壁江山，六朝雄镇；
>
> 一楼风月，几辈传人。

上联写九江在历史上的政治、军事地位。庾楼实为后人附会白居易"庾亮楼旁溢浦东"诗句而建。下联写历史文人墨客在此吟咏"风月"，写出庾亮及庾楼对当地文化的影响。联语就景写景，借景言事，写景怀人，简明扼要，颇有意趣。此为人文景联常用的方式。

有些人文景联中纯写参观的感受，但这种联需要有深刻的体会，非实地采风、亲身体验不可得。

当然也有一些联家，在写自己的感受时，借用了古人诗句联句的现有感受，虽然有勉强之嫌，但也不失为一种表达方式。

例联：李振钧《安庆大观亭》

秋色满东南，自赤壁以来，与客泛舟无此乐；

大江流日夜，问青莲而后，举杯邀月更何人。

"秋色满东南"取自宋代米芾诗"玉破鲈鱼霜破柑，垂虹秋色满东南"。"与客泛舟"出自苏轼的《前赤壁赋》："苏子与客泛舟游于赤壁之下。""大江流日夜"取自南朝谢朓《暂使下都夜发新林至京邑赠西府同僚》："大江流日夜，客心悲未央。""青莲"指李白，因其自号青莲居士。

全联虽然没有写亭处历史人文及景色，但是，借用米芾及谢朓的诗句及苏轼"与客泛舟"、李白"举杯邀月"的逸事佳话，表达了自己置身大观亭的感受，反映了旧时文人孤傲自许，旷达自解而顾影自怜的情怀。

还有一种方式，就是借人文景点之基，写周边环境的风景。在景点中，人文景观处往往是为了看景而建，而为这些人文景观撰联，自然不能违背当初建楼台亭阁的初衷，应以写尽所见主要景色为妙。

例联：刘凤诰《济南大明湖小沧浪亭》

四面荷花三面柳；

一城山色半城湖。

此联在"不等字自对"中我们提到过。此联虽然为亭联，但却是只字不提亭子，全然绕开亭子，描述了亭所在地的周边风景，且越写越远。

写景与状物历来是文学创作中不可分割的手法，因此纯粹的状物联也当为景观联中的一类。通常情况下，写景是为了抒情，而状物更在于挖掘"物"的精神内涵，更是一种"精神风景"。这也是状物的难点。

例联：方留聚《咏松》

幽色出凡尘，雪作裳，霜拂袂，独处断崖怀劲骨；

朔风呼旧雨，梅为友，竹是邻，疏横野陌起涛声。

此联以拟人手法，上联借自然环境体现松树不畏严寒、坚贞不屈的品质，下联借"社会环境"突出其苦难见精神的人性品格。

（六）客堂联

一般用于家庭厅堂或公共交流的场所。内容一般以自勉或待客含义为主，也有歌颂自己功德或祖上功德的，表达主人思想理念的，甚至有些文人墨客以自省联置于堂上，以慰藉心灵。有些公堂的楹联也有表政绩及执政追求的。

例联：朱庆文《自题客厅》

择友以诚，德行天下；

传家惟礼，孝守心中。

上联言交友要"诚"、行世在"德"，下联言传家在"礼"、对上要"孝"。全联以家训为基础，给自己及后人以警示。自勉联是家庭厅堂联中最常见的形式。

这类楹联中，还有一种是位于公堂之处的楹联，它们大多是文人官员自撰，一般以公堂执政理念为基而成，自然也有少数联是不良官员为掩人耳目而挂的一块"遮羞布"。

例联：魏源《东台县衙》

民不可欺，常忧获戾于百姓；

官非易做，惟愿推恩到万家。

魏源一生没有做过大官，但他每到一地都撰书联语作警戒，激励和鞭策自己为国为民多办实事、好事。此联便为其中之一。

在这副楹联中，作者用了几对相对概念："民"与"官"、"欺"与"做"、"忧"与"愿"、"戾"与"恩"，结合自己的亲身经历，化用宋太宗《戒石铭》之句"尔俸尔禄，民膏民脂，下民易虐，上天难欺"，喊出了"民不可欺""官非易做"振聋发聩的声音。这种楹联，具有久远的、较强的教化作用。

（七）行业联

行业联关键是要切行业，这是铁律。不论是用于工厂商店，还是用于机关单位；不论是行业志庆联，还是行业专用联等都要与行业相关切。如机关联，内容自然要更多地倡导清正廉明、推进发展、提升服务等。即使都是机关，因为业务不同，楹联的内容也略有不同。

例联：朱宗有《拟题镇政府》

当官就是作公仆；

做事但须怀爱心。

这是我老父撰当地镇政府联。此联意在警醒基层工作人员要明确自己的公仆身份，在实际工作中要爱岗爱民。此联用语朴素，正是联句口语化才让老百姓觉得亲切、可信。

例联：韩愈《劝学篇》（摘句）

书山有路勤为径；

学海无涯苦作舟。

这是典型的劝学联，作为通用联非常适合学校、书院等场所使用。当然，现代学校分类较多，各类学校也会有不同的专业要求，甚至同类学校也有不同的建校宗旨，这些都是我们撰联时必须考虑的要素。

其实，行业联因行业丰富而更显多彩，尤其是一些行业的鲜明特点给我们撰联提供了良好的素材。

例联：洪亮吉《杭州孤山第一楼酒肆》

第一楼边浮大白；

初三月上荡空青。

上联写面对湖光山色，在第一楼边放怀豪饮。下联写晴朗之夜，一弯新月在天空摇荡。这种摇曳，可以是月亮，也可是湖光山色或酒红灯影，以梦幻般的动景衬托起上联的放怀豪饮。此联借景写酒事，把一个俗事写得清雅，写得富有诗情画意，实为佳构。

例联：朱宗有《当铺》

货当不嫌其古；

人来贵在其新。

这是当铺联。当铺期望常有新人来当货，而所当货物自然是求古，是古董更好。

例联：佚名《药店联》

但求世上人无病；

宁愿堂中药有尘。

这是药店的专用联，为清时一位老中医自题，对得非常工。药店虽为商店，但有其特殊性，断不可说生意兴隆之类的吉语。而此联正切人们的心理，说是宁可药卖不出去，也希望大家无病无灾。

（八）自题联

自题联大多以抒怀、自勉、情趣为主，但也有悟道究理的自题联。自挽联当属此类，但大多是总结自己的一生功过或表明自己的心志。

例联：谭嗣同《自题》

为人竖起脊梁铁；

把卷撑开眼海银。

此联是谭离家进京时作。"铁"，形容骨如铁一样刚强坚硬。上联意为做人应有凛然正气，铮铮铁骨和刚正不阿的精神。"把卷"，指读书。"眼海"，指眼睛深邃明澈如海。"银"，喻眼光明亮，洞察精微。下联是说，读书要能明察事理，看清方向，有独到的见解。联语述怀明志，气魄雄伟，勉人励己，至为感人。

例联：姚文田《自题书房》

世间数百年旧家，无非积德；

天下第一件好事，还是读书。

这是清代嘉庆年间礼部尚书姚文田自题书房联。上联是借史警醒自己多"积德"，也即"积德传家"；下联作为书房联，自然是提醒自己多"读书"。

例联：傅芝堂《教官》

百无一事可言教；

十有九分不像官。

梁章钜在《楹联丛话》中就校官一职收集了多名清人的自题情趣联。如屠筱园教授所书联语："教无所教偏称教；官不成官却是官。"陆定圃："近圣人居大门径；享闲官福小神仙。"沈秋河司训门联云："读书人惟这重墙门可以无妨出入；做官的当此种职分也要有些作为。"

例联：汪士铉《自题》

汲水浇花，亦思于物有济；

扫窗设几，要在予心以安。

此联是汪的自题悟道究理之联。"浇花"可理解为对花的救助，故上联从"浇花"联想到济物。"设几"要求平稳不摇晃，故下联从桌子的安稳联想到了心灵的安稳。此联以小事寓大道理，借喻言理，笔墨洒脱，情韵有趣，是为联家悟道而得之作。

（九）春联

春联，起源于桃符，原为辟邪所用，是楹联中最早出现的一种类别。春联一般是为迎春祈愿而撰，当今主要是为营造春节氛围、表达美好愿望而于除夕日张贴。

例联：朱庆文《乙未春联》

紫燕衔泥争献瑞；

金羊开泰喜迎春。

这副春联中有诸多的传统文化元素，如紫燕衔泥、献瑞、金羊开泰、迎春，这些都是传统文化中的吉祥元素。

一般而言，春联可分为两类，一类为传统春联，一类为时政春联。

（甲）传统春联　一般是围绕春节或迎春而撰，与年肖、迎春、春节等传统文化因素有关。

例联：朱宗有《犬年春联》

雄鸡报晓一村吉；

忠犬看家百户祥。

这是一副典型的以生肖引出美好祝愿的犬年春联。儿时，我老父亲每年腊八后就为乡亲们写春联，这是我记忆中的其中一副。当然，也有纯粹是迎春内容的春联，表达人们对春天的美好向往。

例联：佚名《通用春联》

东风送暖千丛绿；

旭日生辉万户春。

（乙）时政春联　一般是围绕时势而论，大多歌颂太平盛世，感恩社会，当然也有讽喻时世的春联。

例联：朱庆文《应西泠印社征制春联》

国启昌期开盛世；

民迎福运庆新春。

这是应西泠印社向社会公开征集春联而作，后由中国文联副主席、西泠印社副社长兼秘书长陈振濂老师书写，印发万份赠送给社会各界。此联歌颂了改革开放以来，我国经济社会得到长足发展，国家昌盛，人民幸福的太平盛世。

时政春联，不是今天新出现的，自古有之。

例联：吕蒙正《春联》

二三四五；

六七八九。

宋吕蒙正年幼时家贫如洗，有一年在门口贴出了这样的一副春联，并以"南北"为横批。其实，这是一副缺字谐音联。缺一少十，又谐音为"缺衣少食"，加上横批，就是南北都缺衣少食。这也是一副时政春联，只是讽讥而非歌颂。

作为春联，一般还配有横批。横批作为春联的重要组成部分，究其内容，大多与春联有着本质的、必然的关联。作为"眉目"，横批不仅有揭示楹联主题的作用，于联墨来说，还能画龙点睛，增加春联张贴时的美感。

上述所列举的，都是撰联中的常用类别，还有更多的类别、更多的传统要求，这里不一一列举。当然，我们强调遵循传统的目的不是一味固守传统，而是要"守正出新、行稳致远"，这才是我们对待传统文化的正确态度。

第七章　楹联取象

古诗联中，往往是以一定的意象来表情达意的。如何选取合适的意象，这是在楹联立意之后不得不考虑的问题。

刘勰《文心雕龙·神思》云："积学以储宝，酌理以富才，研阅以穷照，驯致以绎辞；然后使玄解之宰，寻声律而定墨；独照之匠，窥意象而运斤；此盖驭文之首术，谋篇之大端。"通俗地说，解决了想写什么，就要解决从哪下手，我们的想法依托什么内容来表达，这就是取象。这是实际构建楹联的关键一步。

我们撰联可不可以直抒？当然可以。联家的表现手法也常是诗人的表现手法。我们往往不喜欢在字面上来透露我们的思想感情，而是通过多种多样的"物语"来表达，将我们的真正情感蕴藏于字里行间。这种"寄言"艺术，可以让读者更有想象的空间，在读者的想象中又会产生"二次创作"，令联意更趋无穷。这些又都是建立在我们取象的基础上的。

一般而言，意象都蕴于一定的意象词中。前人在丰富的诗文实践中，为我们积累了大量富有人文内涵的意象词，这些意象词主要传承于以下几个方面：

一、经典诗文

先贤们留下了许许多多不朽的经典之作，如四书五经等，都是我们撰联取意的丰富宝库。同时，一些名胜景点，古代文人墨客留下的古诗文也较多。这些都给今人留下了大量可以采取的"成象"。

（一）借词

借用经典诗文中意象生动的词句来作为联语的意象，使联语意象非常鲜明。

例联：刘坤一《南昌滕王阁》

兴废总关情，看落霞孤鹜、秋水长天，幸此地湖山无恙；

古今才一瞬，问江上才人、阁中帝子，比当年风景如何。

这副联取意于《滕王阁序》并借用了文中经典的词句。作者在上联巧妙地摄取了"落霞孤鹜""秋水长天"等经典词句来表达到此之感受。

下联以问句形式，引出时空差，相比眼下，今昔对照，你看风景如何？令人在时代的变迁中怀古幽情。其实这句也是借用了《滕王阁序》中的背景。选用了"阁中帝子""江上才人"两个承载着重要意象的词语。

人家试想一想，全联若非选用了王勃《滕工阁序》中具有意象的词语，联句怎么会这么具有鲜明的意象？其实借词最为典型的还是赵朴初先生为岳庙所撰的联。

例联：赵朴初《题杭州西湖岳庙》

观瞻气象耀民魂，喜今朝祠宇重开，老柏千寻抬望眼；

收拾山河酬壮志，看此日神州奋起，新程万里驾长车。

此联引用了岳飞《满江红》中四个词，即"抬望眼""收拾山河""壮志""驾长车"。妙在借词自然而贴切，即使没有读过《满江红》的，也照样可以理解联意。《文心雕龙·丽辞》中说"言对为易，事对为难"，就是指用典。用典之所以难，是因为文意两方面都不易配合妥当。

（二）借象

取用前人写此景的意象，在其基础之上再做演绎，从而表述自己的联意。这是前人最为常用的方法之一。

例联：朱庆文《黄岩九峰梅园》

　　九峰环立，峻碧摩天，何念幽奇雁荡；

　　五福独尊，馨香入脾，堪言老曲梅桩。

康有为有赞美九峰公园的名句："分雁荡之幽奇。"上联就是在引用其词的基础上，重点抓住"幽奇"之意象而作文章。此联借用了康有为对九峰"幽奇"的赞美，但又不是直接引用，而是在发问中超越：你说是"分"来的"幽奇"，我不与你争，只说"何念幽奇雁荡"，意谓有此处何别雁荡。

例联：宋荦《黄鹤楼》

　　何时黄鹤重来，且自把金樽，看洲渚千年芳草；

　　今日白云尚在，问谁吹玉笛，落江城五月梅花。

此联中"何时"句、"今日"句就是化用了崔颢《黄鹤楼》诗中"黄鹤一去不复返，白云千载空悠悠"句意象；而"问谁"两句又是化用了李白《与史郎中饮听黄鹤楼上吹笛》诗中"黄鹤楼上吹玉笛，江城五月落梅花"句意象（《落梅花》为唐时一曲名，还有如《折杨柳》）。不解此两首诗，也将无法理解此联。这正说明此联完全借用了两诗的意象。

当然，借象也常常与借词同在，毕竟鲜明的意象大都是原作者用一个关键词进行了概括。

（三）借句

还有一种就是摘句或集句，即全联都是古人的诗文中的摘句或集句，不改动一个字。摘句联与集句联一般来自名家诗文成句，往往较有意境。

例联：魏骥《杭州湘湖别样轩》

草尽松间宜步屐；

荷香湖上可移舟。

此联为明朝魏骥《七月十六过乐丘》诗摘句。现悬挂于湘湖别样轩。诗言六月中，在这临湖连山的荷塘处，碧草如茵的塘边小道尽头，是山边松林。在经历了荷塘的熏风后，再进入林间清荫中，这样的闲行散步，多么惬意。而此时，不走入林间，而是在荷花飘香的湖上，荡起小船，观赏湖光山色，也不失为一种好的选择。此联虽取自诗句，但很切此地情景，因此不妨摘来一用。

二、所见事物

在中国传统文化中，人们日常所见的事与物都被赋予了特定的意象和内涵。如"月"，可以象征高洁，可以寄托相思；"水"可以表达离情别绪，可以感叹时光流逝等。如唐李商隐在《谢河东公和诗启》中所说："为芳草以怨王孙，借美人以喻君子。"这就是诗词、楹联中最为常见的比兴手法。特别是《楚辞》的问世，标志着比兴手法的成熟，而到了李商隐，其诗中更是大量运用比兴手法，把比兴艺术推向了高峰。刘勰在《文心雕龙·物色》中也认为，感情由于景物的感触而生发。也就是说，我们的感情可以借一景物而生发，那么，我们感情的表达，也就可以假借所见的事与物这一最简单、最直接的办法进行比兴。这是楹联最常用的取象法之一。

（一）物象

这种物象既有像冰雪、沙漠等自然的静态的客观存在物，又有像黄昏、下雨等动态的自然现象。除少数物象外，如梅、兰、竹、菊等，大部分的物象常在自然物之前加上一种表示氛围的定语，如"晓风""明月"等，也有形成动宾结构的短语，如"刮风""落日"等。

当代著名诗词家缪钺在《散论·论词》中就有专门论述：在诗歌尤其是词中，说到天象则是"冷雨""长风""疏星""断云"等；说到地理则是"远峰""曲岸""烟渚""渔汀"等；说到草木则是"飞絮""残红""芳草""垂杨"等；说到居室则是"藻井""画堂""绮窗""雕梁"等；说到器物则是"银瓶""凤屏""玉钟""金鸭"等；说到衣饰则是"彩袖""罗衣""翠钿""瑶簪"等；说到情绪则是"闲愁""芳思""俊赏""幽怀"等。诗联中这一现象是在数千年的文化发展中形成的约定俗成的"潜规则"。这一点，在《诗经》中就已经有明确的表现。

（甲）抒怀类　高山、奔流、雄关、沧海、大江、长风、鸿鹄、雄狮、骏马、碧血、雄鸡等。这类意象一般与豪情壮志相关。

（乙）品格类　松柏、菊花、梅花、竹节、仙鹤、菊花、冰雪、白云、绿叶、杜鹃、鸾鸟、露蝉、玉质。这类意象多用来表达心志的忠贞、品格的高尚。

例联：傅山《太原晋祠云陶洞》

竹雨松风琴韵；

茶烟梧月书声。

这副联本书多次为例，本处再次以此为例来说明取象。傅山系明末诸生，入清后虽被康熙征举为博学鸿词并授中书舍人，但他不为所动，隐居不出。此联正是他借六种物象表达了自己的心志品格。

（丙）悲愁类　沙漠、落日、凉月、残月、朔风、寒风、西风、秋风、秋雨、冷雨、白霜、暮春、流水、沧海、秋叶、枯藤、昏鸦、寒蝉、孤雁、杜鹃鸟、芭蕉、丁香、柳絮、飞絮、梧桐、断弦、深院、沙鸥、促织、黍离、草木、羌笛、西楼、青衫、鬓霜等。这类意象多抒发凄凉悲伤的思绪和孤独惆怅的感情。

（丁）别思类　杨柳、南浦、兰舟、关山、长亭、古道、秋水、浮云、圆月、蓬草、砧声、鹧鸪鸟、大雁、桑梓、红豆、春草、家燕、斑马、孤帆、芳草、莼鲈、斑竹、梨花等。这类意象多用于抒写离别之苦、相思之情。

（戊）闲逸类　春日、清风、明月、春风、彩云、朝阳、泉溪、东篱、青梅、三径、五柳、蔓草、五湖、南山、乡村、闲庭等。古代诗人多借这类意象抒发闲情逸致。

（己）爱情类　桃花、红豆、红花、枫叶、莲花、杨柳、芍药、春水、鸳鸯、雎鸠、喜鹊、凤凰、黄鸟、青鸟、金鱼、燕子、琴瑟、秦晋、蝴蝶、双鲤、流星、炉火、小鸟、玉露、连理枝等，多用以表达美好的爱情。

（庚）战争类　暴雨、黑云、吴钩、狂风等，往往与战争相关联。

在这里，意象的作用不仅仅是比较价值，更重要的是它能使读者从中产生联想，给人们广阔、恢宏的想象空间。因此，一副好联，必须有较为确切的意象，才能将自己抽象的情感化为具体的形象。

（二）事象

事象，都是人的行为。从理论上来说，人类的一切感情活动，我们都可以找到一个事象来表达。随着人类文明进步，我们表达自己感情的方式不再是原始的，而是通过一些高雅的人文活动，如我们为寄托对故乡的思念，就可以以"赏月"来表达等，甚至在长期的文化实践中，我们人为地用一些行为来表达某种感情，如"折柳"本没有送别之意，仅仅是古人送别场所大多在亭边或津渡等，这些地方又大多种有柳树，于是，"折柳"这一事象慢慢就被人为赋予了送别之意，甚至因历史上某人运用了一种行为来表达某种感怀，后人就依此表达，形成这一行为的特定人文含义。

由此可知，事象一般是动宾结构短语。这与物象中动宾结构是有所区别的，像"落日"等动宾结构物象全是自然现象，而事象诸如"凭栏"等却都具有人为性，包括拟人行为。

事象也很多，我们《成语词典》中几乎每个成语都是一种事象，都是我们作诗撰联可取之事象。

（甲）抒怀类　如逐鹿、钓鳌、还珠、抱璞等。

（乙）爱情类　如看星、望月等。

（丙）别思类　如登高、凭栏、折柳等。

（丁）悲愁类　如饮酒、吹箫、猿啼等。

（戊）隐逸类　如卧云、采薇等。

（己）怨恨类　如捣练等。

（庚）战争类　如斩楼兰等。

例联：王文治《自题》

　　得好友来如对月；

　　有奇书读胜看花。

这联是典型的借"物"（月、花）为意象，用以喻"好友""奇书"的价值。"对月"与"看花"，就是事象，喻作"得好友来""有奇书读"。如联句中不使用人们所认可的意象，读来则不免索然无味。

例联：宋荦《黄鹤楼》

　　何时黄鹤重来，且自把金樽，看洲渚千年芳草；

　　今日白云尚在，问谁吹玉笛，落江城五月梅花。

此联我们在"经典诗文"中刚刚列举过。我们把这副联中的几个关键词如饮酒、看草、吹笛、落花等提出来，就能知道此联的思想情感。

"自把金樽"就是饮酒且为独饮的事象，联系上联前后两句，黄鹤不复在，把酒无对饮，只有渚上芳草，由此，我们自然知道这里表达的正是一种不得志而惆怅之绪。下联中"吹玉笛""落江城五月梅花"也正是承接了上联"自把金樽"独饮，白云空悠，眼前是悲凉的笛声伴着落花的景象，从而进一步表达了不得志后的孤寂、悲愁之情。

例联：阮元《杭州诂经精舍》

公羊传经，司马记史；

白虎论德，雕龙文心。

此联为意节联，每句一个意节。某些联家说此联是一些史事的简单堆砌，"没有韵味"，但仅从其借事象说事理的角度来说，此联不失为佳对。诂经精舍由阮元主持建造于杭州孤山，主要用于国学传播等。本联用了四件众所周知的史事："传经""记史""论德""文心"，将精舍的办学宗旨予以凝练与概括，让人十分的明了。这就是典型的借事说事。

需要着重指出的是，要想准确把握诗词楹联的意象，离不开长期积累。许多意象在传统文化中已有了相对稳定的内涵，只有了解这些意象的内涵，我们才能对其有更准确的运用。

三、典故传说

在数千年的历史长河中，中华大地有着浓厚的文化积淀，产生了大量的历史典故。同时，在人们的日常生活中，各地都有着各种美丽传说。这些意象十分接地气，是我们取象的重要资源。

（一）历史人文

各地都有当地的历史人文积淀，这些都是当地的骄傲，以此入联，切时、切地、切景、切情，且为当地读者喜闻乐见。

例联：秦大士《凭吊岳墓感题》

人从宋后羞名桧；

我到坟前愧姓秦。

此联就是源南宋名将岳飞冤案而撰。南宋时，金国继续南侵，朝中主战主和争论不休，以高宗及秦桧为代表的主和派为议和而杀害了主战派的名将岳飞，因此秦桧留下千古骂名。正是因为有这样的历史背景，我们才可从联中读出作者对岳飞的敬仰之情和对秦桧的痛恨之情。

例联：王翼奇《余杭梦溪园》

荀苑比邻，归去来梦溪卜筑；

澹怀明志，栖居者美意延年。

梦溪园在余杭，附近就有沈括的墓与荀况活动遗迹。此联就借用"荀苑比邻""梦溪卜筑"为意象，并融入了陶渊明的《归去来兮辞》的意境。

《归去来兮辞》是陶渊明创作的抒情小赋，也是一篇脱离仕途回归田园的宣言。这篇文章作于作者辞官之初，叙述了他辞官归隐后的生活情趣和内心感受，表现了作者对官场的认识以及对人生的思索，表达了他洁身自好、不同流合污的高尚情操。作品通过描写具体的景物和活动，创造出一种宁静恬适、乐天自然的意境，寄托了园主的生活理想。

（二）典故传说

有时撰联要表述的联意与他地某些历史典故或传说有相关性，因而可以借用这些历史典故与传说为象来述意。

例联：朱庆文《贺蒋有泉当选中国楹联学会会长》

浙水启蒙，韦编三绝，隐若春秋一子；

中楹擎帜，金缕初裁，领衔华夏群贤。

这里的"韦编三绝"是成语，出自一个历史典故。但并非与蒋有泉在地域上有关,但就其精神层面来说,有相关之处。"韦编",用熟牛皮绳把竹简编联起来。"三",概数,表示多次。"绝",断。意谓编连竹简的皮绳断了多次。现用来比喻读书勤奋。"春秋一子",也是取意于春秋时有诸子百家盛况。

例联:吴熙《当涂太白楼》

　　谢宣城何许人,只凭江上五言诗,要先生低首;

　　韩荆州差解事,肯让阶前盈尺地,容国士扬眉。

"谢宣城",即南齐诗人谢朓,曾为宣城太守,其诗清新秀丽,特别是五言诗深得李白崇拜,有"澄江静如练"等佳句。下联浓缩李白《与韩荆州书》"君侯何惜阶前盈尺之地,不使白扬眉吐气,激昂青云耶"之句,"韩荆州",即荆州史韩朝宗。此联以这两位跟李白生平遭际有所关联的人物作为切入点,以两个历史典故入联,可谓别开生面。

例联:刘墉《苏州虎丘拥翠山庄抱瓮轩》

　　香草美人怜,百代艳名齐小小;

　　芳亭花影宿,一泓清味问憨憨。

此联"一泓清味问憨憨"中"憨憨"是指南朝梁时神僧。传说憨憨原是孤儿,视力很差,以乞讨为生,后虎丘寺收留为挑水僧。憨憨不堪受牛马之劳,白天挑水,晚上找地挖井,终于得一井清泓,并用此治好眼病,此井也被称为憨憨井。此联句正是化用了这个民间传说。

四、功过言行

不论是讽刺,还是歌颂,这类楹联都会取象于人物的功过或言行。

（一）功过

这类联主要用于对人物的歌颂与讽骂，大多以其主要功过是非为象，或阐发其功绩精神，或揭露其羞事罪过。

例联：游俊《成都武侯祠》

两表酬三顾；

一对足千秋。

作者抓住最能表现诸葛亮形象的三个方面，即"两表"，前后《出师表》；"一对"，《隆中对》；"三顾"，三顾茅庐，对诸葛亮进行了歌颂。"两表"与"一对"是说他的作品，"三顾"是用以刘备之行反衬诸葛亮的非凡。

用联来歌功颂德的较多，特别是贺赠联、挽联等，但也有戳人之过的联语。我们前面列举的清秦大士"人从宋后羞名桧；我到坟前愧姓秦"就是取象于秦桧的罪过。

（二）言语

抓住人物特有的言语为象，或颂或贬，使读者更能产生联想。

基于这一点，我在诗联的教学中，一直强调每一位学生要通读《红楼梦》。这本书既有贾政等官场的"雅言"，又有刘姥姥等乡间的"俗语"，整本小说善于运用个人的语言风格来体现人物的个性，使众多人物形象栩栩如生，甚至在一些课上提问阶段，有学生问我怎么才能学好诗词，我就告知他熟读《红楼梦》。

例联：佚名《赠知府》

见州县则吐气，见藩臬则低眉，见督抚大人茶话须臾，只解得说几个"是是是"；

有差役为爪牙，有书吏为羽翼，有地方绅董袖金贿赠，不觉的笑一声"呵呵呵"。

清代有知府欺下媚上，贪赃索贿，有人撰此联讽之。此联中的"是是是"与"呵呵呵"是通过知府对上对下的言语来对其描神摹态。"是是是"一连三个"是"，虽然摹态造成了此联句多仄尾，但却将他俯首帖耳，唯命是从之态描绘得淋漓尽致。"呵呵呵"一连三个"呵"，也同样把他见钱眼开，洋洋得意之情揭露无余，令读者顿生如见其人，如闻其声之感。用拟声摹态手法，比赤裸地戟指而骂效果更胜一筹，因其有活生生之丑态在其中。

例联：周亮工《江山仙霞岭关帝庙》

拜斯人，便思学斯人，莫混账磕了头去；

入此山，须要出此山，当仔细扪着心来。

此联在祠庙联中说到过。这副联在历史上曾受到很多人的诟病，说此联"实非雅音也"，但从取象的角度来说，这副联虽然不是特定个人的言语，但它是特定群体的语言，以通俗化、大众化的语言入联，正是此联的一大特色。噱语解颐，容易理解，更能让人记忆深刻，引起大众的共鸣。

（三）形态

直接以人物的形态特征入联，使联语更有形象性，更能反映人物的内心。其实在我们的文学作品中，很多人物都有特定的形态。如英雄的高大、汉奸的点头哈腰、流浪汉的衣衫褴褛等。

例联：王自成《不倒翁》

何须劳力，何必劳心，尸位亦安然，眯眼逢人开口笑；

不管垮天，不愁塌地，蜗居还自得，保身处世任头摇。

王自成的《题不倒翁》，表面以不倒翁这种玩具的形态入联，但却将泥偶赋予尸位素餐者之形象，极尽讥讽挖苦之能事，活灵活现，令人忍俊不禁，"眯眼逢人开口笑，保身处世任头摇"，很形象地表达了"不倒翁"的形态。

五、民俗俗语

在民间有很多的民俗，积淀了大量的俗语，这些民俗与俗语都与人民群众的生活密切相关。这样的民俗与俗语入联，更具有意象性，更易让人产生联想。

（一）民俗

例联：刘人寿《华录杯应征联》

大笔画龙，香港喜看龙破壁；

高梧引凤，神州酣唱凤还巢。

香港原为亚洲四小龙之一，今日在"一国两制"伟大构想下，顺利回归祖国。联中"高梧引凤""凤还巢""龙破壁"等都是取意于中华民族特有的传统民俗说法，是吉祥的俗语。而以这种特有的民俗语入联，迎香港回归祖国，更有特别的意义。

例联：白居易《香炉峰下新卜山居草堂初成偶题东壁》（诗联）

南檐纳日冬天暖；

北户迎风夏月凉。

这联是以民俗入联。这种居北朝南习惯的形成在古代是群众生活经验的积累，在今天看来也是很有科学道理的：门朝南，冬日挡北风，朝南取太阳之暖；北开窗，夏日可以开窗，与门对流通风。

例联：舒梦兰《春联》

遥闻爆竹知更岁；

偶见梅花觉已春。

在中华传统文化中，民俗是重要的组成部分，每个节日都有每个节日的民间习俗。此联为清舒梦兰为靖安扬鹤观写的春联。为什么在大年初一早上，我们遥闻人间爆竹声，就知道人们在辞旧岁呢？因为我们民族就有放爆竹、辞旧岁的习俗。上联就以此为题而作，只是作者除夕夜是在道观中度过，此观大概远离村庄，所以只能是遥闻。

（二）俗语（谚语）

俗语，是中华文化的瑰宝，也称为谚语、古话、土话等。是人们在长期的生产生活实践中产生的通俗而易懂、简练而形象的广泛流行的群众性口语，大部分产生于人们的生活经验或古人经典诗文，如"兵败如山倒""不当家不知柴米贵""树倒猢狲散""挂羊头卖狗肉"等，当然有些俗语很明显地具有地方特色，如"要吃辣子，先栽辣秧""九曲黄河十八湾"等。我们以此为联，既可精炼联语，又可深刻内涵，且读者喜闻乐见。

例联：袁枚《江宁随园三》

柴米油盐酱醋茶，除却神仙少不得；
孝悌忠信礼义廉，没有铜钱可做来。

此联既强调了物质生活是基础的唯物观点，又规劝世人注重道德修养，不做拜金主义者。上联以中国人传统的开门七件事起兴，而下联则是以中华民族传统文化中经过数千年积淀的伦理道德观入联。用这样的通俗用语入联，把一个深奥的道理浅显、妥帖地呈现出来，更便于读者理解。

由于俗语内容十分的丰富，有的两句俗语在意义上也相关联，我们就可以俗语进行配对成联。除原本地引用俗语外，我们还可以化用俗语语意来撰联。

例联：佚名

水内无鱼何贵；

山中没虎谁王。

下联很明显是化用了"山中无老虎，猴子充大王"这一俗语。

六、时令节日

数千年的历史，中华民族留下了几十个传统的节日，每个节日都有着特定的代表意义，以这些传统节日中现成的带有民族性或大众性的意象入联，往往更能增加楹联的内涵。当然还有一些时令节候，也是我们取象的重要资源。

（一）春节

春节，即农历新年，俗称过年，一般指除夕和正月初一。但在民间，传统意义上的春节是指从腊月初八的腊祭或腊月二十三或二十四的祭灶，一直到正月十五，其中以除夕和正月初一为高潮。春节历史悠久，起源于殷商时期年头岁尾的祭神祭祖活动。在春节期间，中国的汉族和很多少数民族都要举行各种活动以示庆祝。这些活动主要有祭祀神佛、祭奠祖先、除旧布新、迎春接福、祈求丰年等，并衍生出丰富多彩、带有浓郁的民族特色的事象、物象，诸如十二生肖及放爆竹、备年货、添新衣、吃团圆饭、拜年、守岁等。而这些都是撰联的意象之源。

例联：佚名《春联》

金猴玉兔弄春色；

紫燕黄莺弹妙音。

此联可作男猴与女兔家庭春联。上联取春节中最常见的属相为意象词入联，给人以岁月更替，除旧迎春的意象。下联看似与春节无关，其实也正切了春节之"春"，说明祈春有效，春来了，而说明这个"意"的，正是百鸟欢唱这个"象"。

春节不仅仅是民间习惯，已成为中华民族的共同节日，中华民族辞旧迎新的共同盛典，因此，春联不仅可以切民间传统习惯，还可以赞美生活，企盼美好，切一个时代的况味。

（二）中秋节

中秋节，一方面融合了聚合和分离、团圆与思乡、圆满和缺憾的重重矛盾；另一方面，圆月又引发了人们的共同期许——团圆和谐、生活安定、事业和谐、家庭和美、天下和平。但中秋节的月圆之意象，也有不同的解读，如人圆月圆则阖家欢聚喜意浓，月圆人缺则触景伤情思无限。

例联：佚名《中秋节》

中秋赏月，天月圆，地月缺；

游子思乡，他乡苦，本乡甜。

此联借用中秋团圆的意象，来说明天月圆而人不团圆。上联说中秋赏月时，看到天上的月亮圆了，自然想到游子不能与家人团圆。同时，因为中秋的团圆的意象深深扎根于中国人的心灵深处，每到中秋，游子自然是更加思乡，自然联想到在他乡的苦，在家乡的甜。

（三）清明节

对逝去祖先的敬仰缅怀，对生命的敬畏，对美好的祈盼，对家庭的凝聚，这是清明文化的精髓和灵魂。清明作为传承的习俗，有着形式上和精神上的载体。包括祭扫、禁火、寒食、踏青、植绿、放风筝、插柳条、荡秋千及在后来诗文中逐渐固定化的"纷纷雨""飞花""卖杏花""春思"等。

例联：佚名《清明》

相逢马上纷桃雨；

喜见树前闹杏花。

此联中的"纷桃雨""闹杏花"都是描述清明前后意象。

例联：佚名《清明》

杏村沽酒；

柳苑飞花。

这副联，虽然没有说到清明，但我们从其意象词中就能明确地判定写的是清明前后景致。上联取意的是杜牧《清明》诗意。下联是从自然中采取了与清明有关的"柳""飞花"意象。

（四）重阳节

重阳节，又称重九节、晒秋节、"踏秋"，中国传统节日。庆祝重阳节一般会有出游赏秋、登高远眺、观赏菊花、遍插茱萸、吃重阳糕、饮菊花酒等活动。重阳节还与除夕、清明节、中元节统称为中国传统四大祭祖节日。重阳节早在战国时期就已经形成，到了唐代被正式定为民间的节日。

例联：佚名《重阳》

何处题糕酬锦句；

有人送酒对黄花。

上联说的是重阳糕，下联"黄花"即指菊花，说的是饮菊花酒，这些都是与重阳节关联的意象。

（五）国庆节

国庆日是由一个国家制定的用来纪念国家本身的法定假日。它们通常是这个国家的独立、宪法的签署、元首诞辰或其他有重大纪念意义的周年纪念日。我国的国庆节是建国日。作为非传统的节日，其意象大多由人们在欢度节日时所进行的活动及活动的借助物而产生，如红旗、游行、集会等。当然作为国庆节，还有对先辈们的怀思、对新旧生活的对比及对新生活的歌颂与憧憬，多以美好事物来作为意象词，如红日、飞霞、锦绣、鲜花等。

例联：佚名《颂国庆》

旭日融融，看碧水霞飞，春江鱼跃，地富民殷歌盛世；

红旗猎猎，喜群英胆壮，志士情浓，龙腾虎跃续长征。

联中以"旭日""碧水""霞飞""春江""红旗""群英""志士"等美好的意象词来铺垫，烘托出国庆及新中国美好生活的氛围，从而达到"颂"的用意。

除传统性的节日及法定的节庆日外，其他的时令性的节候还有很多，如香港回归、"神六"飞天、"蛟龙"潜海等。

七、特定地名

在中华传统诗文中，作者为了表达某种思想情感，往往不直说，而是用一些特定地名来"代言"。如"长亭"使人联想到陆地上的分别与思念，"南浦"联想到水与分别，"南山"联想到太平胜象，"蓬瀛"联想到神仙与美好等。这类特定的地名在诗词中使用频率更高，在联中也有使用。

正是因为这样的隐射用词，久之诗词就约定俗成地为一些特定地名赋予了特定含义，从而使一些地名成为具有特定文化意象的地名，慢慢成为一种文化符号，有的还带有丰富的、意义深远的联想，人们只要一提到它们，彼此间立刻心领神会。

有了这些特定的地名，诗人们就可以用其来隐射诸如忧国报国、感物借时、离别相思、思乡怀乡、亲情友情、怀才不遇、伤秋悲秋、伤逝悼亡等情怀。

（一）表示祝愿向往类特定地名

（甲）东海与南山　"东海"象征着永不干涸，"南山"象征着太平胜象。

例联：佚名《贺寿通用联》

福如东海长流水；

寿比南山不老松。

这是一副祝寿联，意思是说"多福""长寿"。"东海""南山"都是不确定的地名，在传统文化中，这些地名都被赋予了特定的含义。只有永不干涸才会有"长流"的水，只有太平祥和才会有千年"不老松"。而这些意象正切了人们的某种愿望，这就是"多福"与"长寿"。因此这种比喻句不仅联意颇佳，而且词句也更加优美，比空洞地说"多福""长寿"更雅致。

（乙）长安与江南　"长安"多表示对锦绣繁华的向往及对功名利禄的追逐。"江南"虽然有时特指，但在古诗联中也有一定的意象性，较多地作为对美好或闲适生活的向往。

例联：佚名《别姓联》

背夫? 身后不忘忠大汉；

壮矣, 梦中犹念望长安。

上联意为：别姓从别子开始，即别姓来源于古代天子、诸侯嫡长子之外诸子——别子之后。下联意为：别氏这一高门望族出自古京城长安。此联中"长安"即带有对锦绣繁华的向往与留恋。但当我们将"长安"与其他词组合时，也会产生一种惆怅之感，如"一为迁客去长沙，西望长安不见家"；而"骏马秋风冀北，杏花春雨江南"中的"江南"就有风光清丽的味道。

（丙）蓬莱与瀛洲　传说中的海上神山，仙人的居所。诗词中，"蓬莱""瀛洲"多用来比喻皇家宫殿，或比喻亭台榭阁，有时也指仙人居所。总而言之，在诗词中，"蓬莱""瀛洲"多借用形容环境美，有如仙境一般。"蓬莱"也作"蓬壶""蓬岛"。

例联：龚易图《蓬莱岛》

人间已三度桑田，乘万里长风来观沧海；

天上有五层楼阁，笑十年小谪得住蓬莱。

从联中可以看出，此联系龚易图谪居后所撰。联家"笑十年小谪得住蓬莱"，"蓬莱"自然也就借指美好的地方。

（丁）秦晋与连枝　春秋时，秦、晋两国是两个相邻的大国，不止一代互相婚嫁。后称两姓联姻为"秦晋之好"。"连理枝"本是指两棵树枝间的缠绕，后被用来比喻夫妻恩爱。

例联：佚名《婚联》

叶上题诗，朱陈结好；

梅边索句，秦晋联姻。

联中"朱陈"为一典。唐白居易《朱陈村》诗："徐州古丰县，有村曰朱陈。一村惟两姓，世世为婚姻。"后"朱陈结好"也用为两姓联姻的代称。

（二）表示离愁别故类特定地名

（甲）长亭与古道

例联：2014年吉林省中考试题

长亭外挥手别知己；（出句）

古道边伤心忆故人。（参考答案）

作为高考出题，很明确地把握了"长亭"作为一个特定地名的隐含意义："别"。在古代，离别路上的亭，常是话别的场所，久而久之，"长亭"自然就承载了离别的含义，这种离别大多指陆地之别。而下联的参考答案也是较好地把握了"古道"这个特定地名的隐含意义："忆"。"古道"，即前人走过的路，这是一条离别的路，是目送"知己"远去的路，因此，在意象中，自然就有了伤感，容易勾起送行人的回忆。如果说"忆故人"，何处不可？我们改在"广场边"可不可以？当然可以，但入联后，因为没有了"古道边"特定的隐含意义，就显得有点滑稽。全联意谓长亭一别，知己已去，何时归来？望古道，只能伤心忆故人。类似的使人产生离愁的特定地名的意象词还有"西窗""西楼""小楼""秋池"等。

（乙）阳关　最初表示古代地名，为中原沟通西域的要道。唐王维在《渭城曲》中有千古名句："劝君更尽一杯酒，西出阳关无故人。"后来，由于唐人把王维《渭城曲》翻入乐曲，称为《阳关三叠》或者《阳关曲》，简称《阳关》，成为送别歌。于是，"阳关"逐渐成为离别送行的代称，如白居易《对酒》："相逢且莫推辞醉，听唱阳关第一声。"

例联：佚名《忻州雁门关》（集句）

莫愁前路无知己；

西出阳关多故人。

（丙）南浦与北梁　南浦，水边送别之所。"南浦"或直言"别浦"，多见于南方水路送别的诗词中，是送别诗词中常见的空间意象。特别是到了唐宋，"南浦"在唐诗宋词中普遍使用。就这样，一代一代的诗人承袭了这一手法，将离愁别绪的情怀，不断添加到"南浦"这一意象上。"北梁"常与"南浦"对举，因此，"北梁"跟"南浦"一样，也常用以指送别之地，也染有浓浓的惜别之情。

例联：谢朓《鼓吹曲·送远曲》（摘句）

北梁辞欢宴；

南浦送佳人。

（丁）关山　古诗词中多指遥远的地方、他乡，多用以表现怀乡、思人。

例联：朱庆文《思乡》（诗联）

关山曙色催寒近；

故里春风染草青。

全联表达了一种思乡情怀。上联写外乡已近天寒，而故乡却还是"春风染草青"，这既是指"故里"在江南，也借指联家离开家乡的时节。因为离乡时是春天，在联家的记忆中，故乡仍然是"春风染草青"。"关山"还常与"月"连用，更增加了思乡情怀。

（三）表示闲情逸志类特定地名

（甲）东篱与南院　"东篱"，在古诗联中，常用于表现悠然自得、超凡脱俗的生活情趣，高雅、疏淡、飘逸的情趣和洁身自好的品格。"南院"在古诗联中有用，但较"东篱"少用，一般也用来表达一种生活情趣。类似的还有"南园"等。

例联：佚名

东篱把酒黄昏后；

南院挑灯半夜时。

"东篱"作为"把酒黄昏后"的地方，直到"南院挑灯半夜时"，充满着生活的情趣。

（乙）青山　代表着故乡、志趣、美好等浓厚的情感色彩，也表时间与空间概念。在古诗词中，"青山"使用较多。如王昌龄《送柴侍御》："青山一道同云雨，明月何曾是两乡。"杜甫《奉济驿重送严公四韵》："远送从此别，青山空复情。"许浑《金陵怀古》："英雄一去豪华尽，惟有青山似洛中。"

例联：何宣《醴陵红拂墓》

红拂有灵应识我；

189

青山何幸此埋香。

此处"青山"代表着一种对红拂女浓浓的眷爱与惋惜。因为在传统文化中，"青山"是美好的象征，而有了坟头，便失去风水，但这里偏用"青山"，如果不是用"青山"，而是用"黄土""黄岗"，自然就有了一种贬义。类似的还有岳飞墓阙上的那副名联："青山有幸埋忠骨；白铁无辜铸佞臣。"

（丙）桃源　代表着一个理想的乐土。出自陶渊明《桃花源记》。

例联：梅语《桃源渔父》

桃源幻象传千载，引多少遐思，历无数找寻，叹终归海市难逢渔父；

渔父假时到而今，看人民富裕，感国家昌盛，当疑入仙乡又见桃源。

联中"桃源"与"渔父"属于规则重字，第一次出现时，代表《桃花源记》中所记述的世外桃源景象，这本身就是此意象词的出处。第二次出现时，更明确地代表一种理想的乐土。

（丁）山林　是指文人在政治上理想破灭或怀才不遇、报国无门时，心生怨愤而转向归隐山林，息影草泽。

例联：康有为《自题》

斯文在天地；

至乐寄山林。

此联作为自题联，多有表露心迹之处。"斯文"与"至乐"相对，"斯文"便有约束之意。因此上联是衬托，下联才是联家真实的向往。

（四）表示爱国豪情类特定地名

此类特定地名，在古诗文中常见，楹联中偶见。

（甲）新亭 "新亭"出自"新亭对泣"的典故。晋朝南渡后，名门士人常相邀到新亭（今南京市）饮宴。一次，大家忽然想起了北方故土，相视流泪。只有丞相王导慷慨激昂地说："当共戮力王室，克复神州，何至作楚囚相对！"后来，人们用"新亭"或表达怀念故国或忧国悲愤之情。辛弃疾的《水龙吟》"长安父老，新亭风景，可怜依旧"，就是典型的例子。

例联：周行原《安庆大观亭》

城郭如古人民非，曾否灵归华表；

风景不殊河山异，繫谁泪洒新亭。

（乙）轮台 典出唐岑参《白雪歌送武判官归京》："轮台东门送君去，去时雪满天山路。山回路转不见君，雪上空留马行处。"原来据长安人们的语言习惯，把北庭都护府所在地称作轮台。其位置在今天新疆吉木萨尔县城北11千米的"北庭故城遗址"。因为岑参此诗，"轮台"渐渐演变为诗意"轮台"，化为具有军事象征意义或代指边地的典故。后人用"轮台"之典故抒发为国戍边之怀抱。

例联：张果洞诗联

怪底君王惭汉武；

不诛方士守轮台。

这是陆游《老学庵笔记》中记载为张果洞（生卒不详）的诗句。

上述分类及列举的特定意象地名仅仅是常用的部分，还有大量类似的特定地名，如"长城""柳营""三径""梨园""东窗""玉阶""辽西""危楼""空山""小桥""潇湘""江汉""巫山""燕台""故园""玉门""青冢"等，不再一一分析。

第八章　楹联句法

楹联的句法，实质是说楹联的语法问题，也即是上下联间的关系法则及分工法则。本章重点对上下联间的语法关系及联句的一般分工规律做简要阐述。

一、联句关系法

楹联的句法主要阐述上下联间的联句关系及架构方法。常见的楹联句法，大致可分为联合句法、偏正句法。联合句包括：并列法、连贯法、递进法、选择法；偏正句包括：转折法、条件法、假设法、因果法、目的法等。当然也有一些复合复句关系和句内紧缩复句情况，这里不做多述。

本章主要以短联为例讲解句法关系。至于长联中，单句间就可能会出现各种相互关系，难以列举阐述，但即使长联各句间也离不开这九种基本关系法。

（一）并列法

上下联在形式上平行并列，语气一致，分别从两个不同的角度说明同一个事物的称为并列法。这种形式的联语常在句中用"也""又""既……又"等关联词，也可以不用。不用关联词，就称为意合法。并列法的楹联，立意上较为集中，结构较为简单，遣词造句也较容易，上下联语气一致，并行不悖，能较好地强调某一主题内容，能增加联句的感染力。

例联：游俊《成都武侯祠》

两表酬三顾；

一对足千秋。

这是一副并列法的正对。作者抓住最能表现诸葛亮形象的两个方面，"两表"（即前、后《出师表》），"一对"（《隆中对》），对诸葛亮进行了歌颂。表现了诸葛亮超人的才智和非凡的功绩。联句语言精炼，条理清楚，出语惊人。此类楹联，浓墨重彩，形象鲜明。但作为并列法的联句，如果处理不当，也会有单调和重复累赘之弊。

例联：康熙《赐张英》

白鸟忘机，看天外云舒云卷；

青山不老，任庭前花落花开。

此联是张英告老还乡时，康熙赐张英的一副楹联。"白鸟忘机"，典出《列子·黄帝》，本指人无狡诈之心，异类可以亲近。后来比喻淡泊隐居，不以世事为怀。此联就是一个并列结构。上下联语虽然说了不同的事，表达了康熙在对重臣关切的同时，但都强调了还乡之后要归于自然，陶冶性情，宁心养神，安度晚年。康熙作为皇权的守卫者，赐重臣此联，上下联反复叮嘱，不可谓用意不深。

例联：李文郑《题荷花》

风邪气正；

水浊香清。

此联上下联是典型的并列法等立句，上下联围绕荷花的生存环境从不同侧面颂扬荷花品格。立意十分明确，语气一贯，并行不悖。虽然我们说并列法联句遣词造句相对简单，但此联之所以能在并列法联句中成为佳对，就在于能以寥寥八字，写尽荷花"出淤泥而不染，濯清涟而不妖"的君子气质。因此，虽说遣词造句相对简单，要遣出好词、造出好句也并非易事。

（二）连贯法

上下联按时间顺序叙述连续的事件，或者有意义上的承接关系，称连贯法。关联词多用"已……又……""才……又……"等。一般可用"遂""于是""乃""则"等来检测上下联的连贯法。

连贯法的联语上下联之间虽然具有先后相承的关系，但前一事与后一事是相对独立的，因此，它们或为正对，或为反对。

连贯法的楹联，常给人以行云流水、酣畅淋漓、文韵舒展、一气呵成的感觉，用连贯法可以增加楹联的语势和节奏感。

例联：郑翠娟《杭州西湖湖心亭》

湖山入眼；

风月关怀。

此联是我担任主评委时力举一等奖第一名的一副短联。全联八个字，上联据实写自然景观；下联借用此处特有的"风月无边"典故，升华思想情感。全联写出了湖心亭处的景色对联家的心境的影响，堪称佳构。上下联明显有意义上的承接关系，即看到"湖山"，便产生"风月无边"的心境。

例联：朱宗有《集句对》

昨夜春风才入户；

今朝柳荫半垂堤。

这就是一副连贯法的对仗句，集改自唐张谔诗作《延平门高斋亭子应岐王教》，出句与对句是典型的按时间顺序叙述的连续事件，并且使用了连贯词，属正对。

值得注意的是，连贯法楹联是否可以构成流水对？根据第三章中楹联对法来说，流水对的上联或下联单句联意一般是不完整的，而正对的上下联各句句意有相对独立性。连贯法的楹联上下联一般具有相对的独立性，如上例中"昨夜春风（才）入户"是一个完整的句子，"今朝柳荫半垂堤"也是一个完整的句子，且两句意义上正向相关，因此，此联应该属于正对关系。

（三）递进法

上下联关系具有递进性，或由小而大，或由浅入深，或由表及里，或由粗及精等，但上下联同向性地表述一个事物或一种思想，这种关系被称为递进法。常用的关联词有"况""更""不但……而且"等。

例联：李光地《小园》

有水园亭活；

无风草木闲。

这是清代李光地自题的一副楹联。上联以"有水"引发"园亭"的"活"，"园亭活"代表一种生机和联家的心境。下联以"无风"引发"草木"的"闲"，写实象，但"草木闲"暗喻的更是联家的闲情。从上下联的关系来说，这是一种意义上的并列结构，但就上下联当句来说，"有水"与"园亭活"、"无风"与"草木闲"两种意象是由表及里的递进法。

例联：佚名《旅社》

进门都是客；

到此即为家。

这是一副旅店的传统联。旅店为了使客人暖心，以此联表达热情与周到的服务。"客"毕竟是客人，而"家"却是主人，"家"的感觉比"客"更进了一层。联语虽未用关联词，但属意义上的递进法。然两层意思都是同向的，无非意义上有递进法，属于正对。

例联：佚名《理发店》

不教白发催人老；

更喜春风吹面生。

此联在叙事层次上，下联比上联更深一层。下联化用白居易《草》中"春风吹又生"，寓意尤浓，此为联句的高妙之处。此联省去表示递进法的关联词，而并不减其递进的意思。

递进法的楹联作为联合复合句，也不是流水对。因为递进法楹联的每一则单联在意义上都是独立的。递进法的楹联与并列法的楹联在联意的表达上并没有本质的不同，使用关联词"不但……而且……"与使用"既……又……"对于上下联来说没有本质的不同，而且，递进法从意义上来说是同向的、递进的，因此，递进法楹联必定是正对。

（四）选择法

选择法，或称取舍法，指上下联在两种情况中否定一种情况，选择另一种情况，即两种情况必择其一。常用"宁……不……""与其……不如……""不是……就是……""或者……或者……""但""不"等关联词。

例联：佚名《灵宝函谷关犹龙阁》

未许田文轻策马；

愿闻老子再骑牛。

此联前面讲反对时列举过，联句以"未许……；愿闻……"关联，表现出明确的取与舍。

选择法的楹联上下联的内容一是一否或一正一反，也都是相对独立的，二者是正反并列。作者在正反之间肯定、支持和提倡正面的，否定、反对和摒弃反面的，旗帜鲜明地做出一种选择，这正是反对的特征。

例联：朱宗有《赠分居朋友》

但求天长地久；

何必朝望暮依。

这副联表达的是身居两地夫妇之间真挚爱情，上下联有明显的正反关系，选择了"天长地久"，而摒弃了"朝望暮依"。当我们把关连词去掉，余下的是"天长地久""朝望暮依"在意义上虽相反，但却是并列的两种情况。

（五）条件法

条件法是出句提出必要条件，而对句根据这一条件得出主观的结论，这种句法关系就是条件法。一般没有关系连词。但可以用"只要……就能……"进行联系。条件法联属于流水对。

例联：陈字《自题》

略翻书数则；

便不愧三餐。

上联是条件，下联是主观的结果，即只有每日读书，才有可能不愧一日三餐。"翻书"是必要条件，"不愧"就是我们根据这个条件推测的结果。由上联而推论下联结果，是流水对的一种特征。因此，这样的楹联的上下联是不能分开的，分开就不能完整表达联家的意图。

例联：吕留良《自题》（集改孟郊《赠郑夫子鲂》诗句）

天地入胸臆；

文章生风雷。

上联说的心胸阔大是下联文章奇妙的条件。上联是条件，下联是结果。这种条件与结果的关系是：条件是必要条件之一，而结果却是一种主观的推论，并不是必然的存在。也就是说，文章要"生风雷"，作者"天地入胸臆"是必要的，但反过来说，作者"天地入胸臆"，其文章不一定能"生风雷"，现在的这种结果，只是我们的推论而已。

值得注意的是，条件法联与假设法联是有区别的。二者的结果都具有多样性。于条件法楹联来说，只要条件具备就能达成结果，结果尽管只是可能，但离不开这条件，条件与结果间是一种必要关系。而假设法楹联则是"假使"如何，才会主观推导何结果，这是一种充分关系。假设法楹联的结果只是一种可能结果，是一种人为的推测。

例联：佚名《南京雨花台天下第三泉》

识得此中滋味；

觅来无上清凉。

此联颂雨花台处"天下第三泉"。此联上下联到底是条件法还是假设法？当用"只要……就能……"来联系上下联时，我们能很明确地理解全联的联意，但如果理解为假设法而用"如果……那么……"联系上下联，语意虽通，但是不能充分体现联作者对此地泉水的推崇，不合作者原意。

（六）转折法

一般情况，转折法是上联提出某种事实或情况，下联转而述说与上联相反或相对的意思。即下联才是说话人所要表达的真正意图。这种句法在楹联中很常见。常用关联词有"则""然""虽……却……""虽然……但是……""尽管……但是……""虽说……然而……""固然……但……"等，但也有不用关联词者。

例联：佚名《理发店》

虽为毫末技艺；

却是顶上功夫。

此联是意节联，典型的让步复句。上联"毫末技艺"在于抑，下联"顶上功夫"，意在扬。这就是一种先抑后扬的让步转折。

例联：翁同龢《自题》

文章真处性情见；

谈笑深时风雨来。

此联虽未用关联词，不难看出仍为转折法。我们也可以用关系词进行套用，以帮助我们理解其中的转折法。关联词的取舍，全在于作者对内容的处理以及作者的文辞好恶，此无定法。

转折法还有一种特殊的情况就是进逼句式，上句一般可用"犹""且""尚"等诸副词，为下联作势，下句再以"况""何况"等诸词进逼，作一反问。如："赴危且不避；饮酒何相辞？"这种句式在楹联中极少用到，但确实存在。

可以肯定，转折法楹联不会是正对，但究竟是流水对，还是反对，值得讨论。

例联：黄药眠《自题》

虽无彪炳英雄业；

却有忠诚赤子心。

例联：谭嗣同《自题》

家无儋石；

气雄万夫。

黄药眠联使用了关联词语"虽……却……"来连接上下联，把"虽……却"去掉后，联意不变。去掉"虽……却"后，结构与谭嗣同联相同。反之，在谭嗣同联的上下联之间使用关联词语"虽……却"作连接，连接之后联意也不变。这两副典型的转折法楹联的上下联均各自表达完整独立的语意，内容并非不可分割，因此归入流水对与其定义不符。就内容来说,转折法的上下联联意相对或相反,上联一般都是起陪衬作用,作者要正面表达的内容是下联。这显然是反对的特征。因此,转折法的楹联当属反对。

(七)假设法

假设法比较好理解,就是出句(偏句)提出的是假设性的,不是真实的,对句(正句)的结论是根据出句的假设主观推论而来的,这种句法关系称假设法。常用的关联词有"若""如""便""如果……就""要是……就"等。假设法楹联,基本属于流水对,但也见反对。

例联:赵望祖《杭州孤山放鹤亭》

若问梅消息;

须待鹤归来。

北宋林逋隐居孤山20年,种梅养鹤,不仕不娶,人称"梅妻鹤子"。明人雅其行,于嘉靖年间筑亭纪念他。此联用假设法的倒装句,把林逋最爱的"梅"与"鹤"联系在一起,说明"梅"与"鹤"都不在这里了,喻林逋的仙去,表达了对林逋的怀思。

例联:启功《自题》

若能杯水如名淡;

应信村茶比酒香。

上联出句提出假设,下联对句推出结果。意思是说如果能将名利视为杯水一样清淡,你会觉得农家的清茶胜过酒的香醇。

假设法可否有反对?这在联友间有些争论,具体是否存在假设法的反对,我们在章法一讲中将会以例联来说明。

例联:佚名《思乡》

若知飞雁能捎信;

即便寒秋也释怀。

　　这是网上摘来的一副联。上联是假定条件，下联是这一条件下的结果。联意为如果知道飞雁能传家书，即使在寒秋，也能与家中保持书信往来，以解乡愁。这副假设法的楹联，在假设中反证了一种思乡情绪。

　　这类楹联上联假设，下联推论，撰写这类楹联不仅需要有楹联的常识，对事物内在关系的把握也要求较高，往往还存在内在的关系与对仗用词间的矛盾。因此，假设法类的楹联较少。

（八）因果法

　　上下联分别推出原因和结果，形成楹联。其中述因一般为上联，是联中偏句；结果一般为下联，是联中正句，但也有倒装者。但不论是先因后果，还是先果后因，一般强调的是结果，结果为正句。依因果法创作的楹联，一般来说层次分明，说理性强，受到众多联家的青睐。

　　因果法楹联因上下联或因或果，因此当属流水对。

　　例联：佚名《棉花店》

　　　　聚来千亩雪；

　　　　化作万家春。

　　上联是因，是偏句，是说店里生意兴隆，大家都把收获的棉花送来店里。下联是果，是正句，是说大家有了棉被，冬天也觉得暖意如春。

　　这种因果法楹联也可倒装：上联说结果，而下联陈述原因。

　　例联：佚名《雁门关》

　　　　莫愁前路无知己；

　　　　西出阳关多故人。

　　此联为因果倒装句式。倒装句式，可增添楹联的文学色彩。果是上联,因是下联。但此联联意若是强调"多故人",则下联是正句。

值得注意的是,要把握好因果法楹联与条件法楹联的区别。两者都涉及结果。条件法的结果是理性的主观推论,但却不一定是现实存在。而因果法中的结果是事物发展的前因造成的,前因与后果是一种客观存在的、必然的现实关系。

例联:佚名

春来眼底;

喜上眉梢。

依此联为例,再来辨析条件法楹联与因果法楹联的区别。当我们以因果法来理解时,下联为结果,而上联则为原因,即因为"春来眼底",所以"喜上眉梢",这是发生的一种客观联系,是常理,不是随人的意志而转移的。但当我们作为条件法来理解时,只要"春来眼底",就能"喜上眉梢",这就违背了逻辑关系,因为"喜上眉梢"的产生,上联毕竟不是充分条件,也不是必要条件。

因果法与假设法也是容易混淆的,因为两种关系都有一个"结果(结论)",但它们是有区别的。一般来说,因果法是一种必然性,即有其因必有其果,原因是真实的,且是结果的充要条件。而假设法,其结论是建立在假设的基础上的主观推论,这只是一个假设的结论,且只是结果之一。而这一结果,也并不一定会因假设而真实发生。

例联:佚名《眼镜店》

悬将小日月;

照彻大乾坤。

上联三仄尾,但作为行业专用联,不失为佳构。上联是因:配了眼镜;下联是果:看清世界。两者之间有必然性,上联是下联的充要条件。这是一种常识,配眼镜就是为了能看清东西,也就是说,有其因，必有其果。但如果我们以假设法来分析，就显得有点滑稽：假如配了眼镜，其结果之一就是能看清世界，也就是说，这只是结果之一，还有结果是什么？就是看不清，甚至看不见。或者说，这个推论不一定真实发生。这与我们"近视了""老花了"去配副眼镜的初衷大相径庭了。

（九）目的法

上下联是表示目的和行动的关系。即一般是上联采取某种行动或措施，而下联达到某种目的，但也有倒装者，即为了某种目的而采取某种行动或措施。常以"愿""欲""为了""所以"等词来表达目的或行动。

例联：佚名《集句联》

劝君更尽一杯酒；

与尔同销万古愁。

上联为行动，即再喝一杯"酒"，下联为目的，即"销万古愁"。这是比较明显的目的法。

例联：佚名《居委会》

巧理千家事；

增添万户心。

上联是要做的事，即行动；下联是目的。从联中我们可以看到，上下联可连接在一起，成为一个复合句，共同叙述一个事件（包括行动与目的），因此目的法楹联当属流水对。

例联：石达开《贵港翼王亭》

忍令上国衣冠，沦于夷狄；

相率中原豪杰，还我河山。

此联为石达开所作。上下联各两个分句，两个分句都是前为行动，后为目的。而上下联句之间却是一种选择法。

以上所举联例均为短联，至于长联，读者可以据此理去分析、领会，这里不再赘述。

虽然本节是讲句法，但句法与对仗方法还是有关联的，因此，在上述讲解中，我们就句法与对法的对应关系进行了辨析。总的来说，如果按通行的联合复句和偏正复句两大类的分类，联合复句的楹联是不可能构成流水对的。因此并列法、连贯法的楹联上下联或为正对，或为反对。而递进法楹联因意义同向，则上下联为正对。转折法、选择法及部分假设法楹联因上下联在意义上的矛盾性，则上下联为反对。而只有假设法、条件法、因果法、目的法的楹联，它们的上下联都不能独立表达楹联的完整意思，因此当属流水对。

二、联句架构法

在介绍完联句的相互关系法后，本节从实操的角度，重点阐述楹联创作中的联句架构方法。

（一）叙议法

叙述与议论是古诗文中最为主要的创作手法，即先叙述所见、所闻之事实，在此基础上再作一个议论，一般可理解为"就事论是"。而就楹联来说，叙议结合也是楹联的架构手法。短联中，一般是上联叙、下联议；多句联中，大多是前句叙、后句议。此类联联意较为明确，主旨大多是议论部分。

例联：佚名《湖南岳阳楼》（集句）

水天一色；

风月无边。

此联虽为四字联，但上叙下议的联句分工较为明确。上联写景，化用了王勃《滕王阁序》句意，指在楼上看到的水天相接的景色；下联议论，借用成句，是对此处景色的赞美。

还有一些联其上下联各自完成一个叙议过程，但上下联又统一于一个主题之中。一般是两句或以上联，也有单句联的上下联完成了叙议。

　　例联：朱庆文《文成刘基庙》

　　　　老先生辅佐金陵，功垂天地；

　　　　真国士隐归青野，学贯古今。

因同样是两句联，上下联各自完成一个前句叙、后句议的过程，从两个不同侧面来颂刘基。上联说他辅佐朱元璋打天下，这仅是一个客观的存在，具体后面是正评还是反评均不受此事实的影响，仁者见仁，智者见智。下联亦然，只是叙其隐归青野，而评论亦可正可反。当然，此联以颂为主题，颂词都是在议论部分。由此可见，议论部分往往是全联的主题所在，立意所在。

　　例联：金圣叹《自题》

　　　　雨入花心，自成甘苦；

　　　　水归器内，各现方圆。

此联是两句联，上下联前一分句都是叙事，后一分句都是围绕第一分句进行议论。联家通过对自然现象的"就事论是"的议论，表面看是一起事理的说明，但却隐喻着自己的心志。

上联是对人生无奈的感叹，雨水落入花心中，随着花心甘而甘、苦而苦。"甘苦"自然是代表着人生的际遇与况味。下联说，水倒入容器中，也会随着容器的形状而成方与圆。而"水"则是喻指纷繁的世事，"器"则是自己内心的道德准则，意谓一个人只要坚守自己的道德准则，无论世事如何，都不能改变自己，什么"水"都要随了我的"器"形，而不是"器"形随"水"而改变。此联通过这样的议论，反映了联家倨傲于世的人生态度。

（二）引说法

汉语中本无"引说"一词，但在生活中，一些老师常常在课堂上说出一个上句，引发学生就出下句。为说明楹联的架构法，且将这一方法名之为"引说法"。"引说"就是采用"拿来主义"手法，巧妙地引用一个事实、典故或前人一句言论等，以引发句意相关联的下句，从而简练而深刻地表达自己的思想。

一般是上联为引用部分，下联为陈述部分。但也有上联根据引用部分内在含义，采用暗引法，为下联"引说"作铺垫的情况。值得注意的是要与后面的铺结法区别。

例联：陈大纲《岳阳楼》

四面湖山归眼底；

万家忧乐到心头。

上联先叙登岳阳楼实景，即看到了"四面湖山"中的"万家"。而范仲淹见此景有"先天下之忧而忧，后天下之乐而乐"之情怀，先营造与范仲淹登楼时看到的相同的景象，然后，引出下联，即引出同样的感受，这就是引说中的暗引法。当然，也正是有范仲淹《岳阳楼记》这篇，联家才以上联实景描写来作为预设，虽然是铺设，但其后不是结论，而是引出"忧乐到心头"。

其实，每个景点都有其特定的人文历史，这些正是此类楹联创作中最为富有的资源。若是离开了这个特定的场景，引用一些较为普遍的人文典故，就需要把握切情、切景问题，张冠李戴，那就是笑话了。如例联不是悬于岳阳楼，而挂在黄鹤楼，怕是这样的"引说"就很难让人理解，也"引"不出此"说"。即使黄鹤楼处也真的能产生这样的"忧乐"观，因为此处人文原因，人们也不会接受。

在多句联中，上下联围绕要表达的内容各自"引说"，即前句"引"，后句"说"。

例联：白镕《学海堂》

知水仁山，在此堂宇；

经神学海，发为文章。

此联抓住学海堂特点，上下联分别引用了古人言论和典故，再作说明，完成了联意。上联借用《论语》第六篇《庸也》中名句："子曰：知者乐水，仁者乐山。知者动，仁者静。知者乐，仁者寿。"并用缩词法精炼为"知水仁山"，由此"引"出"在此堂宇"之"说"，便意谓学海堂中有如此知与仁。下联引用的是一个典故，即东汉何休著《左氏膏肓》《公羊废疾》《谷梁墨守》等书，郑玄起而论难，与之抗衡。二人闻名当世，求学之人不远千里而来。京师人称郑玄为经神，何休为学海。同样是"引"出"发为文章"之"说"，是言学海堂有郑玄、何休之才学。这种方法在我们日常生活中也较为常见，如某广告语"挖掘机谁家强，唯有XX"。

上例是上下联都为引说法架构，但也存在上联或下联是引说法，对应下联或上联却为其他架构法。

例联：齐彦槐《沧浪亭》

四万青钱，明月清风今有价；

一双白璧，诗人名将古无俦。

上联就完成了一引一说。"四万青钱"就是引用了一个典故。沧浪亭与狮子林、拙政园、留园一齐列为苏州四大园林，园内除沧浪亭本身外，还有印心石屋、明道堂、看山楼等建筑和景观。原为五代时吴军节度使孙承祐别墅，北宋诗人苏舜钦喜欢这里"近水远山皆有情"，用四万青钱买下，且在临水处筑亭。后句是借用了欧阳修咏沧浪亭诗"清风明月本无价，可惜只卖四万钱"诗意赞美沧浪亭处环境美好,只是反其意而用之。下联则是前叙后议。"一双白璧"是叙指园中所建的苏东坡祠和韩蕲王祠,后句是由此展开的议论。

在引说关系的很多楹联中,有一种特别的引说法,也是我们日常生活中最为常见的引说,就是以问的形式来"引"、以答的形式来"说"。其实,我们日常生活中的问,本身就是一种"引",目的就在于让别人回答,即"说"。当然,在诗联中,存在着只问不答、答在其中或问而无答、由读者自作答案的情况。

例联:佚名《酒楼》

李白问道:"谁家好?"

刘伶答曰:"此处高。"

此联为巧联,不是典型对式,但是较为典型的引说法楹联,上问作为"引",下答作为"说",共同完成了联意。

例联:董诰《自题联》

窗横竹叶清如许;

人比梅花瘦几分。

此联就是运用问而不答,而答在其中的修辞手法创作的楹联,问的目的就是引出答案。而这副联的"答说"的部分包含在"引问"之中。

(三)比对法

这是联句架构法的一个重要的普遍性规则。一般来说,有轻重比对、正反比对等。

例联:胡敬《太白楼》

公昔登临,想诗境满怀,酒杯在手;

我来依旧,见青山对面,明月当头。

上联说李白来时是"诗境满怀,酒杯在手",意谓豪放;联家来时却是"青山对面，明月当头"，意谓空寂。就单句来说，是解析架构法（见下文解析法）；就对句而言，则是比对架构法，即你我来时不同情景、心境的比对。

通常情况下，上下联语意、意象甚至语气轻重上都应相称或大体平衡。但往往为了强调一面，而故意拿另一面作为比对。这种比对主要体现在意象词的选择上。

例联：解缙《巧对曹尚书》

　　小犬无知嫌路窄；

　　大鹏有志恨天低。

上联言一只"小犬"与一条小"路"的关系，下联写的却是"大鹏"与整个"天"空的关系，甚至"恨天低"。下联的气势远比上联强，这也正是因为意象轻重比对带来的效果。

例联：朱庆文《自勉》

　　聪明不为昧心利；

　　文采但求照世篇。

这是一种选择法的反对，从义理上来看，是典型的前贬后褒，前反后正。"聪明"求的不是"昧心利"，求的是文采能有"照世篇"。这是一种纯粹的联意上的正反比对。

例联：朱庆文《戏对老僧》

　　山深唯静香钱薄；

　　寺古存幽佛法灵。

这是前几年我在开化与一位老和尚对话而成的联。上联是和尚的"牢骚"，下联是我开解他的。各说一面，但却意义相关。"山深唯静香钱薄"，这种现象的原因，只是人们不识"寺古存幽佛法灵"。此联也是一副上下联正反比对的架构联。

（四）总分法

总分法也是我们作联的主要架构法之一，包括先总后分与先分后总。分句所述足以支撑总句之义，也即总句为联意所在。

例联：商盘《簪碧堂》

北院喜新成，有寒碧千层，远青一角；

东君如旧识，正庭槐垂荫，梁燕将雏。

这是副燕尾对。燕尾对是总分法最典型的形式。上联写景，点明近水远山之胜；下联抒情，点明风物人文兴隆之象。上联写北院新成，再分述其主景，总分法较为明显；下联两景统一于首句"旧识"之中，亦当为总分之句。

例联：李渔《贺张之鼐夫妇双寿》

月圆人共圆，看双影今宵，清光并照；

客满樽俱满，美齐眉此日，秋色平分。

上联首句为总句，领字后的两句则为对首句的解读。下联亦然。

例联：郑板桥《兴化柳园联》

北迎拱极，西接延青，共分得一池烟水；

春步柳堤，秋行蔬圃，最难消六月荷风。

我们从字面上也能看出此联是一副先分后总联。"拱极"是兴化海子池北的拱极台，又名玄武台，为兴化十二景之一。"延青"指延青阁，枣园建筑物之一，在柳园之西，为兴化人陈乔所建。"共分得"句：嘉靖三十八年（1559）兴化知县为防倭寇，修城墙、市河，将东、南、西三门水关之水都汇入海子池，池四周筑堤栽柳，成为兴化风景区之一。因拱极台在海子池北面，柳园与枣园皆在池南，故有"共分得一池烟水"之语。

（五）铺结法

这类楹联，上联纯粹是为下联服务，为下联做铺垫，最终完成联意的阐发，也有当句完成前铺后结的楹联。

例联：陈锷《自题》

事能知足心常惬；

人到无求品自高。

此联意在言人"品"，但联家先不直接说，而是通过常理"知足常乐"来开篇。因为是常理，自然广为世人接受。在我们认可"知足"的基础上，再言"无求"，提升到人"品"的高度，减少了突兀感，显得更为自然，避免了空洞的说教。很明显，上联与下联联意具有同向性。

但上铺下结与上叙下议还是有区别的。虽然两者都有一个"结论"，但"叙"是为了"议"，而"铺"是为了"结"。同时，"叙"的对象有明显的客观事实性，基本上没有主观成分，且这个议论可正可反。如"水天一色"，既可以说是"风月无边"，也可演绎为"远近无观"。而"铺"有明显的主观引导性，既有事实引导，又有议论引导，而结论一定是上联"铺"出来的，"铺"与"结"具有同向性，这一点很重要。

例联：朱庆文《南陵春谷公园》

春谷鹿眠腾紫气；

鸿鸣仄室铸贤才。

这副联是交股对。就全联来说，它是一种上铺下结的楹联。联意为赞南陵人才辈出，但联从环境说起，通过上联赞美环境安逸祥和、富有灵贵之气，下联顺理成章地做出结论，述出联意："铸贤才"。上下联间的这种同向性是不可违背的。

就单句来说，也是前铺后结："春谷鹿眠"的结论一定是"腾紫气",不可能是腾俗气或腾恶气。换一个浅显的事例来说,"日出"只能铺垫出"天明""红霞"等美好的意象,不可能说"日出"了,反而"天黑"了。因此,这副联不可能是上叙下议联。

有些景联,重在状物,但也属于上铺下结类。上联为下联状物进行了恰当的铺垫,使景更显美丽,物更显壮观。

例联:蒋有泉《福建镇海楼》

八闽饱经风浪;

一楼雄镇海天。

此联状物十分到位。上联通过写八闽之难并非一时,而是"饱经风浪"来为下联铺垫,从而更加突出下联所状之物——镇海楼的分量,言下之意十分明了,此楼可以"雄镇海天",保八闽平安。

例联:冯煦《成都武侯祠》

此老不攻画,不善书,不精杂诗,压倒蜀吴魏中几

多伪士;

其人可托孤,可寄命,可临大节,算来夏商周后一

个纯臣。

此联当属前铺后结的架构法。就下联而言,三个"可"排比铺陈,说明这是一个"前无古人,后无来者"的"纯臣"。因为三个"可"达成了"纯臣"的充要条件。

(六)虚实法

古诗词中虚实章法较多,一些联家在撰联时也采用了虚实手法。何为虚?何为实?一般而言,有者为实,无者为虚;有据为实,假托为虚;显者为实,隐者为虚;现实为实,想象为虚;近为实,远为虚等。虚写一般又分为两类:联想和想象。确实存在,由此及彼就是联想,而思维再创造就属于想象。

例联：石韫玉《趵突泉》

画阁镜中看，幻作神仙福地；

飞泉云外听，写成山水清音。

上联前句写泉边观澜亭等，说雕梁画栋的楼阁倒影在水中的情景，把"水中看"说成是"镜中看"，有联想的成分，但后句便是想象；而下联前句写趵突泉涌出时的声音，云外听自然是想象成分，但后面就是一种由泉声而联想到的山水清音，即俞伯牙弹琴和钟子期听琴的典故。此联上下联在虚写中，都有联想与想象成分。

例联：宋荦《黄鹤楼》

何时黄鹤重来？且自把金樽，看洲渚千年芳草；

今日白云尚在，问谁吹玉笛，落江城五月梅花。

此联上下联各有虚实部分，实写部分都是眼前的景色，虚写部分都是用典之处。上联第一句虚写，第二句可解为实，也可解为虚，联系第三句来理解即为实写，第三句可作为实写；下联正好相反，前句是实写而后两句却是虚写。

例联：李尧栋《莫愁湖》

一片湖光比西子；

千秋乐府唱南朝。

上联写莫愁湖眼前的湖光堪比西湖，有实写，也有联想类的虚写；下联是借南朝后主陈叔宝"隔江犹唱后庭花"之典而给人警示，自然是虚写。

例联：纪晓岚《贺阿桂寿》

丹心直向军前死；

白发新从战后生。

这是纪晓岚写的贺联。上联写阿桂长年在外征战之事，这已是过去的事，是虚写。而下联写的是眼前的事，阿桂战后又生了白发，这是眼见为实,是实写。因此这副联是架构法中较为少见的先虚写、后实写楹联。

(七)并行法

并行法,也是楹联最为常见而普遍的架构法,就是上下联联句从对等的两个侧面甚至正反两面来说明同一个主题,共同完成联意。联句没有主导与从属关系,如人之两腿共同支撑着身体。此法在写景状物、叙事、析理联中常用。

如就景物而言,一般有时空两个状态。空间有远近、上下、前后、大小等;时间有朝暮、昼夜、冬春、古今等;特别是古今,包含着一个景或物的人文历史。作为景或物还有动静、声色、常变等不同状况,有天地、陆海、山水、云林、泉石、自然物与建筑物等不同组成。建筑物中又有楼亭、房寺等,植物中还有桃杏、松杉等。如此推演,关于景物可以入联的方面不胜枚举。

如人物而言,常常有一体两面,如文武、才德、功过、苦乐、爱恨、言行等。

例联:佚名《香港九龙青山禅院》

十里松杉围古寺;

百重云水绕青山。

上联写近景、静景,将自然景观与千年禅寺结合起来,显得宁静肃穆。下联写远景、动景,四面云雾缭绕,无限空阔,水环波涌,使青山很有气势。上下联相互配合,相互映衬,不可或缺,协力将云水、松杉环绕的青山禅院的超凡脱俗,气象万千呈现给我们。

例联:钟云舫《斗笠店》

为爱烟霞,共尔远寻方药;

能耽风雨,与君出钓寒江。

此联上下联采用了拟人化手法，也是并行法架构，上联写斗笠衷心陪伴在人们生活与劳作中。下联借柳宗元《江雪》"孤舟蓑笠翁，独钓寒江雪"诗意，写斗笠可以为人们遮风挡雨，在你孤寂时也会不离不弃。上下联协同从不同的支撑面写出了斗笠的奉献精神。

例联：李渔《金陵芥子园月榭自题》

有月即登台，无论春秋冬夏；

是风皆入座，不分南北东西。

月榭位于李渔金陵别业芥子园中，是李渔在金陵主要演出场所。此联描述了月榭演出之盛，是为叙事联。上联从时间角度来说，不论春秋冬夏，只要晴夜便登台，月榭便有演出。下联从空间角度来说，不论南北东西，是风皆来入座，意谓自会吸引四面八方之戏友来捧场。此联从时间与空间的角度着笔（亦即时空对），在架构安排上当属上下联协力完成联意，但上下联关系是并行的。

例联：冯钤《题园圃联》

为恤民艰看菜色；

欲知官况问梅花。

此联同样是用并行法创作的楹联。上联体现了爱民思想，下联蕴含着清廉本性，上下联共同来体现联家清廉爱民的思想。

（八）解析法

解析架构法主要是围绕某句或某字进行解析、注释，有析义，也有析形。

例联：袁枚《题徐园》

旧地怕重经，记当年、丝竹宴诸生，回头似梦；

名园须得主，看此日、楼台逢哲匠，着手成春。

徐园在南京。袁枚任江宁令时，曾在徐园宴请新入庠的诸生。袁挂冠后，园荒圮。四十年后，园归邢氏秀才，重修后，袁枚重游此园，应邢秀才之请，感而题此一联。此联总体来说应该是析义法架构，首句设玄，引人探究，其后再对首句进行解释，解析为什么"怕""须"，从而让人释怀。但此联从形式上来看，与总分法类似。但究竟解析法还是总分法？上联围绕"怕重经"，如果是总分法，自然是说怕什么、怎么个怕法，但这里却说的是为什么怕。

例联：佚名《赠临海岭根村王世芳》

　　花甲重逢，增加三七岁月；

　　古稀双庆，更多一度春秋。

这副联化用六十花甲、七十古来稀之含义成联，上下联由此都可解析为一百四十一岁。

例联：乾隆《万善殿》

　　了悟彻声闻，花拈妙谛；

　　净因空色相，月印明心。

此联上下联总句都是一个字，即"了"与"净"，上下联后面八字皆依此字展开。这自然也是一种解析架构法。

解析法中，还有一种是借用字形的拆合来表达联意。这种析形法，既可作为一种修辞手法，也可作为一种架构方法。

例联：佚名《西湖竺仙庵》

　　品泉茶三口白水；

　　竺仙庵二个山人。

这是一副析形法架构的楹联。上联以"品""泉"两字为"总"，析为"三口白水"，下联以"竺""仙"两为"总"，析为"二个山人"。由此可见，在析形中自然也含有"义"，这个"义"便是联意的重要组成，无"义"，析形也无法成真正的联。

例联：佚名《寿联》

何止于米；

相期以茶。

在析形法架构联中，还有一种特殊的联，在联中看不出总分关系，但却借形寓意。如此联就是借形寓意，意思是何止八十八岁，即米寿；期望一百零八岁，即茶寿。此上下联中的寿字做了省略。在中华传统文化中，米字字形可析为八十八，寓意为八十八岁，即米寿；茶字字形可析为二十加八十八，寓意为一百零八岁，即茶寿。

第九章　楹联修辞

我们在掌握了汉字平仄、对仗用词、楹联格律及对法、句法、立意、取象等知识后，就可以完成一副合格的楹联，但如何撰出有艺术技巧的楹联，就是本章要解决的问题。

一、修辞分类

为了阐述修辞学在楹联学科中的运用，根据陈望道先生的《修辞学发凡》，我们首先对一般文学作品中的修辞方法进行分析。陈望道先生将修辞形式分成四种"辞格"，即：材料上的"辞格"、意境上的"辞格"、章句上的"辞格"、词语上的"辞格"。下面分别进行简要阐述。

（一）材料上的辞格

比喻、借代、映衬、摹状、双关、引用、仿拟、拈连、移就等。

就楹联来说，"材料上的辞格"是就"意象"中的"象"而言的一种修辞，即指联中的"客体"，把材料（客体）合理地按修辞规则进行分析，为遣词达意提供条件。

（二）意境上的辞格

比拟、讽喻、示现、呼告、夸张、倒反、婉转、避讳、设问、感叹等。

就楹联来说，意境上的辞格分类，是就"意象"中的"意"而言的一种修辞，它与"材料上的辞格"（客体）形成有机的两部分。这种划分方法，只是原则上存在着一条界线，即两者之间存在着有形（形式表象）和无形（内在的逻辑关系——内涵）的内在联系。

（三）章句上的辞格

反复、对偶、排比、层递、错综、顶针、倒装、跳脱等。

这类辞格，就楹联而言，是指联语的句法而言。楹联的句法一般包括对法、架构法、修辞及联句关系法。句法运用得好，除了能表达内容以外，还能表现出语言形式的美和强调联语的语势。文学辞汇上所称颂的"文采"和语调魅力，主要是通过这些表现手法而完成的。

（四）词语上的辞格

析字、藏词、飞白、镶嵌、复叠、节缩、警策、省略、折绕、转类、回文等。

我国汉字与西方的拼音文字不同，外国文学中的单字是由两个以上的字母组成的，很少以一个字母当"字"使用的。中国方块字，一字多音、一字多义，同时还存在着多字一义，多字一音，这就是诸种词语上的修辞格得以产生的语言条件。就楹联来说，这些修辞手法是针对字词而言的，运用得当，就可增加联语的情趣，增强联语的表现力。

二、修辞手法

以上为一般文学作品中的修辞手法分类，楹联的修辞手法也不离其宗，但作为实用主义者，我们不讲其理论，直接把经常用的楹联修辞技巧拿出来讲解，目的是为了在撰联中能熟练运用常用修辞。

（一）比喻

如大家最熟悉的"福如东海，寿比南山"就是一种比喻（明喻）。它在形式上，具有本体、喻体和比喻词三个成分，凭着这三个成分的异同及隐现，比喻可分明喻、暗喻、借喻三类。

（甲）明喻　明喻是将具有某种共同特征的两种不同事物连接起来的一种修辞手法。表达方法是：甲像乙。常用"如""像""似""好像""像……似的""如同""好比""若"等比喻词，但联中因简洁的需要，常省略比喻词。

例联：吴可读《贺左宗棠六十四大寿》

千古文章，功参麟笔；

两朝开济，庆洽羲爻。

此联上下联都是以明喻形式来颂寿主的德业。

就上联而言，"麟笔"，孔子作《春秋》绝笔于获麟，故称史官之笔为"麟笔"。左宗棠是好文的尚书儒将，上联就是明喻，"功参麟笔"，即所写的奏稿文章，如史官之"麟笔"，充分表达了对寿主文章的颂赞。

下联中，"两朝开济"，见杜甫《蜀相》诗："三顾频烦天下计，两朝开济老臣心。"联明喻左宗棠如三国蜀相诸葛亮。"庆洽"，喜庆和谐。"羲爻"易卦的基本符号，相传为伏羲作，故名。联以《易》之六十四卦之数，切左宗棠六十四岁大庆。

（乙）暗喻（隐喻）　指联句既有一种表面的含义，又以此表面含义隐含着另一种意思，而这隐含的意思才是联意。如果说明喻形式是"甲像是乙"，二者相类的话，那么暗喻的形式是"甲就是乙"，二者是相合。

例联：《苏小妹新婚之夜难夫》

闭门推出窗前月；

投石冲开水底天。

这是一个有关苏小妹与秦少游的民间故事。上联是苏小妹出句。表面说把窗户关上，而从屋内来说，即是把窗前的月亮关在了天空上，不让进得屋来，用月亮暗喻秦少游，意谓把秦少游关在门外与夜空为伴。形式上来说，月亮就是秦少游。下联是秦少游对句。从形式上来说，"水底天"就是"门"。表面是说，投石把水池中的天空打破了，我把天冲开了，隐含的意思是说，你不是把月亮推出窗外、关在夜空了吗，我用投石把天冲开了，天开了，我（月亮）就自然可以进得屋来了。此联以月亮喻秦少游，以物理隐喻着事理。

（丙）借喻　指以喻体来代替本体，本体和喻词都不出现，直接把甲（本体）说成乙（喻体）。

例联：解缙《巧对尚书》

　　墙上芦苇，头重脚轻根底浅；

　　山间竹笋，嘴尖皮厚腹中空。

这副联，毛泽东在《改造我们的学习》中也曾引用过。他说，这是为"华而不实，脆而不坚"的人画像。这里的本体——"华而不实，脆而不坚"的人被省略，而比喻词也略，上下联第一分句都是喻体，而第二分句是对第一分句的解读。由于比较鲜明，形象准确，所以此联具有强烈的警醒作用。

（二）引用

包括用典与集字、集句、摘句等。

（甲）用典　借历史典故或有出处的词语入联来说明问题。《文心雕龙·丽辞》说"言对为易，事对为难"，就是指用典。用典之所以难，是因为文意两方面都不易配合妥当。

一是明引法。就是从联中能明确地看到引用"典"的出处或内容。

例联：佚名《婚联》

　　易曰：乾坤定矣！

诗云：钟鼓乐之。

此联是引用了《易》《诗》中的句子，表明一对新人"乾坤"已定，当"钟鼓乐之"。即他们结婚了，大家应该一起祝福他们。大家可以从联中明显看到引用的出处及内容。为了我们学习的方便，我们不妨把这样引用方式命名为"明引法"。

二是借引法。直接从诗文中借用"典"中部分词语入联。

例联：赵朴初《杭州西湖岳庙》

观瞻气象耀民魂，喜今朝祠宇重开，老柏千年抬望
眼；

收拾山河酬壮志，看此日神州奋起，新程万里驾长
车。

此副楹联共用了五典。"老柏"指岳飞墓前"精忠柏"，传为岳飞忠魂所化。"抬望眼""收拾山河""壮志""驾长车"都出自岳飞的《满江红》。赵朴初的这副楹联用的是"借引法"，就是直接借用了某典某词入联述意，但显得自然而贴切，即使没有读过岳飞《满江红》，也照样可以理解。当然，用典冷僻，晦涩难懂，是不提倡的。

三是意引法。就是引用了"典"的"意"入联。

例联：王其煌《杭州龚自珍纪念馆》

毁何曾灭性；

狂亦不遮明。

这是一种"意引法"，即利用了要引用的"典"意。上联出自《孝经》："毁不灭性。"这里不是原句引用而是用其意。下联出自《后汉书·严光传》："狂奴故态也。"也同样是取其意。借用这两"典"能很明确地表达了龚自珍正直、坚定和勇敢的品质，足见联家的功力。

陈望道先生在《修辞学发凡》中曾明确了用典易落入的五种流

弊，即用典隐蔽，令人难解；用典拉杂，令人生厌；用典泛泛，难知真意；刻削成语，不合自然；用典失照管。

（乙）集句（集字、摘句）　集用古人诗文中的字、词、句为联。

一是集字。就是联语中每个字都出自同一诗文。

例联：朱庆文《集石鼓文一》

执而勿射初心是；

朴则不猷君子求。

例联：朱庆文《集石鼓文二》

流水既清，从来嘉树；

为贤以涉，自有维舟。

这是两副集字联，联内所有的字全部集于《石鼓文》。石鼓文主要叙述的秦皇游猎之事。这种集字联，一般需要明确理解所集字文章的内容。第一副联就是依石鼓文的原意集字成联的，否则很难理解这副联的意思。而第二副联则是取其字为我所用，形成一副与原文含义无关的楹联。

二是集句。即上下联各自出于不同的诗文，因意境相关而集成一联。集句联一般对所集句的字词不做任何改动及位置的变换。

例联：佚名

夕阳无限好；

高处不胜寒。

上联集自李商隐《乐游原》，下联集自苏轼《水调歌头》。这样的集句联虽然我们在声韵甚至词性等方面可以适当放宽，但一定要围绕一个联意，不能集成无情对。

三是摘句。就是一副联在前人的诗文中本就是对仗句，且意境切合，不做更改，直接摘句成联。

例联：杨时《湘湖一镜容天》（诗联）

湖光写出千峰秀；

天影融成十里秋。

这副联完整地摘用了杨时《望湖楼晚眺》诗句。此诗是杨时写湘湖的诗句。如今湘湖重筑，有关方面在征联时，发现杨时此诗句正切"一镜容天"轩的意境，便没有更改一字，也没有更改上下句的顺序，直接选择了诗联为"一镜容天轩"楹联。

（三）双关

利用字的音义同异，使联语借音或借义而双关。我们知道，在对仗中，不仅有形对，还有义对与音对。双关的修辞手法就是一种义对与音对。

（甲）谐音双关　就是利用一音多字关系，而借用发音成联，同时，也有一种借用一字多音关系形成同异联。也有修辞家把借音修辞归入析字。

一是暗谐。即谐音字出现，而被谐音字不出现。

例联：查廷华《兰州河神庙》

曾经沧海千层浪；

又上黄河第一桥。

此联只有一个字是借音的，即"沧"。下联的"黄"是颜色词，这里借用"沧"与"苍"同音，形成了谐音相对，从而借音形成了颜色词对颜色词。

例联：《程敏政巧对李贤》

因荷而得藕；

有杏不须梅。

联中"荷""藕""杏""梅"另有谐音，第二层意思是：因何而得偶；有幸不须媒。联中就是借了同音异字，使人通过发音而产生联想，使联富有别样的含义。

二是明谐。即谐音的两字同时在联中出现。

例联：佚名

　　闲人免进贤人进；

　　盗者莫来道者来。

这是一种谐音联，但在联中，两个谐音字同时出现在联句中，上联"闲"与"贤"谐音，下联"盗"与"道"谐音。这种联句在听读时，往往难以理解，但看到字面时，就能让人心领神会。

三是同异。即一个字同形多音间的谐音。

例联：佚名《故宫太和殿》

　　乐乐乐乐乐乐乐；

　　朝朝朝朝朝朝朝。

此联上下联各一个字，上联取"乐"字 lè、yuè 的读音，便有快乐、音乐两个意思，形成了 yuè lè　yuè lè　yuè yuè lè，即每首音乐都让人开心快乐。而下联"朝"有"zhāo、cháo"两个读音，便有了早上、上朝两个意思，形成了 zhāo cháo　zhāo cháo　zhāo zhāo cháo，即每天都上早朝。

（乙）借义双关　利用汉字的形同而义不同，言此义实借彼义，使联的含义更深刻或更有情趣。民间常用的"指桑骂槐"也即借义双关。

例联：佚名《讽刺联》

　　有条有理；

　　无法无天。

抗日战争结束后，国内经济混乱，通货膨胀，纸币大量发行，号称"法币"。如果交易量稍大，便以金条支付，每十两为一条，名曰"条子"。当时汉奸案最多，汉奸便与律师串通，用法币和金条贿赂法官，从而减免自己的"汉奸罪"。据此，有人写了这样一副楹联："有条有理；无法无天。"有"金条"就有道理，没有"法币"就没有"青天"！联语妙用成语，另生新义，深刻揭示了当时的司法腐败。

例联：纪昀《智对乾隆》

　　南通州，北通州，南北通州通南北；

　　东当铺，西当铺，东西当铺当东西。

这里下联末两字"东西"，本来是物件的意思。这里是作为方位词与上联"南北"构成对仗，是借用了它的方位意义。

（四）设问

陈望道在《修辞学发凡》中指出："胸中早有定见，话中故意设问的，名叫设问。"他还将设问修辞手法分为提问和激问两种。以设问的方式来代替平铺直叙，更能把抽象的事理具体而形象地表现出来，也更能引人注意、催人思考，更能有效地述意呈旨。

（甲）提问　　提问的目的是"为提醒下文而问"。（《修辞学发凡》语）楹联只有两句，因此，在提问的联句中，大多是上联提问，下联不论是自答还是求答，都是对上面的问题作答。但也有上下联均为设问的"问而不答"楹联。

一是上问下答。上联提问，而下联或自答或求答。

例联：佚名《酒楼》

　　刘伶问道："谁家好？"

　　李白狂言："此处高。"

这是一种设问法，上联问的目的是为了引出下联，全联自问自答。

二是问而不答。即联中有问无答，把问题留给读者来回答，从而催人思考，或者不答自明，不用回答。

例联：董其昌《杭州飞来峰冷泉亭》

泉自几时冷起？

峰从何处飞来？

此联是两个问句，联家只问不求答，因为联家与读者都无法回答。这样只设问不求回答的联，给人以神秘的色彩，往往令人思考，甚至催人去寻求答案。此联就衍生了许多同问联或回答联，而成为联界的佳话趣话。例如"泉自无情时冷起；峰从有意处飞来"（朱庆文）等。太白楼、岳阳楼等著名景点也都有上下联皆设问的景联。

（乙）激问　"为激发本意而问。"（《修辞学发凡》语）这种激问句大多位于下联，而上联多为其做铺垫。

例联：吴可读《兰州精忠祠》

碧血奠英灵，万古忠臣惟孝子；

翠微传妙句，千秋名将几诗人？

上联正切岳飞谨遵母训"精忠报国"，把"忠"与"孝"结合在一起，这是从他忠孝的角度下笔，这一点世人皆知。岳飞有较多的诗文，最为著名的《满江红》当属千古名篇，但毕竟不如其"精忠报国"名世，因此下联以"名将几诗人"来反问，不言自喻，比平铺直叙更有说服力。全联构思精巧，联工意切。

（丙）反问　大多为问而不答或无法回答。

例联：《梁启超智答张之洞》

四水江第一，四时夏第二，老夫居江夏，谁是第一？

谁是第二？

三教儒在前，三才人在后，小子本儒人，岂敢在前？

岂敢在后？

此联为非典型对式的趣巧对。梁启超应邀去江夏讲学，在拜访湖广总督张之洞时，张为难他，出了上联以考梁之学问。张出句咄咄逼人，而梁同样以反问句回答了张，却是柔中带刚，既避开了锋芒，又不失尊严，实为妙不可言。当我们从设问的修辞手法来分析时，我们发现出句之问是设问，是必须回答的，是问而求答。而梁启超对句则是反问，问中有答。

（五）析字

析字是根据汉字形体结构的特点或特定的含义，通过拆拼其形、解析其义，巧妙地创作联语的一种修辞方式。

这种方法主要是根据汉字的形、音、义特点，将一个或几个汉字进行化形拆拼，用来表达联语的意义。这种析形方法形成的楹联，又称"拆字联"。

需要说明的是，析义而成联，目前尚没有人提出这样的概念，但我在研究析字修辞时，却发现这类修辞中，有的并不是简单的拆字，甚至有的根本就没有拆字，而只是析其义而起兴成联。从"析字"的字面意思来说，"析"既有"析形"，自然会有"析义"，因此，我在修改讲稿时，犹豫之后，还是把这节划分为析形与析义。通过析义形成的楹联，我们不妨把它称为"析义联"。

析字联创作难度大，既要符合楹联的要求，又多一个字形结构、字义相粘的严格约束。

（甲）析形　利用字形的离合、增损，抑或借形等纯粹因析字形而成联。有的联则是利用两个字形间的细微差别，而形成巧对。

一是合字析字法。联面以多个字或结构合成另一个字而演绎成联。

例联：丁逊学《智对吴文泰》

　　四口兴工造器成，口多工少；

　　二人抬木归来晚，人短木长。

　　吴文泰派两个家人帮丁逊学去买木头，很晚才见两个人抬着木头回来。丁逊学请了四个木匠做家具，吴文泰看四个木匠干活，便出此句。上联是解"器"字，"器"的异体字为"噐"，联先拆此字为四"口"一"工"，总结为"口多工少"。丁逊学便以两人扛一木头回来为题，对出下联。下联是解"来"字三个部分的义，"来"的繁体字为"來"，可折为两"人"一"木"，人在其中，自然是"人短木长"。这是一副典型的析形联。

　　二是拆字析字法。把一个字拆成几个部分成联，与合字析字法正好相反。

例联：佚名《西湖竺仙庵》

　　品泉茶三口白水；

　　竺仙庵二个山人。

　　西湖竺仙庵边有个泉眼，泉水极为清冽，有两个静心修道的人，经常在庵中用泉水煮茶品尝，有此联悬于庵门前。上联把"品""泉"拆开为"三口""白水"。下联亦然，把"竺""仙"析为"二个""山人"。这是一种拆字析字法。析形完成，联便也完成。

　　三是总分析字法、析旁析字法。总分析字法就是一个字与它析成的几个部分同时连续出现在联句中。析旁析字法就是把多个字的同样的结构或偏旁析出而成联。

例联：佚名

　　骑奇马，张长弓，琴瑟琵琶八大王，王王在上，单戈成战；

　　倭委人，袭龙衣，魑魅魍魉四小鬼，鬼鬼居边，合手共拿。

传说八国联军攻占北京后，一个自诩"中国通"的日本人在城墙上挂出一上联，挑战性地征对："骑奇马，张长弓，琴瑟琵琶八大王，王王在上，单戈成战。"面对侵略者的挑衅，有位中国百姓不顾生命危险，挺身应对："倭委人，袭龙衣，魑魅魍魉四小鬼，鬼鬼居边，合手共拿。"

此联中有三个部分的析字法：前两分句是"总分析字法"，第三四分句为"析旁析字法"，最后一句为"合字析字法"。"琴瑟琵琶八大王，王王在上"及"魑魅魍魉四小鬼，鬼鬼居边"就是析出了前四个字的共同组成部分："王"与"鬼"。这种析形与前三例有区别，不是一个字析出多个字，而是多个字析出一个字。撰联时，再借析出的字来作延伸述意，便有"王王在上""鬼鬼居边"入联。

例联：佚名《车马店》

迎送远近通达道；
进退迟速游逍遥。

"遊"古同"游"，但为陆地行"游"，不作船鱼水"游"等。此联的特点就是所有的字同偏旁，当然也有上下联各自偏旁相同。这应该也是一种"析旁析字法"。当然也有联家把这样的联归类为"同旁联"。诚然，这也是从字形上来说的，并不能否认我们在审读此联时的析字性。

四是端形析字法。也叫"玻璃对"。就是选用自身左右对称的字而成联。清梁章钜《楹联续语》中说："至吴山尊学士，始出意制玻璃联子，一片光明，雅可赏玩。惟字画不能无反正之嫌，学士又运其巧思，使之表里如一。"玻璃联因用篆字如书于玻璃上，选字必须要求对称统一，以达正反如一。

例联：佚名

山中日出；

水里风来。

梁章钜赞赏这副楹联："简练精短，用词严谨，而且符合玻璃对的基本要求，是一副极妙的绝对。"

一般说来，玻璃对以篆书和隶书字形为准，简体字难形成玻璃对效果，原因在于简体字中较少有左右完全对称的字，如"甲申吉幸春来早；中土昌兴业共荣"就是一副难得的简化字玻璃对。

（乙）析义 如前所述，既然提出这个概念，为了把问题说清楚，根据例联，我们不妨暂时把它定义为：通过对一个字的含义或几个字的共同含义进行解析而成联的析字修辞方式。

例联：朱宗有《无题》

鬼是阴人，何做阳间事；

官非平庶，怎沾田里泥。

这是一个上铺下议的楹联。上联是通过对"鬼"的析义，让人明白，它不是活着的人，因而就做不了阳间的事，话中话是"鬼做鬼事"，为下联"官做官事"的述意做了充分的铺垫。下联对"官"析义。下田干活只是平民百姓干的事，而"官"非平民百姓，因此，他们自然不会下田干活，也就不会沾着田里的泥。由此，我们也可以看到，上下联中"鬼""官"两个字的析义应该具有相联性，否则就不能做到上铺下议，意义关联。

例联：佚名

将相王侯宁有种？

黎民百姓怎无耕？

此联是多字析义而成联。上联化意于西汉司马迁《史记·陈涉世家》。原文："且壮士不死即已，死即举大名耳，王侯将相宁有种乎？"联句把"王侯将相"的顺序做了调整，入联主要是析出四个字的共同含义：贵族，高贵的人。而下联"黎民百姓"虽然在字面上与上联不对，但是一种义对。析其义却是相对的：普通的人。

多字析形与多字析义是有区别的。多字析形为多个字析出一个字形，这个字是多个字中共同出现的，而多字析义却与字形无任何关系，关键就是找出这些字共同的含义。

还有一种多字析义，虽然联中单字或每个字的组成部分都不尽相同，但从其字义或析出部分的含义上来说，又是一个有机的或成系统的组成。

例联：佚名

烟锁池塘柳；

炮镇海城楼。

这副联就是上下联的偏旁正好切了五行：火金水土木。无论是从联中各字还是析出的偏旁来看，当我们离开其义来说，这些字之间是没有必然联系的，但从其内涵来看，它们正切了中国传统文化中的五行。因此我们应该将其归类为多字析义而不是多字析形。

（六）嵌字

把某些自成系统的字或整体、或分别嵌入联中，使楹联意中有意。一般可分为嵌姓名联与嵌事或物名联。

（甲）嵌法　嵌字联大体分为整嵌和分嵌，分嵌中还可分为若干种：横嵌、竖嵌、顺嵌、反嵌、散嵌、对嵌、叠嵌、暗嵌等方法，但无论什么形式的嵌字联都要立意佳良、措辞优雅、行文流畅、平仄协调、不露凿痕，这也是考验撰联人的知识阅历和对文字及联律的综合驾驭能力。

一是整嵌与分嵌。整嵌，即把要嵌入的词不拆分而整体入联。

分嵌，就是把要嵌入的词每个字拆开，分别嵌入联中。姓名嵌一般受姓名字面的含义限制，大多以分嵌为主。

例联：沈定庵《悼秋瑾》

悲哉，秋之为气；

惨矣，瑾其可怀。

此联是"分嵌"中的"竖嵌"。也就是把姓名拆分后分别嵌于上下联相应的位置。作为悼联，联家以秋瑾的事迹为联意，借助于典故的集句提升联意。上联集句于宋玉《九辩》，正好有一个"秋"字。下联在对应的位置上嵌进了"瑾"字。

在撰嵌名联时，除了在姓名上做文章，还应该在其职业、事业、性格、爱好、年龄等方面做文章，这样才可能写出佳作。

二是横嵌与竖嵌、顺嵌与反嵌。横嵌就是一个人的姓名或名字全部放在上联中，或者下联中。竖嵌就是名字分别嵌在上下联中。顺嵌就是名字从上到下或从前往后嵌入联中。反嵌就是名字从下向上或从后向前嵌入联中。

例联：左宗棠《戏对曾国藩》

季子敢言高，仕未在朝，隐未在山，与吾意见大相左；

藩臣独误国，进不敢攻，退不能守，问他经济有何曾？

这副楹联乃曾国藩与左宗棠戏做。上联含左宗棠（字季高），下联含曾国藩。这是把两个人名"分嵌"入联中，但就每个人的姓名来说，又是分嵌中的"横嵌"，即左宗棠的姓名全嵌在上联，曾国藩的姓名全嵌在下联。同时，下联中"曾国藩"是一种"反嵌"，即嵌字从联尾开始，往联首顺序而排。而上联的"季高"两字又属于顺嵌。

三是递嵌与迭嵌。递嵌，就是上下联各横嵌一部分，且为顺嵌，而上下联所嵌字合起来揭示楹联的真实含义。这种嵌入方式在姓名嵌中不常见，主要见于事与物名嵌。

例联：王湘绮《赠袁世凯》

民犹是也，国犹是也，何分南北；

总而言之，统而言之，不是东西。

此联为递嵌联，因意义反复造成句脚失替。上联分嵌了"民""国"；下联分嵌了"总""统"，"东西"是借义修辞。此联从嵌入的方式来看，是分嵌中的递嵌，即一个名称在上联横嵌一部分，在下联横嵌一部分，且都为顺嵌，上下联横嵌合起来构成系统，以暗示题旨。

迭嵌，就是在一副楹联中有规律地嵌两个或两个以上的名词。这两个或两个以上的名词，可以是同类，也可以是不同类。

例联：佚名《痂留编》（摘联）

冬夜灯前，夏侯氏读《春秋传》；

东门楼上，南京人唱《北西厢》。

此联书上联分嵌"冬夏春秋"四季，整嵌"春秋传"书名，但"春""秋"两字合用。下联同样是分嵌了"东南西北"四方，整嵌了"北西厢"剧名，同样，"北""西"两字合用。这是事与物名嵌。但此联还迭嵌了姓氏"夏侯氏"对特定名词"南京人"。即全联为包括了事名、物名及姓氏与特定名词的多种名词迭嵌。

四是明嵌与暗嵌。前面所述皆为明嵌，即把名字直接嵌入联中。暗嵌就是把要嵌的姓名拆解后嵌入联中。这也是一种猜字谜语联。

有的讽刺联等为了隐讳，巧妙地把人名拆解后入联。

例联：考生《赠学政主考官吴省钦》

少目焉能识文字；

欠金安可望功名。

此考生对吴省钦在任主考时徇私舞弊十分气愤，以拆字形式，将"省钦"二字拆开，分别嵌于上下联。上联骂吴无文化，下联指吴收贿舞弊。但这种分嵌是一种暗嵌。即所嵌之名在改头换面的情况下出现。

在嵌名联中，还有些特别的情况。不依名字而依名字的字面含义入联，使嵌入部分具有双重含义。根据这样的性质，我们可以把它归类为暗嵌。

例联：佚名

　　　塔楼亮灯，层层孔明；

　　　荷塘抠藕，节节太白。

这是一副歇后语修辞联。"层层"与"节节"是叠字相对。联中整体嵌入了"孔明""太白"，一个是姓名整嵌，一个是名字整嵌。但姓名或名字的整嵌就是以字面意义来入联的，而不是以姓名入联。

（乙）姓名嵌与嵌字格　嵌名最早产生于西晋，叫作"共语"。《世说新语》载，有一次，陆云（士龙）与荀鸣鹤拜见文学家张华时，张华要求陆云用"共语"自我介绍，于是便有了嵌名联："云间陆士龙，日下荀鸣鹤。"这是一种整嵌，就是把要嵌的内容整体嵌入。

以七言为例，嵌名联一般有以下嵌字格：

鹤顶格（名字中的两个字都嵌在上下联首字）

燕颔格（名字中的两个字都嵌在上下联第二字）

鹿颈格（名字中的两个字都嵌在上下联第三字）

蜂腰格（名字中的两个字都嵌在上下联第四字）

鹤膝格（名字中的两个字都嵌在上下联第五字）

雁翎格（名字中的两个字都嵌在上下联第六字）

凤尾格（名字中的两个字都嵌在上下联第七字）

双钩格（四个字分别嵌在上联首尾与下联首尾）

以上八种对法，是一种对嵌，就是上下联所嵌字的位置是对应的。这充分体现了楹联的对称和谐。但在实际运用中，因姓名中字义与声韵的限制，有时很难做到对嵌，这种嵌位不对称的分嵌叫散嵌。如七字联：

鼎峙格（姓名共三个字，嵌在上四下首尾或上首尾下四）

魁斗格（名字中的两个字嵌在上首下尾）

蝉联格（名字中的两个字嵌在上尾下首）

云泥格（名字中的两个字嵌在上二下六）

碎锦格（只要名字嵌在一副联中）

联史上嵌字联不乏其例。

例联：叶子彤《题野草诗社》

  诗从李杜惊三野；

  草履春秋仰九天。

此联系题野草诗社，"野"位于上联最后一字，"草"位于下联首字，因此为蝉联格。

（丙）嵌其他词 嵌字内容很广泛，除姓名、事物名外，还可以嵌任何成系统的字，甚至可以嵌拟声字。

例联：佚名《袁世凯称帝》

  普天当庆，当庆当庆当当庆；

  举国情狂，情狂情狂情情狂。

这是讽刺袁世凯称帝的楹联。上下联均是模拟锣鼓的敲击声。"当"拟小锣声，"庆"拟小钹声，"情"拟大钹声，"狂"拟大锣声。从内容上来讲，"普天同庆"当然应是"当庆"，"举国情狂"，"情狂"也是理所当然的。不过，在民间"情狂"二字是贬义，指男女放纵而不自重，这里借的就是这个义。用在窃国大盗袁世凯及其追随者身上很合乎情理。

（七）反复

反复修辞是指有层次地反复描写一事一物或强调一个论点，包括意思的反复和用字的反复。陈望道先生对此也有论述："复叠是把同一的字接二连三用在一起的辞格。共有两种：一是隔离的，或紧相连接而意义不相等的，名叫复辞；一是紧相连接而意义也相等的，名叫叠字。"虽然陈望道所述仅仅是单字，但在现实中，从形式上来说，往往还有词组与短句的反复，同时还有上下联在意义上的反复。

（甲）形式反复　即指单字、词组或短句等在形式上的反复修辞。

一是单字反复。反复使用某个字，但是是隔开的。包括复辞与叠字两种形式。规则的重复，目的在于加强此字在联语中的意义。

例联：朱庆文《杭州西湖天下景》（脱化联）

山处明，水处秀，山明水秀；

晴时好，雨时奇，晴好雨奇。

这是杭州西湖天下景的"水水山山，处处明明秀秀；晴晴雨雨，时时好好奇奇"一联的脱化。本是一个五字连珠叠字，我们用反复的修辞手法对其进行了脱化，这样联中不仅是一个字的复辞，同时上下联所有五个字都有规则地进行了重复，成为一个五重复辞方式。

根据陈望道先生的分类，此联当属间隔反复，即复辞。就单字的复叠，还有一种类型，即叠字（或叫叠音）。

例联：佚名

青青河畔草；

郁郁院中槐。

此联中"青青""郁郁"正是紧相连接而意义也相等的叠字。此类联，我们在叠字对仗中较多地说到过，不再多述。

但是，在单字叠字中，还有一种特殊的情况，就是叠字连珠。一般而言，联中所有字都是叠字出现。这种反复是一种典型的连续单字反复。

例联：佚名《苏州网师园看松读画轩》

风风雨雨，暖暖寒寒，处处寻寻觅觅；

莺莺燕燕，花花叶叶，卿卿暮暮朝朝。

此联为叠字连珠。上联化用李清照词《声声慢》，使联语独具特色。全联描写了该园山重水复、鸟语花香的美景和游客流连忘返、恋人们卿卿我我的境况。语句含义丰富深长，读来声韵铿锵，为游人增添了无限情趣。这正是叠字反复修辞的效果。

例联：唐伯虎《答祝枝山》

水车车水，水随车，车停水止；

风扇扇风，风出扇，扇动风生。

上联中的"水""车"和下联的"风""扇"多次在联中反复，但有一点值得注意，即"车车""扇扇"紧相连接重叠在一起，表面看就是一个叠字，但到底是复辞，还是叠字？

从联意来看，前一个"车"是名词，是"水车"的意思，后一个"车"是动词，是"车水"的意思。前一个"扇"是名词，是"风扇"的意思，后一个"扇"是动词，是"扇风"的意思。因此，这副联应该是复辞，而不是叠字。

二是词组反复。或叫多字叠音，就是反复的部分是一个词组或几个组合字，不是单字，也不是短句。

例联：于谦《巧对虞谦》

何无忌，魏无忌，长孙无忌，人无忌，我亦无忌；

张相如，蔺相如，司马相如，名相如，实不相如。

这种复辞是一种词组的反复。联中重复部分之间有其他词语间隔。"无忌""相如"两个词组在上下联中四次重复出现，前三个"无忌""相如"为姓名中的用词重复，后一处"无忌""相如"却在意义上有所转变。

三是短句反复。就是反复的部分是一个短语。

例联：袁镜庵《自题门联》

佛言不可说，不可说；

子曰如之何，如之何。

此联中上下联皆出自经典。上联出自《金刚般若波罗蜜经》："如来所说法，皆不可取，不可说。"下联出自《论语·卫灵公》："子曰：不曰'如之何，如之何'者，吾末如之何也已矣。"两个短语"不可说""如之何"在联中就是短句反复，且中间没有间隔词句，当属连续反复。

（乙）意义反复　即修辞部分不仅在形式上反复，在字、词组、短句的意义上也同时进行了反复。

例联：戴衢亨《自嘲》

三十年前，县考无名，府考无名，道考无名，人眼不开天眼见；

八十日里，乡试第一，京试第一，殿试第一，蓝袍脱下紫袍归。

此联属间隔反复，而这种反复却又是短句间隔单字的反复。此联的特殊性就在，不仅是字面上的反复，其含义也在反复。这种含义的反复，更把上下联各自的意境积蓄到极点，同时又与对句形成强烈的反差。这不是单纯字面反复能达到的效果。

（八）回文

楹联的上下两句，首尾循环，或单联的首尾循环。回文联有三种基本情况及多种变化情况，诸如谐音回文、隐形回文等，下面举例进行说明。

（甲）首尾循环　上下联相互循环。

例联：佚名《新昌大佛寺》

人过大佛寺；

寺佛大过人。

此联是首尾单字完全循环，即下联就是上联的倒读。此类联对用字的字义、声韵都有严格的约束。但首尾循环还有一种情况，就是为了平仄关系，而以一个节奏或词组为单位进行循环。这种回文联又称"变序回文联"。

例联：佚名

情亲／可／得意；

得意／由／情亲。

作为单字完全循环的演变，此联的循环是以一个节奏或一个词组为单位进行循环，但节奏或词组内的字序没有任何的变化。这样能在联句的平仄及词意上更贴切，降低了回文联的难度。

（乙）单比循环　上下联各自循环。如果是单句联，则为单句循环。

首先说说单字循环情况。一般而言，楹联中的单句多为七言以下，本节以七言、五言及六言、四言联，从语音节奏角度做分析。

例联:《沈阳日报征联及楹联》

　　　北陵奇景奇陵北;

　　　南塔新奇新塔南。

此联是七字联,上下联各自单字循环。就七言联而言,单联循环是不用考虑对称部分的平仄关系的。前四字不论是"平平仄仄""平仄仄平""仄仄平平"还是"仄平平仄",后三字与前三字对称,自然合乎马蹄韵的要求。而五言联恰恰相反,不论前三字是"平平仄""仄仄平""仄平仄"还是"平仄平",相对称的后两字,自然不合马蹄韵要求。也就是说,五言不适合运用此类循环。

但如果是单句双字数楹联,没有中间为轴的单字,而前后双数字形成对称,如八字联,就是前四个字与后四个字对称;六字联,就是前三个字与后三个字对称;四言联就是前两个字与后两个字对称等。但这样的双字数联单联循环,会不会影响全联的平仄关系,造成平仄失替?

例联:朱庆文《厦门鼓浪屿鱼浦》(脱化联)

　　　雾锁山山锁雾;

　　　天连水水连天。

此联原来是一个完全符合马蹄韵的七字联,为了说明这个问题,我将中间为轴的两个字"头"与"尾"去掉,使联脱化成为一副六字联。因为上下联都是单字完全循环,前三个字的平仄关系是"仄仄平""平平仄",很明显全联并没有失替,依然合乎马蹄韵的要求。

但如果前三字平仄关系是"平仄平""仄平仄"时,相对称的分别是"平仄平""仄平仄",合为一体时,音韵为"平仄平平仄平""仄平仄仄平仄",则失替。

如果是四字联内的单联循环,则是"平平平平""仄仄仄仄""平

仄仄平""仄平平仄"，很显然，若要撰四字循环联，因四字联一般
不讲孤平孤仄，则上联前两字必须是"仄平"格式，下联前两字必
须是"平仄"格式。

因此，我们得出一个结论：单比或单句循环回文，七言联最为
方便，完全不用考虑对称部分的平仄关系；相反，五言联则不宜运
用此循环回文。六言联也仅有一种格律，即"仄仄平　平仄仄"对
"平平仄　仄平平"；四言联也仅有一种格律，即"仄平　平仄"对
"平仄　仄平"。

单比循环中，也存在着以节奏或词组为单位进行循环的"变序
回文联"。

例联：朱庆文《厦门鼓浪屿鱼浦》（脱化联）

雾锁/青山/, /青山/雾锁；

连天/碧水/, /碧水/连天。

（丙）句中回文　或者称为局部回文。上下联分句间出现部分
相互循环。有的楹联为了强调联中某种意境，而对其中一部分进行
回文。

例联：张学理《杭州千岛湖》

湖中岛，岛中湖，千岛多姿湖更美；

水绕山，山绕水，万山拔翠水常清。

此上下联的前两个分句"湖中岛"与"岛中湖"、"水绕山"与
"山绕水"间进行了循环，这是句中回文形式，生动有趣地体现了
"湖""岛"相伴相生的姿态，"山""水"相缠相绕的情义，充分展
现了景色的秀美。联中短短三个字间顺序的颠倒循环，所表达的意
境却意味深长，妙趣横生而富有律动，使联意有无限拓展之境。这
充分体现了回文手段的艺术魅力。还有杭州西泠印社联："面面有
情，环水抱山，山抱水；心心相印，因人传地，地传人。"也是句中

回文。

（丁）谐音回文　以上三种形式是回文的基本形式，但有时回文联不是字形上的循环，而是利用谐音形成类似回文修辞。为了区别回文或方便说明问题，我们不妨把这种楹联命名为"回音联"。

例联：李调元《对唐寅》

画上荷花和尚画；

书临汉帖翰林书。

此联上下联回文部分不是以原字进行循环，而是以同音进行循环，即类似"回音"。上联以"花"为轴，"尚"与"上"、"和"与"荷"是"回音"，而"画"却是回文。下联亦然。类似的还有张恩浩题云南通海县秀山公园联"秀山轻雨青山秀；香柏鼓风古柏香"中的"青"与"轻"、"古"与"鼓"亦为"回音"，等。

（戊）隐形回文　有些楹联本身字面上如常联，但上下联均可以倒读而成为回文联。目前联界尚未对此类楹联进行命名。此类楹联既然在字面上不显示回文特征，而实质又为回文联，我们不妨命名为"隐形回文联"。

例联：施子江《南京紫金山》

紫龙蟠岭上；

红日耀山中。

这是一副回文联。字面上虽然没有回文，但当我们倒读此联时，可为"上岭蟠龙紫；中山耀日红"。此联顺读倒读都很自然流畅，对仗甚为工整，尤其都切地、切人，这是此联成功之处。

在隐形回文联中，还有"倒章回文联"。这种回文，倒读后两联的意境相近。

例联：佚名

风送花香红满地；

雨滋春树碧连天。

倒章后即为：

天连碧树春滋雨；

地满红香花送风。

在倒章回文联中，还有一种"翻意回文联"，即在倒章后，联意有较大的变化，甚至相反。

例联：佚名

学勤尤知少；

书读不怕多。

倒章后即为：

少知尤勤学；

多怕不读书。

顺读表达的意思是：学然后知不足，书读得越多越好。倒读表达的意思是：知识少应勤学，最怕不肯读书。两联意义不同，增加了阅读的趣味。

（九）顶针

顶针在对联中也称为联珠。上联或下联中，把前句句脚作为后句的开头，使相邻的两个分句，首尾相连，一气呵成。顶针实际上也是一种文字的重复，只是这种重复，一般是下句首字（词）承用上句尾字（词）。

值得关注的是，顶针部分一定是联中的关键词，而这个词在上下句中的语意是完全一致的。这个词同时也承接了上下句的联意。这也是我们区分顶针与反复等修辞的主要手段。

（甲）单字顶针 即不论是在句中，还是在句间，顶针部分只有一个字。

例联：佚名《北京潭柘寺弥勒殿》

　　大肚能容，容天下难容之事；

　　开口便笑，笑世间可笑之人。

此联是最为常见的单字顶针修辞。上下联中第一分句句脚"容""笑"作为第二分句首字，上传下接，首尾相连，使联语的语意形成强烈的承接关系，读之扣人心弦。

（乙）多字顶针　即顶针部分是由两个或两个以上的连续字组成。

例联：朱庆文《天然居》（脱化联）

　　客上天然居，天然居上客；

　　僧游云隐寺，云隐寺游僧。

此联是根据乾隆为天然居茶楼撰联脱化而成。从顶针的角度来看，是三字顶针，"天然居""云隐寺"在前后两句含义一致且承接着联意。

（丙）特殊情况　还有一些特殊的情况，虽然可以归为单字或多字顶针，但它们与通常的顶针有些区别。

一是多重顶针。包括"一顶多"与"多顶一"。

例联：《书生巧对朱元璋》

　　千里为重，重山重水重庆府；

　　一人成大，大邦大国大明君。

此联初看与单字顶针无异，但值得关注的是上下联第一分句句脚"重"与"大"在第二分句中重复顶针了三次，形成了三"重"顶一"重"、三"大"顶一"大"的情景。虽然这种修辞也属单字顶真，但又有区别，为了大家学习和我们表述的方便，不妨取名为"多重顶针"。

例联：朱庆文《小园》（脱化联）

晴亦有水，雨亦有水，有水园亭活；

今也无风，明也无风，无风草木闲。

此联原为李光地题自家小园，原联只是现联第三分句的五字联。我为了讲解这个问题，根据其意脱化为三句联，因反复修辞，句脚失替。上下联前两分句句脚都是"有水""无风"，而第三分句连用这两字，形成顶针。这种顶针前两分句重复"有水""无风"而形成反复，再共同与第三分句进行顶针。这也是一种"多重顶针"，但《书生巧对朱元璋》联是"多顶一"，而此联却是"一顶多"。

二是节奏顶针。即句内以节奏为单位间的顶针。

例联：民谣

常德德山山有德；

长沙沙水水无沙。

此联中"常德/德山/山有德；长沙/沙水/水无沙"，三个重复的字在前后节奏中的含义基本一致，完成了节奏间的联意承接。因此，我们应该把这样的修辞手法列入顶针。

（十）互文

互文在古诗词中大量存在，在对联中也是一种主要的修辞方式。"参互成文，含而见文。"这是一种由上下文意互相交错，互相渗透，互相补充来表达一个完整句子的修辞方法。这类句子比较特殊，文字上只交代一方，而意义彼此互见。理解时，要瞻前顾后，不能偏向哪一方，也不能把它割裂开来理解。只有如此，才能正确、完整、全面地掌握这类句子的真正意思。

互文修辞，具有语简而意丰的表达效果，前后互文能够增强表达效果，有强调作用。通常我们把互文分为四类。

（甲）单句互文　所谓单句互文，即在同一句子中前后两个词语在意义上相互交错、渗透、补充。

例联：朱庆文《无题》

　　　朝晴夕雨寻常事；

　　　你喜他悲几许时。

上联脱化于范仲淹《岳阳楼记》中"朝晖夕阴"。此句并非是单纯地指"朝晴"与"夕雨"，"朝晴"和"夕雨"是互文，意思是朝夕或晴或雨。联句的意思是不论是早晴、早雨，晚晴、晚雨，都是寻常的事。下联中的"你喜"与"他悲"，也不能单纯地理解为你是开心的，他是悲哀的，它们也是互文关系，即或你喜，或你悲；或他喜，或他悲。联句的意思是不论谁喜谁悲，这都是暂时的。这种互文是在一个句子内完成的，因此叫作单句互文。类似的单句互文修辞方式在诗词中较多，如王昌龄《出塞》"秦时明月汉时关"、杜牧《泊秦淮》"烟笼寒水月笼沙"等。

（乙）对句互文　指互文部分在上下联中，对句的意义相互补充。

例联：北朝民歌《木兰诗》

　　　将军百战死；

　　　壮士十年归。

此诗联就是对句互文。不能理解为将军百战而死，壮士出征十年都回来了。应该理解为：将军与壮士们征战十年，身经百战后凯旋。

（丙）隔句互文　指互文部分间有其他句子相隔。

例联：王勃《滕王阁序》（摘句）

　　　十旬休暇，胜友如云；

　　　千里逢迎，高朋满座。

这里的"十旬休暇"和"千里逢迎"是隔句,"胜友如云"和"高朋满座"是互文。应解释为:"胜友如云,胜友满座;高朋满座,高朋如云。"

(丁)排句互文　排句互文的句子在两句以上,而且是互相渗透,互相补充。

例联:朱庆文《杭州西湖三潭印月三角亭》

明月别枝惊鹊;

清风半夜鸣蝉;

繁星几度鼓蛙。

此联的前两句是摘句于辛弃疾《西江月·夜行黄沙道中》,第三联是依联意配句。联中"惊""鸣""鼓"互文,正确的析译应为:"(半夜里)明月升起,惊飞了树上的鸟鹊,惊醒了树上的眠蝉,与蛙相约;轻拂的夜风中传来了鸟叫声和蝉蛙鸣声;繁天的星星与惊鹊、鸣蝉、鼓蛙呼应相伴。"这样理解,联的意境才更显丰富幽美,这也是互文的魅力。其实,《木兰辞》中也有这样的互文词句:"东市买骏马,西市买鞍鞯,南市买辔头,北市买长鞭。"

理解互文句时,不能以字面来理解,要把所有的句子作为一个整体来理解,把握其隐含的意义。

(十一)谜语(歇后语)

上下联都由谜语或歇后语组成。

(甲)谜语楹联　谜语主要指暗射事物或文字等供人猜测的隐语,也可比喻蕴含奥秘的事物。谜语源自中国古代汉族民间,历经千年的演变和发展,成为一种独立的口头文学样式。一般称民间谜为谜语,文义谜为灯谜,也统称为谜语。

谜语可以与楹联兼容而成为楹联的一种创作手段。通过这种手段来创作的楹联，我们称之为谜语楹联。从修辞角度来说，谜语是楹联创作中的一种修辞手段。反过来说，楹联又成了谜语的一种表现形式。因此，在谜语中，可以把用楹联表现的谜语称为"楹联谜"。

谜语楹联主要有三种：

一是事物谜联。也叫作民间谜语。除了少量的字谜以外，事物谜的谜底大都是我们生活中常见常用的"事"和"物"。比如动物、植物、器具、用品、人体器官、自然现象、宇宙天体等。

此类楹联除了文字娱乐外，一些行业用此类修辞联较多。

例联：佚名《热水瓶厂》

一口能吞二泉三江四海五湖水；

孤胆敢入十方百姓千家万户门。

此联谜面气势不凡，虽为趣对，惜句中有失替处。谜目是：猜一日常用品。谜底是人们常见的热水瓶。热水瓶皆一瓶"胆"，从传统的生活习惯来说，基本家家户户都在使用，因此可以说"孤胆敢入十方百姓千家万户门"。使用人的分布广泛，因此瓶内所装水也是各不相同，可谓"一口能吞二泉三江四海五湖水"。此联上下联都是通过描述热水瓶的特征、用途及与人们日常生活的关系等形象化的手法，来给我们以提示，让我们通过联想、推理、判断来猜中谜底。一副谜语联仅猜一事或一物的，我们不妨称之为"单谜联"。

还有些谜语联上下联分别打一事或一物，一联中形成多个谜面。

二是文义谜联。也叫灯谜联。它的谜底是表达任何一种意义的文字。所以谜底的范围是相当广泛的。它包括单字及各种词语、词组、短句等。文义谜是一种隐语，即是隐去本字而假以他辞来暗示的语言。

灯谜是我国特有的文字游戏。厘清联意的过程，就是我们猜灯谜的过程。灯谜的制作就是利用了中国汉字的一字多义、一字多音、笔画组合、摹状象形等义、音、形变化的特点，通过会意、别解、假借、运典、拆字等手法，使谜面和谜底在字义上或字形、字音上切合。

例联：佚名《镇与洁字》

真金稳定；

吉水清纯。

此联是文义谜联。"真金"与"吉水"从字形上来说，"稳定"与"清纯"又是从字义上来说。上下联都是以拆字与会意结合法影射"镇"与"洁"字。

例联：佚名《赠临海岭根村王世芳》

花甲重开，增加三七岁月；

古稀双庆，更多一个春秋。

据说此村在清代有一百四十一岁的寿星王世芳，经历了康、雍、乾三朝皇帝，七世同堂，亘古鲜见。现村口牌坊上就有这副联。此联当属文义谜联。在中华传统文化中，"花甲"指人六十岁，"古稀"指人七十岁。"花甲重开"即为两个花甲，"双庆"自然也是两个古稀之庆。上下联第二分句，即意谓在"花甲重开"的基础上外加"三七"二十一岁；在"古稀双庆"的基础上，再多"一个春秋"。因此，上下联均正切了一组数字，即王世芳"一百四十一"岁之寿。

三是隐字联。隐字联有两种，一种是直接把某字省去，明隐实显，使人一目了然，借以表达某种特定的含义。如"二三四五；六七八九"，意谓"缺衣少食"。但这是一种隐字的修辞方式，不具有谜语联的特征。还有一种隐字联与文义谜联相似，把成语典故、古人名句、俚言俗语或常识融入联中，在此基础上隐字，联语就是一个谜面，需要读者猜谜语一样探寻答案。这类楹联，实为隐字联，但也不失谜语联的特征，只是比一般的文义谜语联更难解读。

例联：佚名《讽鄂州候补知府续立人》

　　尊姓原来貂不足；

　　大名倒转豕而啼。

首先，这是一副隐字联。上联来自《晋书·赵王伦传》"貂不足，狗尾续"之语，联中省去了"狗尾续"，但刻意让人从"貂不足"联想到"狗尾续"，言其姓"续"；下联来自《左传·庄公八年》"豕人立而啼"之语，把中间的"人立"省去，但前面又说"大名倒转"，则从"人立"倒转即为"立人"。全联暗射"续立人"之名，讽其为人如猪狗。

（乙）歇后语联　歇后语是一种短小、风趣、形象的语句。它由前后两部分组成：前一部分起"引子"作用，像谜面，后一部分起"后衬"的作用，像谜底，十分自然贴切。在一定的语言环境中，通常说出前半截，"歇"去后半截，就可以领会和猜想出它的本意，所以就称为歇后语。

歇后语，陈望道在《修辞学发凡》中称之为"藏词"，在我国民间出现较早。例如用"倚伏"代替"祸福"（出自《道德经》："祸兮福所倚，福兮祸所伏"）。后来的歇后语在结构上是"比喻——说明"式的俏皮话。使用的人往往只说出比喻部分，后面的解释部分则让对方自己领悟。

歇后语楹联就是利用歇后语独特的表现力而创作的楹联。从表现方式来看，主要有两种，一种是推理式的歇后语联，还有一种是谐音式的歇后语联。从其入联的组成部分来看，一种是明歇法，一种是暗歇法。从其内容来说，有喻事、喻物之分。

现从表现方式上来做介绍。

一是推理歇后语联。在一副联中，一般分两个部分，第一部分是"引子"，根据它推论出一个结果作为"后衬"，形成联语，一般上下联各为一种意义相关的歇后语组成。如果意义没有相关性，则成为无情对。

　　例联：佚名

　　　　强盗画喜容，贼形难看；

　　　　阎王书告示，鬼话连篇。

　　此联是典型的推理歇后语联，喻事且为明歇法，就是以一件事为"引子"，而"引子"与"后衬"同时出现在联语中。上联说"强盗画喜容"，但怎么画也是强盗的面容。在人们的惯性思维中，"贼形"是一个字格的意象，只要是"贼"，"喜容"也罢，"悲容"也好，都是"难看"的。这就是利用了人们的惯性思维进行推理。下联更好理解，"阎王"不论怎么说都是"鬼"，它的话、它的"告示"，自然都是"鬼话"。

　　例联：佚名

　　　　鲁肃遣儿问路；

　　　　阳明信意开窗。

　　此联与上面例联有区别，虽然都是喻事推理歇后语联，但其有"引"无"衬"，这种当属"暗歇法"。就是上下联各由一个歇后语组成，但只有"引子"而没有"后衬"，类似于谜语联，"后衬"部分须读者自己推理。

　　上联的中"鲁肃"，是三国时期东吴的将军，字子敬。鲁肃遣子问路，也就是说先把"儿（子）"遣走，没有了"子"，就只剩下"敬"了。而且在古文中"问路"又有指导的意思，所以鲁肃"遣子问路"的"后衬"就是"敬请指导"。下联中的"阳明"，是指明代的理学家王阳明。"阳明"的字面意思就是有太阳，很光明。全句就是有太阳的时候，高兴地打开"窗"让阳光照进来，连起来就是"欢迎光临"。

　　二是谐音歇后语联。这类歇后语是利用同音字或近音字相谐，由原来的意义引申出所需要的另一种意义。看到这类歇后语，往往要转几个弯才能恍然大悟，因而也更有兴味。有的联家把它列入"双关语"一类，也是有道理的。

例联：朱庆文《赠某官》

西瓜田散步；

阿庆嫂倒茶。

此联上下联均为一歇后语。上联"西瓜田散步"，左也是"西瓜"，右也是"西瓜"，取西瓜之形"圆"意，即"左右逢圆"，谐音为"左右逢源"。下联阿庆嫂是茶女的象征，可谓茶艺好，"倒茶"自然"滴水不漏"。全联意谓某人能左右逢源，滴水不漏。其中上联就使用了谐音法，利用了"圆"与"源"的同声同韵。

三是化用歇后语联。就我个人的看法，在实际运用中，除直接引用歇后语为联外，还可以化用歇后语为联。就是在歇后语的基础上，通过在"引子"中增加字词，使"后衬"意义有所变化，从而达到表述联意的作用。

例联：朱庆文《赠某人》

曹操无意吃鸡肋；

刘备诚言借荆州。

此联化用了歇后语而成联。上联化用歇后语"曹操吃鸡肋——食之无味，弃之可惜"，但加上"无意"时，"后衬"意义有一定的扭转，便意谓"无可奈何"。下联借用了歇后语"刘备借荆州——有借无还"，也同样是在其中加了"诚言"，这样歇后语的重点转到了所加入的字上，便从"有借无还"变成"谎话连篇"。全联表达了对谎言无可奈何的心理。

需要说明的是，在这样的化用歇后语，或者化用典故的楹联中，往往会出现宽对现象。但作为引用修辞的一种，我以为，这种情况是可以适当放宽字词及句法结构的对仗要求。如例联中的"鸡肋"与"荆州"虽然都是名词性,但毕竟不是同类,字面上也难以相对,但在此联中,因有多组词工对的"光环效应",对此宽对处有所掩饰。

(十二)串组

串组,或称组串,就是将一些表面没有联系的事物的名称按一定的规律串联起来,从而使之表示出某种意思。用组串法制作的楹联,常见的有组串人名、地名、植物名、电影名、书名、词牌名、花名、药名及各类名词性词组等。

参与组串的"名词"必须具有同类性,必须有其内在的联系性,不能混杂组串。同时,要求上下联参与组串的"名词"必须是两组以上。少于两个,那就是"专名对",即地名对地名、人名对人名了。

就组成来看,组串一般无串连词,但也可使用少量的串连词。无论有无串连词,在组串后,作为楹联其字面必须有含义,且上下联联意必须相关。

(甲)无串词联 此类楹联串组名词之间没有串连词,是将串组名词直接并列。

例联:佚名《中央电视台春节征联》

碧野田间牛得草;

金山林里马识途。

此联组串的都是人名。这是在1982年,由中央电视台等单位联合举办的春节征联活动中,择优选出的一副楹联。上联为出句,下联为首选对句。上下联各由三个人名,即"碧野""田间""牛得草"和"金山""林里""马识途"等连缀成句,意义连贯,毫无生硬之感,堪称组串佳对。

例联：马致远《天净沙·秋思》（摘句）

古道西风瘦马；

枯藤老树昏鸦。

此联上下联各由三组描述景致的名词性偏正词组组串，在马致远的原词中，此两句为隔句对，但就此两句来说，句中没有任何串连词。

（乙）有串词联　在所组串的各"名词"之间，允许加入少量的"串连字"。

例联：佚名

金钱吊灯笼，老照四方八角；

玉带缠如意，连升一步三台。

这副楹联组串的都是地名。联中仅"吊""缠"为串词，其余十处皆为长沙的老街名和地名，如金钱街、灯笼街、老照壁、四方塘、八角亭、玉带街、如意街、连升街、一步两搭桥和凤凰台。在贵州，有一位老人十年磨一剑，将贵州183个地名串成一联。

例联：佚名《药名》

白头翁持大戟，跨海马，与草寇木贼战千年，旋复

回朝，不愧将军国老；

红娘子插金簪，戴银花，比牡丹麻黄多五倍，从容

出阁，宛如云母天仙。

此联为应律略有改动。组串的"名词"都是药名。除十八个药名外，还使用了"持""跨""与""战""回朝""不愧""插""戴""比""多""出阁""宛如"等动词和副词用作串连词。

一般来说，串字的多少应有一定限制：第一，连接的名词，必须多于或者大大多于加进的其他词语，否则就不是"组串"而是"镶嵌"了。第二，每一分句中必须有一个以上所要组串的名词，或者

说，不能由加进的其他词语单独组成句子。

（丙）特例　在组串中，上述例联中组串的"名词"都是全称，但还有一种情况，就是将诸多"名词"各取一字而组串成联。

例联：金庸《金庸作品集》

飞雪连天射白鹿；

笑书神侠倚碧鸳。

此联将金庸主要的作品各取一字，而形成一副有字面含义的楹联。

（十三）切意

切意，就是使联意与特定的事物或特别的规定相切合。可概述为"借其形而切其意"。

（甲）切题赠对象　如嵌名联一样，我们可以运用切意联来进行题赠。

例联：佚名《赠京口韩香》

有客如擒虎；

无钱请退之。

这副楹联是宋时一客人某年除夕应京口韩香宴请所作。擒虎，指隋朝大将韩擒虎；退之，指唐文学家韩愈（字退之）。上下联均切意于要题赠的对象"韩"姓。

（乙）切联意　此类联切意部分目的在于丰满联意。任何一种修辞的目的都是为增加楹联的艺术感染力，因此这类联是切意联的主体部分。

例联：佚名《水口》

泪滴湘江流满海；

嗟叹嚎啕哽咽喉。

此联是"四三"节奏，与上面例联不同的是，从字面来看，此联上下联都是同偏旁。上联的每个字都含"水"，下联的每个字都含"口"。但值得注意的是，联中同旁不只是形式，同旁的目的正是为了切"悲痛"的联意。上联切的是"泪水"，下联切的是"悲哭"，全联强烈地表现了悲痛之情。此联看似游戏之作，若"嗬"字位改为仄声带"口"旁的同义字，如"哕"等，便完全合乎联律要求。尽管如此，此联仍堪称佳作。

还有一种楹联，带有借义性，利用一字多义现象，表面说"此"实质指"彼"，或者说是"借他形"而"切其意"。这与借代有一定的区别，它并不是借相关事物来代表另一事物，它就是本身直接出现，只是联中是"借他形"，而切的却是联意，即"切其意"。当然，有时"他形"同样对联意的表达有重要作用。我觉得也应该把这类楹联归为切意联。

例联：陈寅恪《防空联》

见机而作；

入土为安。

上联"见机而作"是一句成语，意谓要做成一件事，必须观察形势，把握时机，看准有利时机就立即行动。但此处"借其形"，把时机之"机"解意为飞机之"机"，意思是，听见敌人飞机的响声就赶快行动起来。下联"入土为安"是一句俗语，意思是人死后进入坟墓才能安稳。此处也是"借其形"，把坟墓之"土"解意为防空洞之"土"。全联由原本完全没有关系的一句成语、一句俗语解意而成，用以说明"防空"之意。

（丙）切情趣　此类联在切意部分可能于联意的表达无直接的关联，但因为切意部分而使楹联更加有情趣。

例联：佚名《五行》

烟锁池塘柳；

炮镇海城楼。

此联，单从字面来看，是一副普通的楹联，完全合乎联律要求，也具有较好的意境。但进一步分析可以看出，五字联中每个字都有一个偏旁，而这五个偏旁正好形成中华传统文化中的五行：金木水火土。这正切了"五行"之意，虽然不如例联《水口》切联意，但也不失为一种文字情趣。

（十四）借代

借代是指不直接说出所要表达的人或事物，而是借用与它密切相关的人或事物来代替。借代种类有：特征代本体、具体代抽象、部分代整体、整体代部分等。此种修辞手法可突出事物的本质特征，增强语言的形象性，使文笔简洁精练，语言富于变化和幽默感，从而引人联想，使对联达到形象突出、特点鲜明、具体生动的效果。

（甲）部分代整体　即用事物具有代表性的部分代本体事物。

例联：佚名《集句联》

无丝竹之乱耳；

乐琴书以消忧。

这副楹联，上联出自刘禹锡《陋室铭》，下联出自陶渊明《归去来兮辞》。"丝竹"，本指琴弦和箫管，此代乐器。这就是部分代整体。

（乙）特征代本体　也有人称为旁借，即用借体（人或事物）的特征、标志去代替本体事物。如以香水代女人，以铁锤代工人，以衣饰、出生地、官职、长相代人物，以香资、货款代金钱等。但也有用本体代特征的，如"读过鲁迅"，就是用鲁迅代表有其特征的文学作品。

例联：何宣《醴陵红拂墓》

　　红拂有灵应识我；

　　青山何幸此埋香。

这副楹联在特定地名中说到过。红拂是隋朝宰相杨素侍姬，不恋相府荣华而私奔布衣李靖。唐初，李靖受命平广西，红拂随之，病故于醴陵。"香"，乃古代妇女日常用品，是女性的特征，以此代"红拂"。

（丙）具体抽象互代

例联：洪平斋《自嘲》

　　未得之乎一字力；

　　只因而已十年间。

宋人洪平斋刚考取进士，便上书史卫王批评当朝宰相。大略云：昔之宰相，端委庙堂，进退百官；今之宰相，招权纳贿，倚势作威而已。而且，洪平斋每作一联，联末均有"而已"二字。当朝宰相闻之甚怒，使其十年不得升迁。洪于是作了这副楹联。"之乎"本为文言虚词"之乎者也"之省，此代学问，是具体代抽象。

例联：解缙《巧对先生》

　　小子暗藏春色；

　　大人明察秋毫。

明人解缙读私塾时，一日于座上玩花，猛见先生进来，连忙藏于袖中。先生早已看见，便有了这副楹联。上联乃先生所言，下联乃解缙所对。"春色"，本泛指万紫千红之态，属抽象的概念，此代解缙手中之花，是以抽象代具体。

（十五）夸张

为了达到某种表达效果，对事物的形象、特征、作用、程度等方面着意扩大或缩小的方法叫夸张。夸张修辞可以鲜明地表达作者对事物的情感和态度，突出事物的本质特征，烘托气氛，增强感染力，增强语言的生动性。但夸张不是浮夸，必须合乎情理，不能脱离生活的基础和依据。一般分为三类：

（甲）扩大夸张　故意把事物说得"大、多、高、深、强"等的夸张形式。

　　例联：佚名《山东泰山南天门》

　　　　门辟九霄，仰步三天胜迹；

　　　　阶崇万级，俯临千嶂奇观。

这副楹联题于山东泰山南天门。门开在"九霄"，即九重天上，那肯定是夸大。下联说"阶崇万级"，也是夸张的说法。

　　例联：何绍基《成都咏诗楼》

　　　　花笺茗碗香千载；

　　　　云影波光活一楼。

"花笺"与"茗碗"怎么可香千年？"香千载"自然是扩大的夸张。下联中，"活一楼"虽然说的是"一"，但这里的"一"就是"满"的意思，同样是扩大夸张。

（乙）缩小夸张　缩小夸张即对事物的形象、性质、特征、作用、程度等尽量缩小，即故意把客观事实说得"小、少、低、浅、弱"等的夸张手法。

　　例联：佚名《戏台》

　　　　顷刻间演出千秋事业；

　　　　咫尺地囊来万里河山。

上联言其时间之短，把一出戏的时间缩小到"顷刻间"。下联言其空间之小，把一个数十平方米的舞台看成"咫尺地"。这样的缩小夸张与下面的"千秋事业""万里河山"的夸大之词形成鲜明对照。

（丙）超前夸张　用一件事物将来可能出现的结果来形容这种事物现在的状态，或把一件事物将来的状态提到现在的状态之前的夸张手法。

例联：曹雪芹《红楼梦》

粉面含春威不露；

丹唇未启笑先闻。

此联中就是一种超前的夸张修辞，即她"丹唇未启"，而已"先闻"其笑。

（十六）衬托

为了突出某事物的特点，把有关事物拿来做参照，就叫衬托。

例联：张玉书《镇江金山寺》（摘句）

帆远浮天阔；

江空得月多。

这副楹联题于江苏镇江西北金山寺。上联以"帆"之"远"做参照来突出"浮天"之"阔"，下联以"江"之"空"做参照来突出"得月"之"多"，用的就是衬托手法。这副楹联衬托的事物与被衬托的事物都已在联中出现。这种情形在诗文中很常见，在楹联中却不多。在楹联中，被衬托的事物常常不出现，但是结合联意或楹联所题的地点等，可以看得出来。

例联：李渔《枫岭关五显庙》

远看疑画，近看似诗，及至身到其间，又觉诗画都
无着手处；

善者敬神，恶者敬鬼，究竟皆非异物，须知鬼神出
在自心头。

这副楹联题于闽浙交界处枫岭关五显庙。上联用诗画之美做参

照来突出枫岭关风景之美，而"枫岭关风景"这样的字眼在联中就没有。

一般而言，衬托有陪衬和反衬两种。

（甲）陪衬　用具有相同特点的事物做参照，叫陪衬，亦叫正衬。

例联：佚名《吉安文天祥祠》

　　功在睢阳，昔尚咬牙思啖贼；

　　荫垂蠡水，今犹挽手欲回澜。

这副楹联题于江西吉安文天祥祠。功在睢阳，谓功可同张睢阳相比。张睢阳，即张巡，唐开元进士。安史之乱中，由河南雍丘移守睢阳，内无粮草，外无援兵，仍坚持数月不屈。城破被俘，骂贼而死。文天祥于南宋端宗景炎二年（1277）在江西被元兵所败，退入广东坚持抗元。次年于五坡岭（今海丰北）被俘。旋解至大都（今北京），囚兵马司四年，守节不屈，被杀。这里将文天祥与张巡并提，就起到了突出文天祥的作用。

（乙）反衬　用具有相反特点的事物来做参照，叫反衬。

例联：倪元璐《上虞虞姬庙》

　　今尚祀虞，东汉已无高后庙；

　　斯真霸越，西施还羞范家船。

联中，高后为汉高祖刘邦之妻吕后。虞姬即项羽姬妾。上联谓吕后地位远在虞姬之上，但虞姬至今尚有庙祀而吕后却无，这说明在人们心目中吕后不及虞姬！此联将吕后与虞姬相提并论就是为了达到反衬作用。

（丙）特例　有的楹联，事物间的参照不很明显，但手法仍是衬托。

例联:李渔《题庐山》

　　足下起祥云,到此者应带几分仙气;

　　眼前无俗障,坐定后宜生一点禅心。

这副楹联并未直接讲庐山的高,也没有以高的事物做参照,但起祥云、带仙气、无俗障、生禅心这些特征,却完全把庐山的高衬托出来了。

（十七）同音

在同副联中,用了两个同音(或近音)的词或短语,从而使联句既简洁又深刻,既醒目又富有趣味。一般可分为同韵联与同音联。

（甲）同韵联　同副联中,上联的字都属甲韵,下联的字都属乙韵,或上下联的字基本都属丙韵,谓之同韵联。即全联所有字或部分字为同韵。

例联:黄碧川《巧对》

　　娃拖蛙出瓦;

　　妈骂马吃麻。

这是吴恭亨《楹联话》所载湖南石门黄碧川的一副楹联,上下联字皆为一韵。此联除第四字外,均同韵(仅声调有异),且上下联同属一韵,亦属难得。例联虽有平仄出入,但并非作者不懂这个道理。为使联语同韵且联意顺畅,只能损害了联律。

（乙）同音联　如果一副联全部或主要字词同音,就叫同音联。

例联:《士兵巧对李鸿章》

　　冰冻兵船,兵打冰,冰开兵走;

　　泥污尼姑,尼洗泥,泥净尼归。

此联利用“冰”“兵”及“泥”“尼”的同音而成趣对。同音联中,所有的字都同音的情况较少。

（丙）句脚同韵联与押韵联　还有一种特殊情况，就是押韵联与句脚同韵联。与同韵联不同，押韵联与句脚同韵联，只是针对楹联脚与句脚来说的。但值得注意的是，押韵联往往会出现句脚失律现象。

一是联脚同韵。即不论是单句联，还是多句联，联脚虽然有平仄之分，但韵母相同，读起来仍不失韵味。

例联：宋教仁《赠冯心侠》

白眼观天下；

丹心报国家。

此联联脚"下"与"家"虽然一仄一平，但两字的韵母相同，为同韵联。

二是句脚同韵。即多句联中，或上下联各分句部分句脚字同韵母，或上下联各分句句脚字都同韵母（其中有部分为押韵联），或全联各分句句脚字同韵母。

例联：梁启超《集宋词》

泣残红，谁分扫地春空，十日九风雨；

举大白，为问旧时月色，今夕是何年。

此联上下联中各部分分句押韵。上联前两分句句脚押平声韵，但上联联脚不入韵。下联前两分句句脚押仄声韵，下联联脚也同样不入韵。

例联：佚名《戏台》

西厢记盼，西游记幻，幻出一场磨难；

红楼梦酣，青楼梦圆，圆成百世因缘。

此联上下联各自押韵。即上联"盼""幻""难"三仄韵；下联"酣""圆""缘"三平韵。但此联需要说明的是，因为押韵，造成句脚失律。

（十八）其他

在楹联中，还有很多的修辞手段，除上述介绍的外，还有阙如、同异、藏词、比拟、移情、同音等。

（甲）阙如 把个别字空起来，使联语的主要意思寓于联外。

例联：佚名《婚联》

人称新郎新娘，原本是旧相思一对；

你吃喜糖喜酒，能不有＿风味几番？

这是一副婚联，结婚时前来喝喜酒的人，自然都会感到几番风味。但是，由于各人的情况不一样，感受可能也不一致，如果说得太具体了，反而不好。于是，干脆把联中有关的字空起来，让大家自己去体会。谁觉得是什么风味，就在空处填什么。填不上来，也说明这种风味是难以表达的。

（乙）藏词 把某词隐去，反而更加耐人寻味。

例联：佚名《愁》

与尔同销万古；

问君能有几多？

上联集于李白《将进酒》："呼儿将出换美酒，与尔同销万古愁。"下联集于李煜《虞美人》："问君能有几多愁，恰似一江春水向东流。"两句把同一个"愁"字藏起来了，这种形式就是所谓的"缩脚"，属于藏词。

（丙）比拟 把甲事物模拟作乙事物来写的修辞方式。包括把物当作人来写（拟人）、把人当作物来写（拟物）和把此物当作彼物来写（拟物）等几种形式，而以拟人较为常见。比拟修辞的楹联，感情色彩鲜明，描绘形象生动，表意更加丰富。

例联：徐小松《邵阳双清公园亭外亭》

云带钟声穿树去；

月移塔影过江来。

此联是拟人手法的修辞。主要体现在"带""穿"与"移""过"四字上。

比拟与比喻是有区别的。比拟意在"拟此为彼",是直接把人当作物或把物当作人(物)来写。比喻意在"以此喻彼",即打比方,用某些有类似特点的事物来描写想要说的另一事物。

(丁)两兼 让一个字既属前词,又可同后面的词直接组词,在联中,形成两组词义完整的词组。

例联:佚名

李东阳气暖;

柳下惠风和。

这副楹联中,"李东阳"是人名,用"阳"字同后面的"气"组成"阳气"(春光),则上联的意思是:李树东边春光暖。"柳下惠"也是人名,用"惠"字同后面的"风"字组成"惠风"(和风),下联的意思就变成了:柳树下面微风和。

(戊)移情 为了突出某种强烈的感情,联家有意识地赋予客观事物一些与自己的感情相一致、但实际上并不存在的特性,这样的修辞手法叫作移情。

运用移情修辞手法,首先将主观的感情移到事物上,反过来又用被感染了的事物来衬托主观情绪,使物人一体,能够更好地表达人的强烈感情,发挥修辞效果。

例联:杜甫《月夜忆舍弟》(摘句)

露从今夜白;

月是故乡明。

此诗联就是一种移情修辞。"露"不可能是"从今夜白","月"也不可能"是故乡明",但诗人为了表达自己今夜的"思乡""忆舍弟"之情感，而让"露"更"白"，而让"月"更"明"。这样人情和事物融为一体，能够更好地表达人的强烈感情。

第十章　联墨艺术

　　联墨，就是联语和书法珠联璧合的产物。联语借书法的笔韵墨趣，更显联语对称的形式美；书法因联语的字词工丽，音韵和谐，愈含耐人品味的诗意美。楹联和书法互为载体，相辅相成，相得益彰，互为依托，互为补充，具有很高的审美价值。

　　本章在研究前人千余副联墨的基础上，对前人在联墨形式及上下款、用印等方面进行了统计，并按"大多数原则"对前人的一些做法给予认可，仅供参考。

一、联墨形式

　　通常，我们撰联有三种基本形式，但近年来，还有一种中堂式的写法，合起来主要有四种形式。

（一）常用式

　　常用式，指横短竖长的尺幅两幅，上下联各写于一幅且联文竖写。上联正文右侧偏上落上款，下联正文左侧偏下落下款。这是楹联的传统式样。

　　由于实用楹联一般文字较少（短则四五字，长则十余字），两列正文分别从上到下一列便可写完。一般来说，单边十字以下的楹联，使用此书写方式较适宜。联纸上下端一般留有一寸"天头地脚"。联墨文字间要有一定的间隔。

　　这种形式的联墨，适合一左一右两边张贴、悬挂或镌刻。这种联墨的使用范围较为广泛，书斋、厅堂、楼宇、店铺、名胜古迹和展览中最为常见。

（二）龙门式

由于联墨的成联形同一道双扇门，故俗称"龙门式"，亦称龙门对。

在联语中，有的联文多则几十字，甚至百余字，书写这种长联就必须用"龙门对"格式。龙门式的特征是：上下联在常用式的基础上，因字数多，一列难以写完便换列再写。因此，龙门式联墨的正文至少是两列。上联正文列序自右向左排列；下联正文相反，列序为自左向右排列。上下联的行数、列数、每行每列的字数均要求相等，形成对称。

龙门式的落款与常用式有区别。上联正文后，紧接着落上款；下联正文后紧接着落下款。上下联的最后一列正文不能写满全列，但最后一列正文的字数也不能太少，其字数与相邻列相比，一般不少于其三分之一。

（三）琴式

由于联墨的成联形同一把胡琴，故俗称"琴联"或"琴式"。

在常用式的基础上，在上联正文下落上款，在下联正文下落下款，除此之外，其他与常用式基本一致。款可视字数多少，一列至数列不等，但上下款有两种常见形式：一种是对称形式，即上款自右向左分列书写，下款自左向右分列书写。另一种是同向形式，即上下款都自右向左书写。

琴式对一般字数较少，四五字联居多，不宜超过七字。但要注意的是，琴式上下款不能过于简单，只写某某撰某某题是不宜的，款的左右宽度要略等于正文宽度，以保证正文与落款的和谐美。

（四）中堂式

将整张宣纸竖式对折，但不用裁开，用常用式或琴式或龙门式来书写。上下联正文相隔也不宜太远，一般以一个正文字号大小的间距为宜。这种样式常见于居室布置、书法展览、书报杂志刊用和网络展示等。

当然联墨还有其他的形式，诸如回环式，即将一副联写成一个封闭的回环，特别是回文联以这样的形式书写，更能增加趣味。还有像普通书法作品一样进行书写，这样的形式就不是传统的联墨形式了，只是以联语为内容的书法作品。

二、联墨基本要素

联墨包括正文、款字、钤印三大要素。

（一）楹联正文

联墨一般要求单边四字及以上。字数太少，悬挂时没有对称感。字数的多少，对于楹联的书写形式有一定的影响。作为书法家，对联墨正文的书写，要把握五点要求。

（甲）注意联律联意　书写楹联，首先要写合格的联，写意境高尚的联。什么是合格的楹联，什么是好联佳构，前面九讲就正是为了解答这个问题。有不少书家，不论谁拿来的联，让写就照着写。当然我们书家不能随意更改联字，但对一些明确不合联律要求的或格调低下的联，不论是否有润格，都应该拒绝书写。拒写不合格、格调不雅之联，既为自身的形象，也为不贻害他人。但在现实中，许多书家对楹联不太了解，以为两句字数相等的话（如不对仗的诗句、日常俗语、对偶句、佛家偈语等）就是楹联，把它写成联墨形式来悬挂，贻笑大方。

（乙）注意意明字对　因为现代人撰联都是简体字，而我们在书撰联时，只有明白其意，方可准确把握其繁体字的字形。不至于写错字。如"后"字。"后来"与"皇后"，在简体字中，"后"字是一样的，但在繁体字中，这两个字的写法是不一样的。现在电脑很方便，有一个简繁转换器，很多人转换一下，就照写下来，结果出了很多的笑话。

（丙）注意联墨相配　各类联墨除适合展览、室内装饰作用外，要根据联语的内容与使用场合，选择合适的字体来书写。

篆书联、隶书联、楷书联　一般适合用在庙宇、殿堂、石亭、石牌坊及仿古建筑等场合，保持与空间相和谐的古朴肃穆的整体效果，相对来说，楹联内容也需要庄重一些。

行书联　适用范围最广，无论什么场合，也无论什么内容的楹联，都可以行书为之，因为行书既美观大方，又易辨易识，为最大众化的书体。

草书联　因草书不易辨认，特别是狂草，实用价值较低，一般草书联只用于室内欣赏或展览。从场合角度来说，除风景联外，一般不宜以草书联作为实用楹联。从内容上来说，一些庄重、肃穆的内容也不宜用狂草书写。而从联墨形式上来说，草书也不宜书写字数较多且超过两行的龙门式。

（丁）注意因体取势　一般来说，楹联不仅内容相对，在书写形式上也要相对。从纵向看，使每个字的重心基本保持在一条垂直中轴线上，不要左右偏斜；从横向看，左右对应的字基本保持在一条水平线上，不要上下错位，以免造成不稳定感。同一副联，字的大小也要保持基本均衡，不要反差太大。但各书体有各自的特点，为了体现书体的特点，联墨作为书法作品在不失对称统一这一基本要求的基础上，可适当变化，以体现各体书法的个性。

篆书联、楷书联、行楷联 要严格遵守对称统一的规则，要竖成列，字的重心应在一条垂直中轴线上；横要成行，使左右对称，并有适当的字距。

章草联、隶书联 章草也被人称为草隶，整体来看也是方块字形，其与隶书在书撰联墨要求上大体相同，即字距舒朗，大面积布白，有突出的虚实效果。

重在横画，结体扁平是隶书的突出特征，因此，在章法处理上，字间距一般较大，只有大胆布白，方可增强其空灵感。如果将一个个扁平的隶书字上下紧靠在一起，就会显得死气沉沉。在龙门式中，字与字的上下距离往往要大于左右距离。

行草联 可利用字势连绵，结体自由活泼的特点，章法上只求上下联整体均衡，气韵贯通，彼此照应，不求每一字每一局部对称，以便在整体基本对称中尽可能形成参差、错落的章法变化，更好地发挥行草书的艺术性和表现力。但要注意上下联平头齐尾，上下联左右字势相应，字体大小相谐。

狂草联 上下联各字排列不必左右整齐，每个字的大小、长短，可以根据整体需要进行大幅度调整，但要保持上下联首尾长短基本一致、左右宽窄无太大差距。

（戊）注意笔画清晰 书写楹联，通常正文字数较少，因此，要做到每个字的笔画清晰、流畅，不能出现运笔线条模糊、交叉不清或炸墨、过多枯笔、断笔等痕迹。尤其是需要镌刻的联墨，如果书写不到位，会给雕刻时的再度创作带来困难，也使镌刻作品难以保持联墨的原迹原貌。

（二）落款（上款、下款）

经过长期的发展，落款已经成为联墨作品不可分割的一部分，在整幅联墨中起着补充、协调、映衬的作用。落款虽然不是作品的主要部分，但款识安排合宜与否，直接影响作品整体的艺术效果。款字往往又能反映书写者的艺术修养和创作水平，所以在楹联书写中，不仅要讲究作品的正文布局，落款方面也要下功夫。

联墨款识分为上款、下款，内容是要表明是谁撰的联、用途是什么、什么时间谁书写的，这是三项必备的要素。上下款有不同的分工。

（甲）下款　下款是相对于上款而言的，一般联墨是双款，即上下款齐全，但有些联墨只落下款（简称单款）。值得注意的是，联墨的下款是必须的，而有些上款可省略，因此，单款一定是指下款。

一是下款位置。就常用式来说，下款一般位于下联的正文左侧中部偏下。起始位置在两正文文字之间为宜，上不要与正文某个字平头，下不要与正文某个字齐尾，一般不高于上款起始位置，下款尾部宜保证用印位置不低于倒数一二字间。龙门式下款位置一般接下联后书写。双列下款时，一般从左至右书写，与从右向左书写的上款也形成对称。琴式下款一般在下联正文下以二列或三列进行书写，列序有自左向右，也有自右向左。近代有书家故意将常用式的下款向上提到略低于上款的位置起始，而使上下款都位于联墨的上半部，以求联墨的空灵。

下款写不下怎么办？这说明落款的内容有问题。不是在书写上找原因，而应该在内容上找原因。

二是下款内容。下款主要包括创作时间、书家名号、创作地点及谦词等，主要是解决"什么时间谁书写于什么地方"的问题，但除"谁写的"不可缺省外，其他项常有人缺省。

下款根据不同内容可分为穷下款、短下款、长下款。

穷下款（穷款）　只落书家的名号的下款叫穷款。只落穷款的联墨，好处是便于转赠、交换、拍卖等。如"启功书""朱庆文并书"。

"并"字表示书家自撰自书联，但在民国以前，书家大多是自撰自书，基本只落名款，不是自撰联反而要注明联的来源，大多在上款注明，主要形式为"录朱熹白鹿洞联赠饮和书院"，即录谁的联用于什么目的。但当代书家大多不会自撰联，而是以抄写别人楹联为主，因此多以"并"或"自"来区别是否是自撰自书。

短下款（短款）　即下款只标明联文撰者及书写时间、书家名号、书写地点等其中几项。如"朱庆文先生撰联　丙申秋月王漪仙书于湖上""丙申上巳朱庆文并书"。如将"朱庆文先生撰联"置于上款，则短款为"丙申秋月王漪仙书于湖上"，若将书写地点省略，短款则为"丙申秋月王漪仙书"。

长下款（长款）　即在短款的基础上，再加上书家或联家书写或创作这幅联墨的题跋。长款不仅能起到调整作品重心的作用，也可以从中体现书者或联家的品德和文化修养。

书家有时会把上下款融于一体而形成长款。长款较长时，起始位置可以与上款相同，即上联正文右侧第一二字间；在上联正文右侧位置不够时，可转至上联正文左侧，再转到下联正文右侧，甚至可以转到下联正文左侧，只要给短款的基本内容和用印留有足够的位置就可。这种长款，就是融上下款于一体，因此，也难以分清是单款还是双款。

一副联墨，究竟是用单款还是双款，用长款、短款还是穷款，应视具体情况灵活运用，没有固定格式。

一是纪年。一般以天干和地支依次组合为六十个单位，称六十甲子纪年，也少有以公元来纪年的。但一般在干支后不加"年"，即不作"甲子年"。

　　甲子　乙丑　丙寅　丁卯　戊辰　己巳　庚午　辛未　壬申

癸酉

　　甲戌　乙亥　丙子　丁丑　戊寅　己卯　庚辰　辛巳　壬午
癸未

　　甲申　乙酉　丙戌　丁亥　戊子　己丑　庚寅　辛卯　壬辰
癸巳

　　甲午　乙未　丙申　丁酉　戊戌　己亥　庚子　辛丑　壬寅
癸卯

　　甲辰　乙巳　丙午　丁未　戊申　己酉　庚戌　辛亥　壬子
癸丑

　　甲寅　乙卯　丙辰　丁巳　戊午　己未　庚申　辛酉　壬戌
癸亥

　　二是纪月。有些书家在联墨作品中只纪年不纪月，若纪月一般以农历月份的代称为主。在干支后可紧接月份，如"甲子正月""甲子开岁之月"等。

　　一月：正月、征月、端月、初月、泰月、陬月、三微月、十三月、寅月、孟春、首春、肇春、端春、早春、上春、春孟、春正、孟阳、初阳、首阳、新正、开岁、献岁、首岁、正岁、肇岁等

　　二月：如月、丽月、桃月、桃李月、建卯、中春、仲春、半春、兔月、酣春、杏月、河魁、天魁、竹秋、夹钟等

　　三月：病月、蚕月、秧月、契月、辰月、建辰、季春、晚春、暮春、末春、杪春、樱序、雩风、桃浪、姑洗等

　　四月：梅月、阴月、乏月、麦月、乾月、余月、清和、巳月、孟夏、首夏、初夏、早夏、梅夏、槐夏、惟夏、正阳、麦秋、麦候、仲侣等

　　五月：皋月、蒲月、榴月、午月、仲夏、中夏、蒲节、鸣蜩等

　　六月：荷月、伏月、暑月、且月、焦月、建未、小吉、荔红、未月、季夏、晚夏、暮夏、末夏、杪夏、溽暑、林钟等

七月：相月、凉月、否月、巧月、巧秋、兰月、瓜月、瓜时、申月、建申、孟秋、新秋、初秋、肇秋、首秋、首旻、早秋、兰秋、火逝、初商、夷则等

八月：桂月、桂秋、壮月、获月、酉月、建酉、仲秋、中秋、正秋、秋半、大清明、仲商、南侣等

九月：菊月、菊秋、玄月、朽月、戌月、建戌、剥月、季秋、晚秋、暮秋、末秋、杪秋、杪商、霜月、霜辰、太冲、授衣、季商等

十月：小春、良月、阳月、坤月、亥月、建亥、孟冬、初冬、上冬、开冬、寒孟、应钟等

十一月：冬月、畅月、辜月、子月、仲冬、中冬、黄钟等

十二月：腊月、腊冬、冬腊、岁腊、除月、涂月、严月、茶月、嘉平、丑月、季冬、暮岁、暮节、暮冬、末冬、杪冬、腊冬、星回、神后、穷稔、穷纪、清祀、大吕等

注：上述月令，在书联时，如未含“月”字者，其后可加“之月”，如“大吕之月”等

（乙）上款

一是上款位置。一般来说，上款位置比较高，以示尊敬之意。上款起始位置一般在上联正文第一与第二字间外侧，或在第一字的腰部外侧，这样能较好地起到引首或使第一二字联结的作用。如果顶头去写，那会盖了联文的位置，叫“压头”。如果在第二字下或与第二字平头，那么会把联正文的首字孤立出去，破坏了联墨的美感。也就是说，上款起始位不能与正文某个字平头，而上款尾部也不可以与联文下部平尾，否则就有“割断正文”之嫌且会破坏正文的整体感。

二是上款内容。上款内容最为丰富，包括或撰联人，或贺赠对

象，或敬挽对象，或题跋，或释文等诸多内容。联墨款字的变化主要来自上款的变化。

因为上款的情况较复杂，也是联墨中最有变化的部分。下面重点根据上款情况，做进一步分析。

第一种上款：撰者

有时上款只书写撰联者，如"梁章钜撰"。有时加上为何处撰联，如"朱庆文撰望湖楼联"，这便于赏读人理解联意。但是，为了悬挂而书写的联，可省略"望湖楼"三字，因为联就挂在现地。与此种上款相对的下款，主要内容为书写时间、书家名号、书写地点等，如"甲子开岁之月陈墨书于湖上"。

第二种上款：贺赠

在生活中，因寿诞、新居、生子、联姻、晋升等喜庆之事都会涉及以联贺赠。贺赠联的上款较为丰富，这里分别做介绍。

自撰题赠联　一般上款写受赠者及标语（贺赠的内容）。如"贺浙江美术馆权舆之喜"，贺谁？浙江美术馆，为何贺？奠基。还如"贺梁章钜大人乔迁之喜"等。下款一般以自撰自书形式。

自撰转赠联　就是赠送朋友的亲友。当用双称，即朋友加其亲友。格式：对方＋关系称呼＋（受赠人字、号）＋（称谓）＋所贺内容。如"贺梁章钜师令媛出阁之喜""贺陈墨兄令郎××燕尔之喜"。下款一般也是自撰自书形式。

他撰转赠联　也就是书家书写的是别人的联以相贺赠，或书家与联家合作贺赠。如"录庆文兄联贺陈华女史弄瓦之喜""录李会长培隽兄联贺浙江楹联研究会成立三十周年"。下款为非自撰自书联形式，如"甲子开岁之月陈墨共贺"。

请教观览联　请教于师长、观览于友人时，大多为受者加上敬词或谦词。此类联一般以自撰为多，但也少有他撰联。敬词一般还有"大教""教正""指正""斧正""雅正""指教""正腕""正书""正字""赐正""幸正""哂正""法正"等。但有别号的师长宜用别号，不宜直呼其名。上款用了敬词，下款一般用谦词，与敬词相对。如上款为"伏乞柏松师赐正""敬请良平法家正之"，下款则为"甲子开岁之月愚弟庆文奉书"等。

应命属书联　属书联系应属而作。这类联有书家自撰自书联，也有书家抄录别人联，或直接尊联家属书联家所撰或指定联。上款的基本格式为"尊某某属"。如"尊梦宁小兄雅属""利斌小弟属书""尊家安小兄属录梁健兄联以赠"等。

楹联落款常用称呼及自称列表

朋友

朋友：君、兄、仁兄、贤兄等。男的称先生、阁下；女的称女士、小姐、女史，亦可称先生；朋友夫妻称贤伉俪等

朋友的父亲：称令尊、令尊大人、尊翁、世伯，自称姓名或世侄

朋友的母亲：称令堂、伯母、世伯母，自称姓名或世侄

朋友的妻子：尊夫人、嫂夫人、令攸、令阁、令闻，自称友、兄、弟等

朋友的子与女：称令郎、公子、令公子、令嗣、令似，令嫒、令爱、令千金、女公子等，自称姓名

朋友的女婿：令坦、东床等

朋友的岳父：令岳、尊岳、令泰山等

朋友的亲戚：称令亲，自称姓名

师生

师生关系：称老师、夫子、恩师，也可在这些称谓后再加函丈（教

席), 自称学生或受业

老师或师傅的妻子：称师母，自称学生或姓名

老师的父亲或老师的老师：称太老师、师公，自称姓名

师兄弟间称呼或同一所学校学生：称学长学弟，自称学弟学长

老师的师兄弟、师姐妹：称师伯或师叔、师姑，自称师侄

学生：弟、贤弟、贤棣、仁棣、君、贤契等，自称师、为师及谦

称

直系

曾祖父、曾祖母，自称曾孙或曾孙女

祖父、祖母，自称孙或孙女

外祖父、外祖母，自称外孙或外孙女

父母

兄弟姐妹

姻亲

妻子祖父母：称岳祖父、岳祖母，自称外甥孙婿

妻子的父母：称岳父、岳母，自称婿

妻子的哥弟：称内兄、内弟，自称妹夫（弟）、姐夫

妻子的姐夫：称襟兄，自称弟或襟

妻子的姨母：称姨母，自称姨甥婿

妻子的舅父：称舅父，自称外甥婿

哥哥的妻子：称嫂，自称弟、妹

弟弟的妻子：称弟妇，自称哥、姐

姐妹丈夫：称姐夫或妹夫，自称外弟或兄、外妹或妹

儿子岳父：称姻兄或姻弟，自称姻弟或姻兄

女儿的公公：称姻兄（亲家），自称姻弟

旁系

祖父的兄（弟）嫂：称伯（叔）祖父、伯（叔）祖母，自称侄孙、侄孙女

父亲的兄嫂或弟妇：称婶，自称侄、侄女

父亲的姐妹：称姑母，自称内侄、内侄女

伯叔的儿子：称堂哥或堂弟，自称堂哥或堂弟

母亲的兄弟：称舅父，自称甥或外甥、甥女或外甥女

母亲的姐妹：称姨母，自称外甥、外甥女

姐妹的儿子：称外甥，自称舅父

兄弟的儿子：称侄儿，自称伯或叔

表亲

父亲的表兄弟：称表伯、表叔，自称表侄

父亲的表姐妹：称表姑，自称表内侄

母亲的表兄弟：称表舅父，自称表甥、表甥女

母亲的表姐妹：称表姨母，自称表甥、表甥女

姑、舅、姨的女婿：表姐夫或表妹夫，自称表兄、表姐

第三种上款：敬挽

一是直接挽死者。如"恭挽孔仲起师（灵右）（灵座）""钱大礼师千古（永垂不朽）"等。

二是挽朋友亲友。如张姓朋友母丧，则不书友母之名而书友姓及母家之姓，再加上称谓。如"张母杨夫人千古"。

三是直接写称谓挽死者。花圈店里代写的都是这种挽联。上款为挽者对死者的称谓及挽词，如"世伯父陈大人仙逝（千古）"，下款是对应挽者的称呼，如"侄某某敬挽"。称号与自称见"楹联落款常用称呼及自称列表"。

第四种上款：释文

篆书或草书等书联通常需要释文。当常用式有释文时，上款主要为释文，而下款一般书写撰者与书者等要素，撰者在上，书者在下。如"朱庆文撰　甲午秋月陈墨书"，一般撰者与书者间宜空一字距为佳。

当上款位置用于题写撰者、题跋等内容时，可将上联释文置于上联正文左侧，下联释文置于下联正文右侧。位置不高于上款起始位置。

龙门式、琴对中释文较少见。

第五种上款：题跋

有的楹联为了把撰联、书联的情况记录下来，有的为了对楹联进行注解，往往需要题跋。有的题跋还包含了释文甚至典故的注释，这样的题跋就很长。

在书写常用式时，可在上联右侧（上款起始位置）书写一至两列。如果估算两列也写不下，则写一列再转至上联联文左侧，直至下联联文右侧分开书写。如果还写不下，再延至下联联文左侧书写，以不影响落款钤印为宜。但这样的长题跋要先估算好，以排列美观为原则。一般题跋位于上联左右侧、下联右侧时，列数要相等，不宜一侧两列，另侧却只一列。

龙门式、琴式中题跋较少见。

第六种上款：自书

这种情况就是自撰自书联，上款可以不写，但要用启首印，也可以写释文或题赠内容及题跋等。为体现自撰自书，下款一般在时间、名号后加"撰并书"或"并书"。如"乙未秋月饮和斋朱庆文并书"。

标联语简表

（陈慧群根据余德泉先生《对联通》整理）

（一）题赠

请人指教——正之、政之、指正、教正、赐正、雅正、清正等

请人观览——清玩、清赏、清鉴、雅玩、雅赏、雅鉴等

应命而作——属（通嘱）、属书、雅属等

（二）贺婚

娶——大喜、燕喜、燕尔、新婚、结伉、结俪等

嫁——于归、出阁等

再婚——续弦、弦续、鸾胶再续、胶续等

（三）贺新居

奠基——奠基、奠居、权舆等

落成——落成、大厦落成、华居落成、秩秩、斯干等

迁居——乔迁、更垹等

（四）其他

开张——开张、新张、开幕等

生男孩——弄璋、麟喜等

生女孩——弄瓦、掌珠等

双生——孪喜等

书籍出版——大著名世等

（五）贺寿

通用——华诞、寿诞、寿辰、晋祝、晋寿、初度、×旬华诞、开庆（如贺六十寿者，便写"七旬开庆"）等

男寿——称觞、×秩称觞、秩荣庆等

女寿——悦诞、悦辰等

（六）敬挽

通用——千古、不朽、灵座、灵右、阴鉴、冥鉴等

（丙）落款基本要求　在明确上下款位置与内容后，我们还要注意上下款书写的基本要求。

一是落款字体。一般联文与落款的关系是：隶不用篆，楷不用隶，行草不用楷。传统的写法是"文古款今""今不越古""文正款活"。根据这些传统要求，若以大小篆为正文，便可以用隶书、楷书、行书落款；若以隶书为正文，可用楷书、行书落款；若以楷书为正文，则可以用行书落款；若以行书为正文，一般仍以行书落款。但草书因较难识别，除用于自身草书联墨的落款外，一般不用于落款。实际上，以行书落款较多，既易识别，又能避免呆板。

二是款字大小。款字必须小于正文字。具体落款时，款字还应根据留白大小而定。如果留白大而款字太小，则无法稳住作品重心；如果留白小而款字太大，则轻重失调，喧宾夺主。根据前人联墨来看，大部分款字是联文字大小的四分之一到五分之一，也有三分之一，甚至二分之一大小的。

三是款文距离。落款与正文要有一定行距，一般留有一个款字大小的空白就可以，不能挤得太紧，也不能空得太多。有的联墨款字穿插在联文的笔画中，这样就破坏了联墨的整体美感，也有违"动不挈静"的原则。

四是龙门式与琴对的落款。龙门式特别是琴对落款往往是多列落款，其落款方式比较特殊。

龙门式落款可以单列，只要保持上下款具有一定的对称性就可以。而其多列落款的上款，是依着正文书写顺序，分两列或数列自右而左写在上联最后一列之下；而其下款，是依着正文顺序，分两列或数列自左而右地写在下联最后一列之下。这样不仅正文对称，款字也对称。

琴式的落款不能是单列，一般以两列以上为宜，因此款字字号应小于正文。而正文在上，款字在下，单列落款时会造成全联上重下轻。而多列落款，其上款列序是在正文下自右而左排列，其下款列序一般是在正文下自左至而右排列，但也有自右至左排列的。

此外，不论是龙门式还是琴式，多列落款，其款字的总宽度宜与正文单字的宽度相应，不宜明显小于或大于正文单字的宽度，否则与正文不协调。

（三）用印

一幅完整的楹联书法作品，除了正文和落款外，还包括钤印。所谓钤印，就是盖章。钤印是自书写正文和落款之后的第三个环节，也是最后一道收尾工序。缺了印章，就不是正式的、正规的、完美的联墨作品。钤印用得好，可以画龙点睛，为联墨增色；反之，则会半途而废，前功尽弃。钤印一般包括启首印、款印，也有压腰或压脚印。

（甲）启首印（压腰或压脚印）

一是章形忌方。启首印为闲章，非姓名章。一般较少用方章，多用长型或随形章。以半通、长方、圆形、半圆形、椭圆葫芦形、自然形、肖形等为好。启首印大小一般与款字大小一致为宜，不能过大或过小。而压脚或压腰印多为方形。

二是使用忌多。引首印涉及用与不用的问题，要注意区别。联墨无上款时，要用启首印。有上款的联墨，一般不用启首印。特别是有题赠款时，更不可在受赠人上用印，有压顶之嫌，不尊重受赠人。有时在上款后、联腰或联脚处压盖一方方形闲章，名为压腰或压脚章，但较少见。龙门式与琴对也常见不用引首印的，大概是因为这两种形式的联墨，都有上款，也少见在正文第一二字间或第一字右侧外用启首印。

　　三是位置要对。引首印的位置一般有三种：第一种，是在正文第一二字间外侧的空白处，位置参考上款起始位置，起到引与联的作用。引是本意，联是在此位置具有将第一二字关联的作用。第二种，是在正文第一字外侧空白处。第三种，是位于第一字外侧偏上，印的下沿与第一字上沿在同一水平线。龙门式与琴对也可以用在同一位置。但琴对与龙门式一般不要在款字右侧用启首印，犹如常用式不要在上款上用印。这三种位置是总结了前人大多数联墨的情况得出的结论，虽然不是"王法"，但从美的角度来说，盖在这三个位置可以增加联墨的美感。如果我们把启首印位置降低到与第二字平齐，就明显感觉第一个字被孤立了；如果启首印位置再低一些，则整副联墨就有下坠之感，破坏了联墨的和谐美。

　　四是内容要契。引首印内容尽量与联意相契合或与书者相关联，不要与联意相反或风马牛不相及。启首章按内容可分为如下几种：

　　斋号章　世传斋号章始于唐相李泌端居室玉印。宋、元以后，此风渐盛，书家几乎人人有斋号章。明书法家文徵明云："我之书屋多起造于印上。"斋号通常称斋、堂、室、楼、阁、馆、轩、庵、居等，如饮和斋、和山堂、磨剑室、笑隐楼、松风阁、来禽馆、赏雨轩、乐天庵、七余居等。

　　雅趣章　即古之吉语章、词句章，多有寓意，富有雅趣，或辑录具有哲理、发人深思的成语警句，或记录自己的情趣和心声。

　　雅趣章内容广泛，有勉人学习的，如"琢""师法""书痴""精于勤""艺无涯""师古不泥""广采博取""观书为乐""人好学则明""长期积累偶然得之"等；有表露情怀的，如"恃德""明志""清趣""乐而康""苦中乐""惜分阴""孺子牛""玉洁冰清""淡然天趣""老骥伏枥"等；有表达笔墨情趣的，如"泼墨""笔耕""香田"神趣""藏拙""癖于斯""心慕手追""业在砚田"等；有祝愿吉祥的，如"如愿""长乐""美不老""吉日良辰""人寿年丰""书翰长寿""天长地久"等。

但需要注意的是，这些印需要根据联的内容与赠送对象及书家而定。最讳联语与雅趣章内容相悖。

年号章 用于记载书法作品的年代，如甲子、乙丑、丙寅或1989年、1990年、80年代、90年代等。但从规范的角度来说，一般以天干地支来纪年。下面介绍一下公元后纪年互换法。

求2020年干支纪年

天干算法：2020−N×10−3=7，对应为庚；

地支算法：2020−N×12−3=1，对应为子。

（甲、乙、丙、丁、戊、己、庚、辛、壬、癸总称为十天干）

（子、丑、寅、卯、辰、巳、午、未、申、酉、戌、亥叫作十二地支）

月号章 用于记载书法作品的月令，如上春、如月、蚕月等。联墨中多以农历月令来纪月（参见上文中的"常用题款纪年纪月"）。

（乙）落款印 落款印内容较简单，一般为姓名印或能表示书家身份的印章。

以名为主，小于款字。联墨的下款必须盖书写者的姓名章或字号章等能证明书写者身份的印章，印章大小可等于或略小于题款字的宽度。落款的姓名或字号印要为正方形，不能用长方或圆形、随形等印。

留有间距，下不平尾。位置与落款末字一般相距一个字的间隔。用两印时，上下印宜相隔一个印位，既不能太近，也不能太远，上印与下印距离宜略大于款字间距，防止呆板。印章的最低位置要高于正文末字的底线，一般最低位在倒数一二字间，不能与联文平尾。

如下款底部因款字太多没有空位,则可以调整到姓名的左侧适当位置用印,但不能用在姓名的右侧。如果在姓名左侧用印,最好是两印并用,较为协调。

上白下朱,风格一致。落款印若为两印并用时,一般上白文下朱文,体现阴阳变化,切忌两个朱文或两个白文并用。两个印章应大小基本一致,其印文、章法、刀法等风格也要基本一致,不能有明显反差。

(丙)钤印要求　检验印章是否盖得到位、完美,有两个标准:

印位的适中、平正。有的书法家自制一卡尺,放好卡尺就把两个印的位置给确定了,保证了适中与平正,不至于盖歪或距离不等。也可以镇纸为标尺,先把两方印放在用印的位置上,合适后,再粘印泥加盖,保证两方印都平正一致。

印痕的沉实、清晰。钤印时可在宣纸下面垫一小块橡胶印垫或书本,印章定位后,双手握紧并按住印章顶部,稳定重心,先垂直均匀用力,后向四边略微倾斜,用力钤压。钤压完宜均匀向上轻提印石,防止印石粘纸。切不可使印石倾斜,若先提一侧,会造成后提一侧印石刮纸而使印迹轮廓模糊。

三、联墨运用

一副联墨完成了,除了收藏外,更多的联墨会被装裱、镌刻、悬挂、展览等,就联墨的这些运用来说,也有一定的要求与规范。

(一)装裱事项

据载,五代时已有固定的木质楹联,后来出现了以纸书写,贴在门上的对子。大约从明代晚期始,发展成了立轴式联墨装裱。

联墨在装裱时,不要如其他书画一样安上轴头,这样不论是与中堂相配还是两联悬挂在一起，都会造成轴头相叠，相互干扰，使联与中堂或上下联间不能合拢。当然作为中堂的联墨作品也不宜安装轴头。同时，在联墨装裱时，还要注意上下联的天地头、隔水及画心宽窄等方面的对称性与协调性。

（二）悬挂事项

联墨悬挂，要符合传统的规矩，要求联墨要竖贴、竖挂。一般依竖读文字的习惯，面对楹联，上下联按从右到左的顺序悬挂。若是从门外面对大门，上联要位于右手边（即出门的左手边），下联要位于左手边（即出门的右手边）。上下联不可挂反。

另外，悬挂时，还要注意，与中堂配对时，就宽度而言，按照传统要求，联墨的尺幅可以等同于中堂尺幅的一半，也可以小于中堂尺幅的一半，但不可以大于中堂尺幅的一半。联墨也不可以与中堂长短不一，要基本一致。

（三）镌刻事项

联墨如置于室外，通常要镌刻于木、石之上。镌刻最重要的是尊重原作。这一方面要求书家在书写时不要断笔、炸墨或过多飞白，另一方面也要求镌刻人要遵从原作的风格，尽量不要改变原作笔画的位置。当然有明显错误处要征得书家同意后进行适当修正。

（四）收藏事项

收藏书法作品，作品的水平至关重要，这是共识。但联墨的收藏也有一些特殊性。联墨不仅注重书法的艺术性，还注重形式。一般意义上，同书家的联墨，宜关注长联、长款联、打朱丝栏格联等作品。联墨收藏除注意形式外，还要注意专题收藏，如名家自撰自书联墨及文人自题联、春联等专题更值得收藏。

（五）展览事项

　　联墨的展览,既可以独立进行联墨专题展,也可以参加书画展,还可以开展联墨主题展。联墨专题展和主题展不仅是书法展,还是楹联展,既要对书法把关,也不可忽视楹联的质量及联墨形式规范;联墨与其他书画作品同展,主要展示的是书法,但不能忽视楹语及书写的规范性。无论何种形式的展览,一般不宜将一副联墨拆开展览,但可以配合书画,或以多种字体、多种形式书写,以丰富作品效果。非楹联组织举办的联墨展,一定要邀请联墨专家对联墨的书写形式、展台布局进行指导,书写不合规范的联墨不可参展。

附　件

中国楹联学会《联律通则》（修订稿）

引言

　　楹联是中华文化宝库中的独立文体之一，具有群众性、实用性、鉴赏性，久盛不衰。楹联的基本特征是词语对仗和声律协调，为弘扬国粹，我会集中联界专家将千余年来散见于各种典籍中有关联律的论述，进行梳理、规范，形成了《联律通则（试行）》。

　　在一年多的实践基础上，又吸纳了各方面的意见进行修改，制订了《联律通则》（修订稿）。现经中国楹联学会第五届第十七次常务办公会议审议通过，予以颁发。

第一章　基本规则

　　【第一条】字句对等。一副楹联，由上联、下联两部分构成。上下联句数相等，对应语句的字数也相等。

　　【第二条】词性对品。上下联句法结构中处于相同位置的词，词类属性相同，或符合传统的对仗种类。

　　【第三条】结构对应。上下联词语的构成、词义的配合、词序的排列、虚词的使用，以及修辞的运用，合乎规律或习惯，彼此对应平衡。

　　【第四条】节律对拍。上下联句的语流节奏一致。节奏的确定，可以按声律节奏"二字而节"，节奏点在语句用字的偶数位次，出现单字占一节；也可以按语意节奏，即与声律节奏有同有异，出现不宜拆分的三字或更长的词语，其节奏点均在最后一字。

【第五条】平仄对立。句中按节奏安排平仄交替，上下联对应节奏点上的用字平仄相反。单边两句及其以上的多句联，各句脚依顺序连接，平仄规格一般要求形成音步递换，传统称"平顶平，仄顶仄"。如犯本通则第十条避忌之丙，或影响句中平仄协调，则从宽。上联收于仄声，下联收于平声。

【第六条】形对意联。形式对举，意义关联。上下联所表达的内容统一于主题。

第二章　传统对格

【第七条】对于历史上形成且沿用至今的属对格式，例如，字法中的叠语、嵌字、衔字，音法中的借音、谐音、联绵，词法中的互成、交股、转品，句法中的当句、鼎足、流水等，凡符合传统修辞对格，即可视为成对，体现对格词语的词性与结构的对仗要求，以及句中平仄要求则从宽。

【第八条】用字的声调平仄遵循汉语音韵学的成规。判别声调平仄，遵循近古至今通行的《诗韵》旧声，或现代汉语普通话的今声"双轨制"，但在同一联文中不得混用。

【第九条】使用领字、衬字，介词、连词、助词、叹词、拟声词，以及三个音节及其以上的数量词，凡在句首、句中允许不拘平仄，且不与相连词语一起计节奏。

【第十条】避忌问题。

（1）忌合掌；

（2）忌不规则重字；

（3）仄收句尽量避免尾三仄，平收句忌尾三平。

第三章　词性对从宽范围

【第十一条】允许不同词性相对的范围大致包括：

（1）形容词和动词（尤其不及物动词）；

（2）在以名词为中心的偏正词组中充当修饰成分的词；

（3）按句法结构充当状语的词；

（4）同义连用字、反义连用字、方位与数目、数目与颜色、同义与反义、同义与联绵、反义与联绵、副词与连词介词、连词介词与助词、联绵字互对等常见对仗形式；

（5）某些成序列（或系列）的事物名目，两种序列（或系列）之间相对，如自然数列、天干地支系列、五行、十二属相，以及即事为文合乎逻辑的临时结构系列等。

【第十二条】巧对、趣对、借对（或借音或借义）、摘句对、集句对等允许不受典型对式的严格限制。

第四章　附则

【第十三条】本通则作为楹联创作、评审、鉴赏在格律方面的依据。由中国楹联学会解释。

【第十四条】本通则自2008年10月1日起施行。2007年6月1日公布的《联律通则（试行）》同时废止。

后　记

　　书终于成稿，即将付梓，如果还有什么要说的，只有感谢。感谢西泠印社出版社出版此书，出版社社领导江吟、江兴祐及责任编辑侯辉、伍佳等同志给予了极大的关心与帮助；感谢我供职单位的领导对我在业余时间开展诗词研究与创作给予了很多的鼓励与支持；感谢著名书画家王漪仙老师无偿为本书题写了书名；感谢夫人金雪扬和饮和书院的小伙伴们，他们帮助查找了大量资料，参与了要点分析讨论，并对全书进行了校对等。对此，我铭感五内。

　　其次是希望。希望自己的作品能有益于社会、有助于他人。作为一本脱胎于教案、修订于《楹联十讲》《对联格律学》的对联通俗读本，希望它能得到广大对联爱好者的喜欢。

　　最后就是期待。这本书稿，坚持五年修订一次。每次再版，都是一次完善、提升。因此，真心期待广大联友在阅读本书的过程中提出宝贵意见，在您的帮助下，本书稿最终一定能成为经典楹联教材。

图书在版编目（CIP）数据

怎样写对联 / 朱庆文著. -- 杭州 ： 西泠印社出版
社，2021.10（2025.3重印）
ISBN 978-7-5508-3493-4

Ⅰ. ①怎… Ⅱ. ①朱… Ⅲ. ①对联－创作方法 Ⅳ.
①I207.6

中国版本图书馆CIP数据核字（2021）第172829号

怎样写对联

朱庆文　著

出 品 人	江　吟
责任编辑	侯　辉　伍　佳
责任出版	冯斌强
责任校对	徐　岫
装帧设计	王　欣
出版发行	西泠印社出版社

（杭州市西湖文化广场32号5楼　邮政编码　310014）

经　　销	全国新华书店
制　　版	杭州如一图文制作有限公司
印　　刷	浙江海虹彩色印务有限公司
开　　本	889mm×1194mm　1 /32
印　　张	9.75
印　　数	4001—5000
书　　号	ISBN 978-7-5508-3493-4
版　　次	2021年10月第1版　2025年3月第3次印刷
定　　价	49.00元

西泠印社出版社发行部联系方式：（0571）87243079